南飞雁　男，生于20世纪80年代，文学学士，河南省委宣传部首批签约作家。出版《冰蓝世界》、《大路朝天》、《大学无烦恼》、《梦里不知身是客》四部长篇小说。荣获由共青团河南省委、河南省文联联合举办的2002年度、2003年度河南省首届五四文艺奖金奖。长篇小说《大路朝天》在2002年首届华人在校生中长篇小说征集出版活动中脱颖而出，名列榜首。

幸福的过山车

XINGFU DE GUOSHANCHE

南飞雁◎著

河南人民出版社

图书在版编目(CIP)数据

幸福的过山车/南飞雁著. -郑州:河南人民出版社,
2005.9
ISBN 7-215-05779-8

Ⅰ.幸… Ⅱ.南… Ⅲ.长篇小说-中国-当代
Ⅳ.I247.5

中国版本图书馆 CIP 数据核字(2005)第 082643 号

河南人民出版社出版发行
(地址:郑州市经五路 66 号　邮政编码:450002　电话:65723341)
新华书店经销　河南省瑞光印务股份有限公司印刷
开本　890 毫米×1240 毫米　1/32　印张　6.375
字数　157 千字　插页　1　印数　1-6000 册
2005 年 9 月第 1 版　2005 年 9 月第 1 次印刷

定价:15.00 元

内 容 提 要

小说通过描写男女主人公浩钧与若桢自大学起长达十年的感情纠葛，描写了世纪之交整整一代农村大学生在异乎寻常的现实环境中追求幸福和理想的历程。农家少女若桢为了追求幸福、摆脱不幸家庭的阴影，委身于富家子弟，但在一次次短暂的眩晕之后，她收获的只有遍体鳞伤的痛楚。同为农家子弟的浩钧拯救了她的灵魂，与她建立了一个温馨的家庭。但在他们面临命运骤变之际，若桢选择了退却，留下浩钧艰难地面对一切。另一个主人公惠民则为了留在省城不惜出卖尊严和人格，在他最终失去了一切的时候，他并没有沉沦，经过一次次选择，他与一个卖肉的寡妇相爱结合，找到了生命的支点，开始了全新的人生。

过山车是一种游戏。在短暂的、忽而天上忽而地下的骤变中，过山车承载了无数人的灵魂出窍和归依。浩钧、若桢和惠民的人生轨迹，如轰隆隆的过山车一样，幸福与悲苦交织、温暖与冰冷同在。作品运用意识流的写作手法，深入人物心理层面，大胆揭露了人情、人性的本质。作品在平静的叙述中，直抵人物的内心世界，构织立体而真实的情节，描摹细腻而感人的生活。在面对鲜血和死亡的时候，在稠密的生活如影随形的时候，在小人物作为弱者对整个社会求索、失败，继而再求索的时候，一个个震撼人心的故事扑面而来……

一

他和若桢认识，算起来已经是十年以前的事情了。或许对四十往上的人来说，十年八年不过是弯腰捡起一片落叶的工夫，可对他来讲，这十年八年就是一生一世。如果没有遇见若桢，如果这段窄窄的日子里没有发生那么多事情，他真的不知道这十年里从相见到结婚、又到分手所经历的种种悲欢交集，要平摊在几十年的人生里度过的话，会是一种多么平淡而乏味的日子。

后来若桢曾经问过他，他第一次见到她的时候，有没有喜欢上她。他想说是的，却又不好意思说，只好傻傻地笑着。他回想起来和若桢在一起的日子，大概有一多半的时间都在傻笑吧。若桢告诉他，他们第一次见面，是在系里迎接新生的晚会上，她要表演二胡独奏，碰巧没有足够低的话筒架子，他就举着话筒，蹲在她的膝盖前二十厘米的地方。他听了，略微怔了怔。他隐隐约约记得那不是他们第一次见面，可他到底是什么时候第一次看见她的，根本就记不清了。就像总以为某件东西就在那个地方，而且是不容置疑的确定，但是真的去找，找到的却往往总是失望。

他觉得他们俩仿佛两条平行线，虽然离得很近却永远不会相交。不过他又想，是平行线也好，虽不能牵手，总算可以望见她，感受到她，像蜿蜒的两道铁轨，不曾拥抱但也从未分离。而一旦恋爱结婚，又仿佛两条直线交会，即便有之前的期待和当时的激越，却会越离越远，竟变成了永远望不到尽头的分别。

十年之后，在一个个死亡接踵而至的那些日子里，他回忆起十年来匆匆忙忙的岁月。四周渐渐寂静，只有一个怪异的声音响着，像是寺庙里浓重的晨钟暮鼓，又好像是火车穿过山洞时的轰鸣，又好像什么都不是，脑海中一片澄净。

他想，他和若桢的故事，该从什么时候开始呢？

二

大四寒假的第一天就下了大雪。

毕竟是大四了，很多人都没回家，宿舍楼里倒也不算冷清。大雪覆盖了整个校园，像是书本里干干净净的扉页。浩钧躺在被窝里望着外边飘雪的天空，以为有很多灰色的鸟在飞，凝神看仔细了，才看清楚是一团团飞扬的雪花。他想明年的这个时候，依然会刮风，会下雪，只是不知道自己会在哪里。也许在省城的某个地方，也许早回到了家乡，和父亲、姐姐一起包饺子吧。

惠民推开门的时候，浩钧正在翻着父亲的来信。上大学以来，浩钧几乎每周都要和父亲通信，四年下来竟有一百多封，装了满满一匣。每次打开盖子的时候，屋子里面就弥漫开陈年毛笔字所特有的暗香，在狭窄的空间里默默浮动，而他就会沉浸在这无边无际的暗香里。

惠民风风火火地进来，见他在对着一匣子信发呆，就搓着手说："走，走，哥哥请你去吃火锅。"浩钧摇头说："算了，我胃不太好，吃不惯那么辣的东西。"惠民说："走吧，我还请了若桢，搞一个四人聚会，蛮好。"浩钧听说有若桢，越发不肯去。惠民有些着急，把装信的匣子抢到手里，说："怎么了你，不给哥哥面子吗？"浩钧生怕他弄坏了那个纸匣子，只得说：“好好，我去，我去。”

其实大学四年，浩钧很少和同学聚会，因为他连自己吃饭都成问题，哪里有多余的钱可以拿来交际。更何况，这次聚会还有她。

他开始喜欢若桢还是在四年前。经过无数个辗转反侧的不眠之夜，他终于提笔给父亲写了封信，多多少少提到了一些情感波动。父亲的来信很快到了，信封上一行颜体字：

浩钧吾儿亲启

一看到那行颜体字，浩钧的眼泪就涌出来了。他哆嗦着拆开信，洋洋洒洒十几页，一色颜体小楷。父亲还是老习惯，用学生写过的作文纸反面写信，故而信纸大小不同，颜色深浅各异，十几张纸用黑色针线钉在一起，不至于散乱。信上很大的篇幅都是在讲家里的事，以及鼓励他求学的话。到了最后一页，父亲的笔锋一转，写道：

我儿今年已20岁了，正是古人所言“弱冠”之年。李太白有诗云：仰天大笑出门去，我辈岂是蓬蒿人。我儿应试一举中榜，为我乡十数年不遇之异数，岂可因校内若干琐事缠身贻误学业？我儿青春年少，正是读书之年，岂不知你母亲去世得早，为父将你姐弟二人拉扯成人，个中辛苦操持自不待言。世纪之交，千年更替，如今我儿逢此千年不遇之大变数，怎可顾影自怜，为私情所扰，自堕青云之志耶！你姐从深圳来信，说已将下学年的学费凑齐，不日即可寄到。我儿善思聪颖，自不会做亲者痛仇者快之事。

信末，为父书李公太白《南陵别儿童入京》一首，与我儿勉之。

白酒新熟山中归,黄鸡啄黍秋正肥。
呼童烹鸡酌白酒,儿女嬉笑牵人衣。
高歌取醉欲自慰,起舞落日争光辉。
游说万乘苦不早,着鞭跨马涉远道。
会稽愚妇轻买臣,余亦辞家西入秦。
仰天大笑出门去,我辈岂是蓬蒿人。

浩钧把信合上,展开,又合上,眼前的一切慢慢模糊,像一艘小纸船漂泊在碧绿的湖水里,慢慢地舒展开,慢慢地被浸湿,慢慢地融进了碧绿中。他知道,从那时起,自己生命中最伤感也是最美好的一段日子过去了。

在浩钧默默地独自消解这段无疾而终的恋情的时候,惠民和璇璇的感情正如火如荼。时近期末,已经是系学生会主席的惠民忙着交一篇总结,偏巧璇璇要过生日,就再三拜托浩钧捉刀。系学生会的办公室大小如一间宿舍,一张写字台,一个大立柜,一张旧沙发,墙角堆着锣鼓彩旗之类集会时用的东西。墙上有块牌匾,黑底金字,写着“仰天大笑出门去,我辈岂是蓬蒿人”。这是浩钧和惠民来省城报到的时候,惠民的父亲给他做的,以前挂在惠民宿舍的墙上,自从他入主这间办公室后,就安家于此了。写字台上有一盏破旧的台灯,不过擦得很干净。钢笔、胶水各类文具摆得井井有条。浩钧在写字台边坐下,心想,这里的一切,大概都是若桢打理的,否则这里不会这么整洁。如此一想,他觉得若桢就在眼前,笑意盈盈地整理着桌子,用长长的鸡毛掸子掠着墙皮的浮灰。屋里的空气中,仿佛也有了若桢若有若无的体香。呆坐了一会儿,浩钧自失地一笑,本以为早将她的事看得极淡了,可一旦想起,却还是这么念念不忘。忘却像是把一块明矾掺进水里,味道变得苦涩不堪,看上去却仍然清澈如初,只是之前没有尝过,不知道忘却的滋味罢了。

文章写得很顺手。写到了最后的时候，办公室外有人敲门，浩钧还以为惠民回来了，就随口说："请进。"

门开了，进来的却是若桢。浩钧以为自己看花了眼，定睛看去，那人半长的头发垂在肩头，两眼中带着一丝惊讶，不是若桢还会是谁？浩钧立刻有一种鸠占鹊巢的感觉，赶紧站起来说："惠民他有事，让我帮他写写总结。"若桢已经恢复了常态，笑着摆手："哦，是这样。我刚才从下边过，见办公室亮着灯，就上来看看有没有需要帮忙的。"浩钧说："现在几点了？"若桢看看表："七点多了，你还没有吃饭吧？"浩钧身子一紧，不知她为什么要这么问，是普通的询问，还是关心？抑或是——浩钧呆了呆，说："马上就写完了，写完了再吃吧。你吃过了？"

若桢点头说："是啊，我刚吃过的。"

浩钧伏下身子，可握住笔的手却不由自主地颤抖，几乎写不成字。若桢并没有走，而是坐在了沙发上，翻起了报纸。浩钧记得那是前天的旧报了，若桢难道是在等他？若桢等他干什么呢？浩钧感觉到额头上冒出来一颗一颗的汗珠，却不敢去擦，仿佛脸上涂着掩饰的油彩，一抹拭便露出了真面目。若桢倒自然，用报纸遮住了脸，看不清面孔。浩钧强迫自己握住了笔，用力地写着，倒像是篆刻家在刻铭章，一笔一画都是力道，所及之处碎屑横飞，全没有平时写字的舒展。剩下的总结终于写完，浩钧已是出了一身的汗。抬头看看若桢，却见她仍是翻着报纸，一点没有走的意思，仿佛真在等着什么。

浩钧鼓足了勇气问："你，没什么事吧？"

若桢放下报纸，眼睛里纤尘皆无，说："我？我没有事啊，你的文章写完了？"

浩钧忙说："写完了，写完了。"

他把十几页稿纸理好，装进一个文件袋，两根手指捻着封口处细细的白线，一圈圈地缠绕，一直缠到那根白线的尽头，浩钧觉得把自己的生命和等待都缠绕进去了。若桢不再看报，而是继续坐在沙发上，眼睛看着别处，若有所思。浩钧紧张得手心里涌出好多汗水，把厚厚的文件袋都浸得湿了。

浩钧拿着文件袋，脚步沉沉地走到立柜前，伸手开门，不料那扇门竟直挺挺地掉了下来。浩钧毫无防备，那门正好砸到脚背上。若桢的脸本来冲着另一边，此刻扑棱棱地站起来，惊讶地叫道："浩钧！你，你没事吧？"

浩钧觉得脚上万箭攒击，估计已经淤肿了，强忍着痛说："这门，怎么会掉下来？"

若桢忙扶他在沙发上坐下，说："这立柜的年纪大概比我们都大些，早就是半死不活了，就拿这扇门来说，不知害过多少人呢！你的脚，怎么样了？"

浩钧听她把立柜形容成半死不活的，不觉一乐，脚上的疼痛便麻木了起来，说："还好，幸亏现在是冬天，穿着棉鞋，不然肯定会疼得厉害。"浩钧蓦然想起来今天穿的是老家隔壁的胡大婶给做的棉鞋，高三时穿上的。虽说用料和做工都是上乘，但穿了两三年，早已破敝了，鞋帮处好像还露着棉絮，早上来时还被惠民笑话过的。惠民拿这个取笑他，浩钧权当是玩笑而已，若是若桢也拿这个取笑，浩钧就觉得真的是无地自容了。

浩钧挣扎着站起来，说："那报告就在柜子里了，你见到惠民的话，告诉他一声。"

话音刚落，他却发现若桢背过身去，飞快地抹了一下眼角，回头时泪眼里却已是笑意盈盈，说："你的脚，能走吗？"说着，看了看他的脚。浩钧瞥见她一脸笑地低头看，恨不能把两只脚砍掉，勉强说："没事，我的棉鞋厚实，砸着不太疼的。"若桢脸上的笑突兀地停滞了，眼皮扑闪闪地抖动着。浩钧尴尬地挪着脚，试探地问："你，若桢你，没事吧？"若桢摇头说："没事，没事，只是有点——"若桢轻轻挥了下手臂，像是坠水的人本能地在挣扎"——伤感。"

若桢轻轻地说。

浩钧呆了,不知道该说什么。

若桢说:“我以前,也有一双这样的棉鞋,是我妈给我做的,看见这样手工做的棉鞋,我就想起家里的人。”浩钧“唔”了一声,吃惊地看着她。若桢低着头,眼圈却红了:“我,上学以来还没有回过家呢,嘻嘻,挺可笑吧。”浩钧以前听人说若桢是个要强的女孩子,寒、暑假都在省城打工挣钱,连家都不回。他想起在深圳打工的姐姐,顿时鼻子酸了起来,有一种上前拉住若桢双手的冲动。

这时忽然有人进来,连门都没敲,显然对屋里的事情毫无防备。浩钧立刻惊出一身的冷汗,回头看时,却是个陌生的男生。这男生个子不太高,眼睛却很大,脸上红红的,大冷天穿着背心和运动裤,浑身大汗淋漓,热腾腾地冒着白白的水蒸汽,莫名其妙地看着浩钧和若桢。

浩钧不明就里地看着那男生。若桢却着急上前说:“哎呀,你怎么连个外衣都不穿,这么冷的天,不怕着凉吗?快穿上快穿上。”若桢的话音嗔怪中夹着绵软,让浩钧绝望地企羡。那男生一笑:“我还想洗凉水澡呢!外国人打完球都这样,这位是——”

浩钧开始意识到自己的多余,忙语无伦次地说:“我是她同学,一个年级的,来这儿办点事——”若桢打断他说:“这位是杜浩钧,我们学生会主席的哥们,来写个总结。这位是林孝桐,是我们的校友,不过已经毕业了,嗯——是我的男朋友。”

浩钧像是个等待宣判的人,虽然知道了结果,但也多少带着些决绝的侥幸。他尽管猜到了几分,可从若桢嘴里明白无误地吐出“男朋友”三个字的时候,还是不可抑止地震惊和难过,一股凄厉的寒意从发梢直到脚心,直到周身寒彻。浩钧本能地说:“哦,那你们忙,你们忙。”

孝桐忙拦着他:“没事儿,你吃饭没?待会儿一起吃饭吧,我可没吃呢。若桢,你吃饭了吗?”

若桢为难地看看孝桐，又看看浩钧，说："我，可以吃一点的。"

孝桐奇怪道："可以吃一点是什么意思？你到底吃饭了没有啊？"

浩钧想起来刚才若桢说她已经吃过了，现在看来显然是撒谎，大概是不想让他邀请一起吃饭吧。原来若桢并不是看到有灯光才上来瞅瞅，而是和孝桐约好了在这里见面的，难怪她把一张前天的旧报纸翻来覆去地看而不离开了。浩钧觉得自己真是傻瓜透顶，亏得刚才还以为若桢在等自己呢！他的脸变得血红，羞愧难当地说："不了不了，你们吃吧，我已经吃过了。"话一出口，才觉得说了个愚蠢的谎话，像玻璃一样透明而脆弱。若桢的脸顿时白了，喃喃着不说话。浩钧勉强对着他们点点头，推门出去。孝桐惊讶地看了看若桢，笑道："真是个怪人，呵呵。"

那天的楼梯很黑。浩钧扶着墙，慢慢地走着。四下里静悄悄的。浩钧的脚上传来一波又一波的剧痛，像是滚滚的洪水，与心里的创痛汇合在一处，一遍遍地冲击着他欲裂的脑壳。楼梯里的灯是声控的，浩钧小心翼翼地走，竭力不发出一点声响，不让这一只只明亮的眼睛苏醒过来，照到自己遍体鳞伤的样子。人在受伤的时候，总喜欢到黑暗的地方舔舐伤口，这倒和野兽是一样的。浩钧吃力地抓着坚实的墙壁，一步一跳地下着楼梯。脸上泪水模糊，眼前一片昏暗，浩钧觉得自己也正是一步步走进这混沌的黑暗中，渐渐僵硬，渐渐同这朦胧的黑暗凝为一体了，再也分不清楚哪里是黑夜，哪里是自己。

这都是四年前的事了。浩钧走在雪花里，心想，是啊，四年了，可是，真有这么快吗？

冬日的火锅店生意极好，到处是热气腾腾的汤锅和大汗淋漓的食客，伙计们端着堆得高高的红色肉片穿梭往来。璇璇和若桢还没到，惠民和浩钧只好喝茶聊天。惠民说："浩钧，知道为什么请若桢来吗？"

浩钧心里一抽。他发现时间未必就是淡忘的良药，有些感情在岁月的摧磨之下，反而愈发坚硬了。他只好说："我怎么会知道？"

惠民说："她和林孝桐，就是那个阔少，吵架了，哭得一塌糊涂，我是受人之托来劝架的。"

浩钧强迫自己装作无动于衷，说："两个人在一起，有些别扭也是难免，我印象里他们俩挺好的，我实习的时候，还见他们俩去买车呢。"

惠民惊讶地说："买车啊？林孝桐可真有钱！"随即摇摇头，"唉，那也是他家里有钱，做大生意的嘛，还能没有钱？"

浩钧就问："若桢他们吵架，你是怎么知道的？"

惠民说："若桢租的房子就在我楼上，正好撞上了。"

浩钧自失地一笑，这才知道若桢和孝桐已经同居了，心情黯淡下来，低声说："那你们吃不就行了，何必非拉上我，我跟她又不是太熟。"惠民正要说话，却看见璇璇拉着若桢，一前一后地来了。

菜是惠民点的，若桢一直低着头。浩钧坐在若桢侧对面，局促得如坐针毡。惠民大筷大筷地放羊肉，说："浩钧、若桢快吃，冬天吃这个很好，暖和。"

璇璇撅着嘴说："就没有想到我，怎么不让我吃？"

惠民赶快挟起来一大筷子涮好的羊肉，赔罪地放在她碗里，璇璇这才眉开眼笑。浩钧闻见那种刺鼻的辣香就呼吸急促，只好在清汤的那一侧捞了些青菜豆腐，强忍着吃下去。若桢的碗里堆得很高，却一筷子都没动，仍是垂头不语。璇璇劝她说："若桢姐，孝桐哥就是这个脾气，被家里人惯坏了，你要是处处都跟他计较，早气死多少回了！"惠民说："对，不管怎么说，先把自己身体搞好了才是硬道理，快吃些东西，不吃就浪费了。"

璇璇扭头瞪了他一眼，叱道："就知道浪费浪费，一顿饭才多少钱？一身酸臭的农民习气就是改不了！"

浩钧惊讶地看着璇璇，又看着惠民，他以为惠民肯定会跳起来大闹天宫的。不料惠民竟心平气和地笑了，面不改色地拍了拍璇璇的肩膀，亲热地说了一句什么，再朝浩钧眨眨眼，一副左右逢源的样子。浩钧问自己，这还是那个扛着“仰天大笑出门去，我辈岂是蓬蒿人”的牌匾到省城读书的惠民吗？这还是那个书生意气、挥斥方遒的惠民吗？人的变化太快了，就像眼前这一盘鲜红的羊肉片，在沸腾的汤锅里几次痛苦的翻滚之后，收缩成了一团团难看的灰黑。人的变化，大概就是这样吧。

若桢到底没有吃多少，只是被璇璇强迫着挟了两根青菜，吃着吃着，大颗的眼泪扑簌簌地掉下来，滴在碗里。璇璇拍了惠民一巴掌，说：“快叫服务员换一个碗，吃自己眼泪不好，越吃越伤心。”惠民正埋头吃，被她这么一打有些发蒙。璇璇立刻瞪了眼睛，说：“李惠民你神经病啊，我叫你喊人换这个碗！”她的声音很大，浩钧和若桢都吃了一惊。惠民的脸立刻血红，难堪地看了看浩钧。浩钧装作没有注意，盯住了眼前的碗筷。惠民艰难地站起来喊：“服务员！”

浩钧再抬起头来时，惠民已经变得和平常一样了。浩钧是了解他的，他的心里不管有多痛苦多难受，都不能表现出来，何苦，真是何苦。一会儿，若桢把筷子放到碗上面，颤声说：“你们慢慢吃，我先回去了。”

璇璇一把拉住她，说：“若桢姐，你不要这样。回头见了林孝桐，不要那么轻易就原谅他，给他个脸色看看，气气他！让他知道我们女孩子生起气来还是很厉害的！”

若桢抖着肩膀，一句话也不说。璇璇扭头对惠民说：“听见没有李惠民？我可不像若桢姐这样，我才不会向你屈服呢！要吵架咱们看谁吵得过谁！”

惠民立刻点头哈腰，做了个投降的姿势，笑道：“我早投降了，才不会跟你吵架呢！”

璇璇得意地说:“那还差不多。”

若桢突然仰起来脸,失神地看着远处。浩钧看见她的双眼红肿得像桃子,不知分泌了多少让人心碎的液体,好像它们已经淹到了他的胸口,使得他难以呼吸。

世界上再没有比看到心爱的人受委屈更让人难以释怀了。浩钧霎时间心如刀绞,端起杯子的手颤抖得厉害。幸好惠民和璇璇在一个劲地劝若桢,没有人注意到他。浩钧感到一丝庆幸,随即又体会到了悲凉,其实又有谁会注意到他呢? 谁会体会到他内心深处的伤感呢? 他无非是一个可怜的、彻头彻尾的局外人而已。

若桢已经不再有泪,仿佛泪已经流干,现在眼中和脸上流淌的,全都是默默的哀怨,看不见,也擦不完,但可以明明白白地感觉出来。惠民和璇璇轻声劝着,像是做水陆道场的僧人喃喃地祷告,但死去的人毫无觉察,仅仅是给在世的人一点精神上的安慰和寄托。浩钧从红油翻滚的汤锅里夹出来一块红红的豆腐,咬了一大口,顿时麻嘴呛肺,眼泪掉了下来。浩钧抓了纸巾去擦,很快成了濡湿的一团。惠民好奇地说:“你不是不能吃辣的吗? 偏要逞能。”璇璇转过脸说:“浩钧,你去用凉水漱漱口就好多了。”

浩钧想还是女孩子知道体贴人,勉强说:“对不起,对不起,我去一趟洗手间。”

浩钧心烦意乱地在洗手间徘徊了一阵,不知道自己是怎么了,为什么一见到若桢就会不由自主地因她而喜,缘她而悲,心绪全都被她左右,以至于屡屡无法控制自己的感情,像一个没有灵魂的木偶,全由那几根纤弱的细线制约。呆了好一会儿,浩钧才头脑昏沉地离开。走到楼梯口,浩钧放慢了脚步。眼前闹哄哄的餐厅突然安静了下来,他听见有个声音叫着:

“若桢!”

浩钧浑身一颤,把身子探出了楼梯观望。孝桐浑身都是雪花,雪人一样站在餐厅门口,手里一大束玫瑰,大声说:

“对不起!”

若桢一下子软软地靠在璇璇肩上。惠民张大了嘴,手里却还举着筷子。璇璇兴奋地晃着若桢,一个劲儿说:“你看,他来了,他来了!”

若桢自然是看到了孝桐,原本干涸的眼眶里又蓄满了泪水。浩钧看着若桢,仿佛听到了眼泪汩汩涌出的声音。孝桐捧着玫瑰走过来,送到若桢眼前,又说了句:“对不起。”

若桢垂着脸不语,孝桐托着她的下巴,在紧闭的唇上吻了下去。

浩钧死死抓着楼梯扶手,只觉得那木质的扶手仿佛涌起来的波浪,无论如何也抓不牢,只能无力地随着它上下翻滚。惠民不自觉地扭过头朝这边看,正好和浩钧锥心的眼神交接,两个人都愣住了。浩钧勉力一笑,扭头又走进了洗手间。

等浩钧回到座位的时候,若桢已经被孝桐接走了。璇璇还停留在兴奋的状态里,不停地问惠民:“李惠民,如果我们吵架了,你会像孝桐哥那样给我买玫瑰吗?”惠民一再说“会的,会的”,璇璇突然冷冰冰地说:“谁要你会?你要是真心喜欢我,根本不会和我吵架的!”

惠民赶紧说:“是,是,我不会跟你吵架的,我怎么会舍得跟你吵架呢?”

璇璇冰冷的脸稍微缓和了一下,对浩钧说:“我觉得李惠民这个人吧,刚开始的时候还有一张巧嘴,能讨人喜欢。现在是连这点长处都没有了,天天讨人厌的,你看看他还有什么?除了一身的农民习气,酸臭。”

浩钧看了眼惠民,不由自主地又想起来“仰天大笑出门去”的牌匾,说不出话。

惠民怔了怔,说:“你呀,就是个小孩子的禀性,有你这样说男朋友的吗?是不是?”说着,轻轻拂了一下璇璇白色帽子下边的长发。璇璇不耐烦地甩头，却对着浩钧说："浩钧你吃得怎么样了？"

浩钧笑道："早吃饱了，你们呢？"

璇璇说："我也是早就饱了，可李惠民是个大肚汉，谁知道他吃饱没有？"

惠民放下筷子，故作不解地说："咦，今天你怎么老爱揭我的短？我就那么能吃吗？"

浩钧觉得他这勉强的幽默仿佛一块块石头，砸得到处都是回响。璇璇命令说："去埋单吧，天不早了，我回家还有事呢。"

惠民愣了一愣，说："不是说好看午夜场的电影吗？"

璇璇说："什么电影电影，我老爸临时安排了点事，得赶紧回家。"

惠民尴尬地看了看浩钧，站起来说："好，好，我待会儿送你回家。"

璇璇说："不用你跑了，有车接我。"惠民不再说话，脸色一如死灰。

出了火锅店，浩钧不远不近地跟着他们，看着洁白的雪地上凌乱的黑脚印，感觉这一双双脚都踏到自己心里去了，乌黑一片，再没有可能重归洁白。惠民护着璇璇在路边等车，尽管风不是很大，还是把自己的大围巾解下来，结结实实地扎在璇璇脖子上。璇璇拿着电话低低地讲着，灵巧地躲闪着惠民的手，最后格格一笑说："好好好，你来吧，给你个表现的机会。"惠民紧紧盯着璇璇，随着她的语调高低变换着表情，像是演员对着镜子化戏妆。璇璇收了电话，把脖子上的围巾呼啦啦地扯下来，不耐烦地说："围巾有这么戴的吗，你存心把我弄成丑八怪是吧？"浩钧说："你们还有事，我就先走吧。"惠民抱歉说："今天事情太多了，没有玩尽兴，改天咱们再聚一聚。"浩钧心里说，改天？以后这样的聚会他再也不会来了，就无声地笑笑，冲他们点点头。

时间还早，街上有很多人出来看雪，散步，有的还拿着相机来留影。浩钧走在越来越厚的雪上，听着脚下织布机一样咯吱的声音，感觉到头顶仍然有大片大片的雪花在飞舞，像一只只灰色的鸟。浩钧觉得真正赏雪的人，是会静静地站在原地不动的，不让自己黑黑的脚印玷污了洁白的雪。目光所及之处，墙角街心都有大块没有人迹的雪地，那里的宁静又能保持多久呢？要么受污，要么融化，看来想在天地之间保留一片纯粹干净的洁白竟是那么的难。

浩钧停在一个吹糖人的小摊前，看着一块块蜡黄的糖块变成孙悟空、猪八戒、唐僧，偶有做不成功的，便在小锅里化掉重来。他想，如果世界上真有一个地方，能把自己脱胎换骨成一个新人，那么用再大的代价他也会去的。事实上这种地方永远不会有，他也只能永远做杜浩钧，接受命运安排给他的一切。一阵车喇叭声响起，浩钧回头看时，一辆漂亮的车正冲他眨着眼睛，里面坐的竟是璇璇，而司机是个谈笑风生的青年男子。明亮的车灯照射下，璇璇显然没有注意到他。浩钧走几步让开，看着他们融入车流。

许久，浩钧回头，朝刚才分手的地方看去。马路对面，惠民呆呆地站在原地。他的身边，行人如流，穿梭而过，没有人会注意到他的惊愕和失落，仿佛小溪绕过一块凸起的石头，继续欢畅地流淌。

浩钧明白，其实他和惠民一样茫然无助，像两个知道闯了大祸的小孩。

寒假的日子很单调，浩钧终日蜷在床上看信读书，怅惘的时候就到校园里转转，如此挥霍掉了好些时光。过不几天，惠民又约他出来，两人闷闷地喝酒，想着各自的心事，像是两个不相干的人。一会儿，惠民举起酒杯说："咱们两个很久没有这么喝过酒了，你说是不是？"

浩钧想想，说："是，好久没有这样了。"

惠民把他的酒嘬进嘴里，说："浩钧你说，我们还是不是兄弟？"

浩钧说:“当然是了,你怎么问这个?”

惠民说:“那好,你帮个忙行不行?你说,李惠民,王八蛋。”

浩钧愣住了,说:“惠民你喝醉了吧?”

惠民使劲地摆手:“我没醉,我清楚得很哩!你说啊,快说,李惠民,王八蛋。”

浩钧放下筷子,喊着:“老板娘!结账!”

惠民啪的一声按住浩钧的手,说:“浩钧!你也瞧不起我!连你也瞧不起我吗?”

老板娘拿着账单过来,诧异地看着他们。惠民说:“再来一瓶,快点。”浩钧的手被惠民打得青紫,忍着疼扶他起来,说:“惠民你醉了,醉了。”惠民软绵绵地站起来,脸涨红得像玫瑰花瓣,眼泪刷刷地流着。浩钧搀着惠民,趺趺撞撞地走出了饭店,食客们见怪不怪,漠然地看着他们。

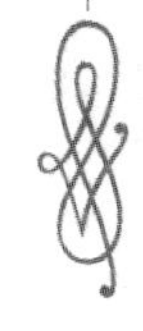

浩钧把惠民扶到了系学生会办公室。惠民自从做了系学生会主席后,就不再住宿舍了,办公室里全天供电,冬天可以插个电炉取暖,和宿舍比简直是天堂。惠民坐在沙发上,拉着浩钧的手说:“浩钧,你听说过狗吗?”

浩钧顺着他说:“听说过,听说过。”

惠民说:“那种毛长长的,白白的狗。”

浩钧只好连连点头。惠民说:“浩钧,我现在是连一只狗都不如啊!你知道吗?”

浩钧拍着他的头说:“你醉了,还是躺会儿吧。”

惠民说:“兄弟,你也说我醉了,连你也说我醉了!我醉了能有这么清醒?今天是我最清醒的一天,我算是看清楚自己了,什么东西!”

浩钧把沙发放平,扶他躺下。惠民挣扎着起来,说:“我不睡,我清醒得很呢,我不睡觉。”浩钧只好坐在惠民身边,问他:“到底是怎么回事?”

惠民不答,岔开话题说:“你猜璇璇现在在干什么?”

浩钧说:“她大概在家吧。”

惠民说:“她怎么会在家,她那样的小淫妇怎么会老老实实在家!我知道,他爸爸给她介绍了一个男朋友,国外留学回来的,博士。”

浩钧摇摇头说:“不会的,惠民你喝多了瞎想呢,我看璇璇不是那种人。”

惠民苦笑说:“我不怕兄弟你笑话,她爸爸找过我,把话都挑明了,希望我能和璇璇分手,他给我在省城找个工作。浩钧,兄弟你不知道,他家我去过,你知道我给他们干什么吗?我给她家的狗洗澡!你知道吗?给狗洗澡,他家保姆都不干的活!我,李惠民,伺候他家的一条狗,白毛狗!”浩钧不知道说什么好,只是紧紧地抓着惠民的手。惠民挣扎开,用拳头捶着胸口,咚咚地响,又指着墙上,呓语般地说:“浩钧,你还记得它吗?”

浩钧顺势看去,一个半旧的牌匾,上面写着“仰天大笑出门去,我辈岂是蓬蒿人”,他记得上面的字是金漆的,如今已经蒙上了灰尘,显得很落魄。惠民大声说:“仰天大笑出门去,我辈岂是蓬蒿人!嘿嘿,我考上大学了,也混到毕业了,却连个蓬蒿人都没有混上,成了个伺候狗洗澡的窝囊废,浩钧你说说,我算什么东西?你知道我怎么给狗洗澡的吗?”

不等浩钧说话,惠民跳起来,趴在地上,屁股就那么翘着,仿佛面前有个水盆,双手像是在撩着水,嘴里模仿着哗啦啦的水响。惠民惟妙惟肖地洗了一阵,扭头冲他说:“浩钧,你看我像不像一只狗?我是不是就少了一根狗尾巴了?在他们家里我就是一条狗啊。可这样了还不行,我还是不能和璇璇好!我要璇璇,就在省城找不到工作,要工作,就不能跟璇璇好!这世道你说吧,是公平的吗?”

浩钧含着眼泪把他扶到沙发上,惠民哈哈笑了笑,打了个大大的呵欠，说："兄弟，你说我是不是王八蛋？你说是不是？"说完，翻了个身，便不再说话了。浩钧给他盖上被子，轻声喊了几下，惠民一点反应也没有。浩钧怜悯地看着他，难过而伤感。惠民的鼾声却渐渐响起来。

浩钧趴在桌子上睡了一夜，好在办公室里并不冷，不然肯定要冻出病来。浩钧醒来的时候，不过是早晨六点多种，窗外的天黑洞洞的，月光黯淡如墨。迷迷糊糊中有人推他，睁眼一看是惠民。浩钧说："你醒了？头还疼么？"

惠民摇着他的胳臂，急急地问："昨天晚上我喝醉了吗？你告诉我我喝醉了吗？"

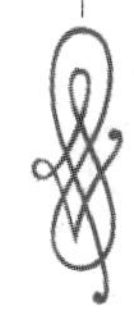

浩钧含混地说："你是喝得不少，也不算醉吧。"

惠民摸着头，说："不对，我肯定是醉了，不然头不会这么疼。你说我醉的时候，我说了璇璇的坏话没有？"

"没有，没有。"

惠民松了口气，问："那就好，没有说什么就好，浩钧，我没有说什么胡话吧？"

浩钧摇头说："你喝多了，一到这里就睡了，什么话都没说。"

惠民不相信："真的没说？"浩钧摇头，惠民说："也是，我一醉就不知道天高地厚了。我说的那些话都是胡话，屁话，我都不知道说了什么，你说是不是？"

浩钧拍拍他的肩，说："别瞎想了，你睡得跟死猪一样，连梦话都没有。"

惠民黑着脸一笑，说："是的，我想起来了，我是一句话都没说。我能说什么？什么也没说。"

三

临近春节，校园里更加冷清，平素喧闹的宿舍楼里许久才有脚步的声响。光顾浩钧宿舍的人也少了，张亚明进来的时候，浩钧正看着窗外发呆，亚明就笑道："浩钧，外边冰天雪地的，还有美女吗？"

浩钧见是亚明，也笑道："美女没有，打拳的老太太倒不少。"两个人都笑起来。

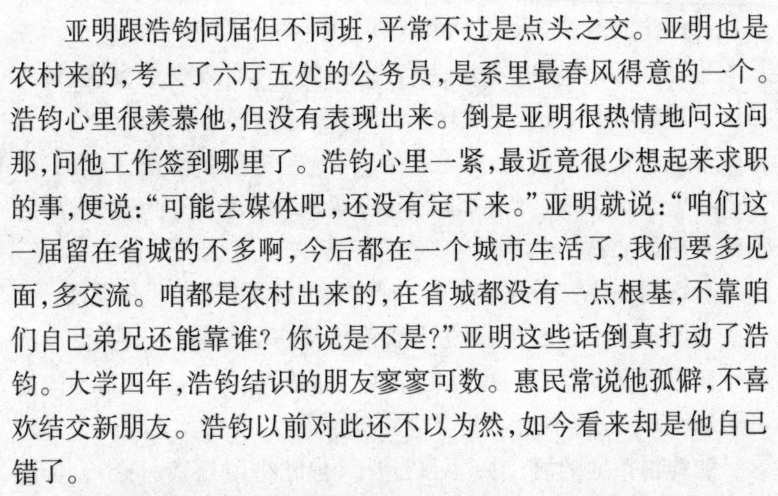

亚明跟浩钧同届但不同班，平常不过是点头之交。亚明也是农村来的，考上了六厅五处的公务员，是系里最春风得意的一个。浩钧心里很羡慕他，但没有表现出来。倒是亚明很热情地问这问那，问他工作签到哪里了。浩钧心里一紧，最近竟很少想起来求职的事，便说："可能去媒体吧，还没有定下来。"亚明就说："咱们这一届留在省城的不多啊，今后都在一个城市生活了，我们要多见面，多交流。咱都是农村出来的，在省城都没有一点根基，不靠咱们自己弟兄还能靠谁？你说是不是？"亚明这些话倒真打动了浩钧。大学四年，浩钧结识的朋友寥寥可数。惠民常说他孤僻，不喜欢结交新朋友。浩钧以前对此还不以为然，如今看来却是他自己错了。

大四实习的时候，浩钧联系过一家报社，送了几篇稿子，一个姓薛的老师对他还很有好感。浩钧一直在回家乡和留在省城之间摇摆不定，也就没有再和薛老师联系。亚明一走，浩钧原本就芜杂的心绪越发凌乱，书也很少看得进去，大把大把的时间就这么荒废掉了。常常是一个上午都在对着窗外发呆，书还是刚翻开的那一页。浩钧想起了有人说书读到最高的境界，是"风吹哪页读哪页"，而眼前这一页书也太过沉重了，无论如何也无法翻过去。到了腊月二十八,应该是家乡贴对联的时候了,浩钧实在克制不了回家的冲动,收拾起了行李。十五分钟之后,他已经站在了校门口,焦急地等着开往火车站的公交车。

雪纷纷扬扬。路面上结了一层厚厚的冰壳,看上去好像是松软的雪,一脚踏上去才知道是坚硬的冰,原来从柔软到坚硬的距离竟是这么短,这么简单,这么不加掩饰。

浩钧走得急,连围巾都没有带,在寒风中赤裸着鼻口,喉咙痛痒难耐,忍不住地咳嗽,可咳嗽过后,又是更加难忍的痛痒。浩钧有了些动摇,却强迫自己等待下去。一辆公交车在街对面停了下来,旋即开走。一个衣衫单薄的女子在站牌下,向旁边的人问路。一个硕大的背包小山似的压在她纤弱的背上,使她不得不深深地弯下腰,又必须昂着头和路边人搭话,活像一个僵硬的蚕。浩钧几乎不敢相信自己的眼睛。等那个女子满意地转过头来,隔着大街一眼看见了他,也惊异地呆住了。浩钧跳着叫起来:“姐！姐！”脸上满是惊喜的笑,不知不觉也涌出了泪花。

浩钧的宿舍还有两个人不回家,知道他姐姐来了,就一起说到别的宿舍借宿。姐姐很觉得过意不去,便把从南方带来的小吃特产匀出来一些,让浩钧给他们送去。浩钧笑着说不必了,只要同学有家人来,大家都会这样的。姐姐一再坚持,浩钧只好送了过去,眨眼间就被一扫而光。等他回到宿舍,姐姐已经把床铺整理好,仔细掸着床角的灰,又从褥子下面翻出来一双袜子,见他进来,埋怨说:“你连自己睡觉的地方都脏成这样,让我和爸怎么放心你一个人在外边。”

姐姐比浩钧大四岁,却已经是在外闯荡快十年的人了,她到了任何一个地方都闲不住,容不得眼前的东西有丝毫的没有条理。姐姐有些地方很奇怪,强势的时候很果敢,唠叨的时候又很啰嗦,或者她本来是一个啰嗦的人,这些年异乡谋生的日子让她变得强势了起来。日子就是这么一个熔炉。糖人大叔的炉子也只不过把糖水变了变形状,本质仍然是原样。可日子就不同了,它能把原来的那个人,生生地变成另外的一个样子,一个截然不同的人。

姐姐见他半天靠在墙边不说话,就问:“你刚才在校门口做什么?”

浩钧想了想,说:“我想回家几天。”

姐姐把脏了的床单揉成一团,扔在盆里,继续问:“你还有什么脏衣服洗吗?”

“没有了。”

“你把行李箱打开我看看。”

浩钧很不情愿,但还是打开了盖子。姐姐笑着摇头:“骗姐姐是吗?这么多脏衣服,不到生虫子的时候你是不会去洗的。”浩钧羞赧地低头。姐姐把衣服拿出来,一件件地整理着,仿佛是不经意地突然说:“你回家做什么,工作找好了吗?”

浩钧一时不知该如何回答。他突然很恨自己。如果他像亚明那样,像惠民那样签到了省直机关,甚至只要是省城的某一个工作,他就可以痛痛快快地告诉姐姐,让她快慰,自己也不必如此踌躇。那一瞬间他弄懂了很长时间以来困扰他的问题。惠民那样桀骜不驯的人,甘愿受冷遇却从不动怒,面对难以容忍的羞辱而泰然处之,原来有这样一个原因在里面。浩钧甚至想,如果他能靠女朋友找到惠民那样的工作,即使她比璇璇厉害娇纵十倍,他也是愿意忍受的。可惜他没有那样的好运气,连一个肯来羞辱他的女朋友都没有,结果他还是面临着求职无果的尴尬。浩钧心虚地看看姐姐,只好说:“工作呢,不是很好找。”

姐姐倏地停下,愣愣地盯着墙。浩钧吓了一跳,赶紧说:“我们这一届扩招了,本来竞争就很激烈……”

姐姐恢复了常态,说:“你在信上说的那个报社的工作,有什么眉目吗?”

浩钧嗫嚅着说："联系过了，好的部门已经没有空位了，而且，"浩钧不敢去看她，"而且报名的人也很多。"

姐姐说："你不是认识一个姓薛的老师吗？"

浩钧愣了一下，说："是，不过他好像也不是很有权力的……"

姐姐打断他道："晚上约薛老师出来，一起吃顿饭。"

浩钧几乎不敢相信自己的耳朵："今天晚上，和薛老师？"

姐姐把最后一件衣服放到盆子里，拍拍手说："是啊——你们的水房在哪里？这么多的脏衣服，得好半天洗呢。"

出门的时候，姐姐特意换了一身新衣服，对浩钧笑道："这衣服，是姐咬咬牙才买的，一百多块啊！就是为了回家装门面的，想不到提前用上了，看效果好不好？"

浩钧喉咙堵着，什么都说不出来，对自己说，这就是我的姐姐，我的姐姐啊。

把薛老师接到出租车上，姐姐问司机："省城有什么地方海鲜做得好？"浩钧深深低下头，不敢听姐姐说话。薛老师一愣，马上说："算了算了，和浩钧是熟人，不用那么破费。"姐姐坚持说："浩钧在偌大的省城就认识薛老师你，我是真心要感谢薛老师对浩钧的照顾。"司机说："要说是海鲜，大丽华是最好的。"姐姐不假思索地说："那就去大丽华吧。"浩钧几乎把头埋到了两个膝盖上，死死地揪着自己耳朵，对自己说，这就是我的姐姐，我的姐姐啊。

快到春节了，大丽华人满为患，只有楼上的雅座还有空位。迎宾小姐说雅座里最低消费就要九百九十九元，而且是先交钱再吃饭。姐姐爽快地付了钱，还直夸小姐态度好，服务热情。浩钧觉得脸上的肌肉都凝固了，怎么也笑不出来。雅座里，姐姐不住地敬酒，说浩钧在省城举目无亲，全靠薛老师帮忙了，以后麻烦他的地方还多着呢。薛老师一个劲地说客气客气。浩钧看着一桌子从未听说过、看见过的东西，无论如何也挤不出笑意。那些龙虾、海蟹，说不定昨天还在海里自由自在，却冷不防被人抓到岸上，装上飞机，成了这些离大海千里之遥的人们饕餮的美食。浩钧觉得自己何尝不是茫茫人海中的一只小虾米，一只小螃蟹呢？自以为跳出了农村，来到了省城，可以换一个新的天地了。不料四年淬火打造之后，仍不免被摆上餐桌，供人左右。

姐姐又站起来敬酒了，露出手上一个触目惊心的伤痕。浩钧知道那是姐姐焊接电路板时太困了，竟把电烙铁点到了手上。姐姐要焊多少块电路板才能支付得起这一场欢宴啊。浩钧似乎看到桌上摆的不再是生猛海鲜，而是一块块绿绿的电路板，高高地垒着；忽而又变成一副沉重的镣铐，铐在姐姐细细的手腕上。浩钧对自己说，这就是我的姐姐，我的姐姐啊。一边想，一边死死地去揪自己的耳朵。

姐姐突然说："浩钧，你的耳朵怎么这么红？"

浩钧放下手，说："真奇怪，一只耳朵冰凉，另一只却热得很。"

薛老师笑道："凉的那个倒没事，热的那个耳朵恐怕要冻了，我年轻时跑新闻，大冷天的还得骑自行车，冻过一次——那时哪儿有汽车！"

姐姐抓住这个话题说："薛老师，您也是打年轻时吃苦受难过来的。我们家浩钧就像您当年，在省城一点门路都没有，都靠您张罗了。我们家浩钧是农家子弟出身，别的长处不敢说，能吃苦是肯定的。我妈去世得早，要是他能在省城好好过生活，我这个当姐姐的也算对得起我妈了。"浩钧听了，忍不住又去揪自己的耳朵，对自己说，这就是我的姐姐，这就是我的姐姐啊。

薛老师沉默了一阵，说："小杜啊，你弟弟是个好学生，这一点我是清楚的。但我在人事科只是个副科长，不是一锤定音的人。我只能说，我会尽全力帮你弟弟的。报社这个单位，说缺人就缺人，说饱和就饱和，今年的竞争形势也确实很激烈。"

浩钧其实清楚薛老师在报社的地位，姐姐也清楚，但姐姐还是这么坚决地要请他，何尝不是想要抓住这仅有的一线希望呢？姐姐常说，我们穷人家求人办事，只有把人家当老天爷一样供奉起来，让他受了你的好，不好意思拒绝你。浩钧心里说，如今拿了钱不办事的人还少吗？谁又知道这顿饭带来的希望不是肥皂泡呢？不过这是惟一的机会，他和姐姐根本没有选择的余地。

把薛老师送回家，浩钧说："姐，咱们走回去吧。"姐姐说："好，坐公交车还得两块钱，能省一点就省一点。"于是他们慢慢地在雪地上走，谁都没有再说话。走到一棵大树下的时候，姐姐突然哭起来："姐是个打工妹，不认识上面的人，帮不了你什么，不然怎么会叫弟弟你这么作难？"

浩钧说："姐，我不留在省城了，我回家乡去。"

姐姐直直地看着浩钧道："浩钧，你要逼死姐吗？我打了十年的工，供养你上了四年的大学，你要把姐这惟一的精神支柱都敲碎吗？"

浩钧喃喃道："是我不好，我不好。"

姐姐嗓音沙哑地说："一顿饭要一千多块，我拿什么回家过年？家里那么多亲戚，哪一家没有几个小孩子，光压岁钱又要发出去多少？又到什么时候才能挣回来？真可笑，还都以为我在南方挣了大钱呢。"

浩钧说："姐，你别回去了，要不把爸接来，在省城过年。"

姐姐摇头说："傻弟弟，爸肯来省城吗？乡里人会怎么说？再说，住在哪里不要花钱——我还想去坟地里看看妈。"

浩钧再也忍不住了，抱住姐姐哭道："姐，我对不起你，我没有本事啊，我算个什么东西啊？"

姐姐抱住浩钧，笑道："傻弟弟，只要你好，姐作再大的难也是甜的。你想想，你要是在报社上班了，姐对乡里人说，我弟弟是省城报社的记者，在省城的大高楼里上班，坐的是省城的大公交车，那该多美！咱爸给报社投一辈子稿了，如今儿子去了报社，他心里能不高兴？就是咱妈……”

姐姐说到这里，忍不住又一次哭出了声。黑黑的树影下，两个哭泣的人紧紧抱在一起，压抑的哭声像是遥远穿过来的火车轰鸣，地面也跟着颤抖起来，仿佛人的脉搏。路人从他们身边经过，无不为之动容，为之叹息。

第二天姐姐就走了。姐姐说：“省城生活贵，在这里吃一顿在家里都吃一天了。”浩钧怎么也留不住，只得送她到了车站。姐姐走的时候还是一身旧衣服，说新衣服到了家乡再换上，火车上人挤人，害怕新衣服给弄坏了。到了入站口，姐姐就死活不让再送，说：“站台票要一块钱一张，何必呢？省一点是一点，一块钱够你买两个茶叶蛋了，你是大学生，用脑子用得厉害。”浩钧站在大门外，看着她背着大行李包，困难地挤在人群里排队，通过检查的时候还奋力地跟工作人员争辩，最后还是不得已把行李解开，一件一件让人翻检，都是些穿用的旧物杂什。姐姐无奈地回头，看着玻璃门外的浩钧苦笑。不知不觉之间浩钧已是泪流满面。他真想冲进去把姐姐的行李夺过来，送她上车。可姐姐不让，因为这要花掉一块钱。和昨天的盛宴相比，这一块钱算得了什么？可是就这一块钱，让浩钧心酸地看着姐姐艰难地走在大厅里，举目四望寡然无助，遭人白眼，受人冷遇，而自己却不能上前帮忙。姐姐走到长长的电梯口，回头想在人群里寻找浩钧，却再也寻他不到了。

宿舍楼彻底地陷入寂静。浩钧在走廊里踱着步，逐个敲门，却没有任何的响应，大概都回家了吧。走廊里灯还亮着，昨天扔的垃圾还在楼梯口摆着，而扔垃圾的人却不知去向了。惠民上午找过他，问他大年夜在哪儿过。浩钧说不知道。惠民就说他那晚也是孤家寡人，不如去他租房的地方，好歹有个人做伴守岁。浩钧想问他为什么不去璇璇家，但看着惠民黑黑的眼圈，终究没有说出来。

惠民租的房子是一楼，和房东隔壁。浩钧一直等到五六点钟，才见他兴冲冲地跑回来，端着凉水大口喝着，抱歉说：“今晚我不回来了,对不住,你得一个人过年了。"

浩钧笑道:"去璇璇家?"

惠民红光满面地说:"是啊,他爸爸叫我过去的。"

浩钧说:"恭喜恭喜啊,终于修成正果了。"

惠民笑道:"什么修成正果,女人嘛,就那么回事!你看若桢,前两天还要死要活地分手呢,现在不也是去孝桐家里了?"惠民这么说若桢,倒让浩钧觉得有一点反感,就说:"那你还不赶快去?让人家等着你多不好。"

惠民尴尬地笑着,说:"嗐,我这不是回来拿钱的吗?第一回在人家家里过年,不能空手去吧?"

浩钧恍然大悟地说:"哦,你是不是钱不凑手?我这里还有二百多块,你先拿去用。"

惠民拍着浩钧的肩膀:"这——嗐,真是好兄弟,啥话都不说了。"他把钱揣到怀里,不停地摆弄着围巾,激动得坐立不安。浩钧有些好笑,就说:"快去吧,别让老丈人等急了。"

惠民呵呵笑着搓着手说:"什么老丈人,早着呢,早着呢。"

夜半,浩钧听见了咚咚的门响,随后是房东不耐烦的声音。浩钧以为是惠民,就披衣出去,不料进来的却是若桢。浩钧怔怔地看着她。若桢头发凌乱,脸上冻得片片暗红。房东唠叨说:"早问过了,你不是说去男朋友家过年吗?也不看几点了,大年夜都不让人清净!"若桢没有说话,紧张地看了浩钧一眼。浩钧尴尬地冲她笑笑,关上了门,一颗心却狂跳不止。不久,有人敲门,低声说:"浩钧吗?我是裴若帧。"

浩钧战栗起来,跳到门后。

若桢急急地说:"不,你不必开门,我只想说一句话。"

"……"

"我今晚的事,麻烦你不要对别人说。"

浩钧一愣,随即释然道:"我自然是不会说的,你放心好了。"

若桢声音微弱地说:“谢谢你,真的很谢谢你。”

浩钧把耳朵贴在门缝上,感觉着她上楼时的脚步,那一步步沉重的脚步和叹息,仿佛都走进他的心里去了。

这是他在大学时代最后的一个除夕。

不久就开学了。开学之后的日子过得很快。浩钧在薛老师的关照下进了报社,做了一名实习编辑,每天来往于学校和报社之间,感觉忙碌而庆幸。姐姐来过一封信,要他在报社里照张照片给她寄去,浩钧真的请了同事给他照了张相片,用挂号信寄给了姐姐。浩钧觉得这封信像姐姐的圣经,里面有她取之不尽的坚强和信仰。

给浩钧照相的记者叫马向林,曾经到浩钧系里进修过,算是半个同窗了。向林今年已经36岁了,也是农村出来的,他人很热情,但一共只拍了三张照片。拍完之后,向林很认真地说:“好了,这次只能拍这么多,报社发的胶卷,不能用完,用完了就完不成任务了。”浩钧一下子觉得向林孩子般的可爱,根本不像是一个六岁孩子的父亲。

转眼到了四月底,已经是暮春时节。在这个春天里,他得到了给他快慰的工作,遇见了一个善良的同事,也慢慢淡忘了无疾而终的恋情。浩钧记得有人说完美的日子都过得很快,那么这个春天就一定是完美的,因为它像一片一夜之间变绿的柳叶,来不及去回忆这个变化的过程,只管享受那浓浓的春意就是了。

同学们的去向也渐渐明朗。省城的就业形势很不乐观,许多同学都选择了杀回老家去。毕业前的日子是伤感的,不少男生夜半时分背着成箱的啤酒翻过学校的围墙,回到宿舍畅饮达旦。校内草坪上经常有吉他声和女孩子的哭泣声。而这一切又似乎是那么的短暂。一切都随着春天的结束而滋长起来,到了夏天到来的时候戛然而止,因为离校的日子已经到了。新生很快就要来了,他们被吐故纳新这条亘古不变的法则抛出了校园。

惠民工作的七厅八处在城东，而浩钧的报社在城南，两人只好分开单住。惠民还好，分了个单身宿舍。浩钧就得自己找房子，一直忙活了好几天才算把家安顿好。浩钧租的房子在一个都市村庄里，这地方前几年还是农村，因为省城版图的扩张成了市区的一部分。村子里有很多农民自己盖的楼房，距离单位不远，租金也便宜，浩钧就挑了一间朝阳的顶楼。房间的窗户上爬满了紫藤，叶片很旺，茎干泛着暗绿，仿佛少女腕上、颈上甚至脸颊上脉脉的血管。浩钧安顿好一切，悠然地看着这一片紫藤的时候，不可遏制地想起了若桢。

说来奇怪，浩钧以前想起她，好像是一枚图钉扎在心口，按不下去也拔不出来，就那么生生地钉在那里。现在想起来她，却是另外一种滋味，仿佛吹开袅袅在杯口的雾气，看见了杯子里一片片直立的苦丁茶，苦涩而不再拒绝，熟悉而不再伤感。若桢和孝桐最终没有好下去，两人分手的消息并没有引起多大的轰动，似乎人们都从来没有看好这样的感情。若桢最后也留在了学校，做了一个其他系的行政人员。浩钧在毕业之后就再没有到学校去，也就再没有见过她。

离开了学校，和同学们的联系也少了。大概每个人都在艰难地适应着新的环境，眼前尚有那么多繁杂的问题在，谁都没有更多的精力去怀旧。惠民倒是老样子，常给浩钧打电话，没完没了地侃单位里的事，每次结束语都是“嗐，管他呢，反正打单位的电话不掏钱”。一次浩钧在报社值夜班，接到了惠民的电话。惠民一开口就问：“浩钧，知道我在哪儿吗？”

浩钧说：“不知道啊，你在哪儿？”

电话那头惠民不无得意地：“在省委第一招待所啊！”浩钧没明白过来，哦了一声。惠民有些失望：“省委一招啊！你不知道？马上要开人大了，我正给省长起草工作报告呢！”

浩钧这才明白过来，不由得替他高兴：“是吗？那是好事啊！

你们厅就你一个人去吗?”

惠民说:“除了我,还有一个厅长,一个处里的老师。”

浩钧笑道:“好啊惠民,混得不错啊!同学们恐怕就你受重用了。”

惠民得意地笑,大概怕别人听到,笑得很压抑,传到浩钧耳朵里的时候都是急促的喘息,像是刚刚赶了远路的旅人。

夜已经深了。浩钧刚放下电话,向林背着相机气喘吁吁地跑过来,急不可待地说:“还有版面吗?”

浩钧给他倒了杯水,说:“别着急,你抓到什么了?”

向林急切地说:“一起车祸,一死两伤,怎么样?”

浩钧看看表,离截稿时间不远了,就说:“赶紧打出来,我送上去看看!”

向林立刻放下水杯,凑到电脑前。向林是个高度近视眼,几乎把眼睛贴在了电脑屏幕上,食指一个键一个键地敲,像是老农在一粒一粒地挑选种子。时间一分一秒地过去,可稿子才刚起了个头,浩钧不由替他着急,就说:“马老师,你说,我来打,咱们争取时间好不好?”向林像抓住了救命稻草一样连连点头。两人共同斟酌着词句,也算是经过编辑的这一道程序了。一会儿稿件打完,向林签上自己的名字,浩钧拿了稿件小跑着送到总编室,刚好到截稿时间。浩钧刚出来,向林举着照片跑过来,急急地道:“能配上图片吗?”浩钧说:“恐怕没有版面了吧?”向林不死心,说:“你能不能去问问?”浩钧看着他,有些为难。向林潮红的脸颊苍白起来,失望地自言自语道:“唉,这个月的发稿量就差这么一点了,就差这么一点了,唉。”一边说,一边慢慢地走了。浩钧看着他的背影,后悔得要命。

好在第二天稿子见报了,而且版面位置还不错,也得了挺高的分数。向林非要请浩钧吃饭,浩钧怎么也推脱不掉。吃饭的时候,浩钧还喊他“马老师”,向林不同意,一定要浩钧喊他“向林”。浩钧不过二十出头，比向林小了差不多二十岁，一开始还叫不出口，次数多了才习惯。向林由衷地说："我真羡慕你，正经八百的本科毕业生，学的又是这个专业，一到单位就受器重。你看看，和你同时来的，好多还不如你呢！"

浩钧知道一起到报社的有几个还在跑热线，是蛮辛苦的，不过奖金比他多很多。浩钧笑道："都是在一个单位，没什么高低的。"

向林摇摇头："不，你们本科毕业生的待遇和我们这些土八路就不一样。报社里好多我们这样部聘的记者，没有基本工资，没有福利，没有年终的奖金，全靠发稿量了。尤其是我，平时大家一样出去跑，我却抓不住点子，只有晚上趁人家都休息了我再跑，说不定还能撞上。你说，我们能跟你们比吗？"向林说着，脸上露出惭愧的神色。结束的时候，向林敬酒说："以后我发稿就都找你了，咱们好好合作，多发几篇精品出来！"向林说这话的时候有些天真的激动。浩钧无奈，只好把那杯酒喝了，直呛得连连咳嗽。

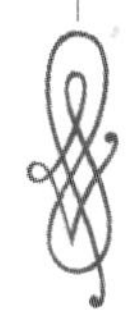

工作以后，父亲的来信反而少了。一天午休，浩钧往父亲学校打电话询问，父亲说浩钧刚上班，不能分他的心，现在找工作不易，先全力站稳了脚再说。父亲说完就要挂电话，浩钧说这是在单位，打的是公家的电话，不用慌。父亲却更着急，说公家的便宜占不得，被人看见了不好，不由分说地把电话挂了。浩钧拿着话筒，无奈地微笑，不知不觉之间，泪水悄悄地渗了出来。

透过窗户，外边是一颗蔚蓝色的太阳。

四

过了不久，浩钧生了工作后的第一场病。其实那天不该他上班的，一个同事要他帮忙值班，他才刚睡下就又起来了。路上碰巧下了大雨，等他赶到报社已经是浑身湿透，坚持着值了一夜的班。

结果第二天便发起了高烧。

医院里的人不多,看来现在不是得病的季节。同一个病房的都是老人和小孩,他们都用奇怪的眼神看着浩钧,仿佛这里并不欢迎年轻人。浩钧躺在病床上,看着一滴一滴的药水流入自己的血管,眼帘变得越来越沉重,终于昏昏沉沉地睡着了。直到一个护士叫了声:"裴若桢!"

浩钧猛地睁开眼睛。病房门口,一个女孩子穿着件很有质感和轮廓的深蓝毛线衣,领口袖口遮得严严实实,正奇怪地看着他。浩钧一下子清醒:"若桢?"

若桢已经恢复了常态,笑吟吟地走过来,关切地问他:"你怎么了?"

浩钧笑道:"发烧,没什么大碍。你呢?"

若桢想了想,笑着说:"我也是。"

两个人一起笑了起来,就像第一次见面的时候。

后来浩钧才知道那天若桢并不是发烧,当然那时候他们已经不用互相隐瞒什么了。和若桢的见面让浩钧很兴奋。回到家,浩钧忍不住给惠民打电话,说了见若桢的事。惠民好像正在忙着什么,匆匆地聊了几句就挂了电话。惠民最近总是这样,一接到浩钧的电话就显得很着急的样子,好像一条不小心跳出鱼缸的金鱼,只顾着自救,没工夫管别的。惠民虽然在应付,但浩钧心里的情绪却愈发浓烈,在狭小的空间里转了好几个圈,居然忘记了身上的病痛。

过了一段时间,浩钧又见到了若桢。工作了大半年,惠民组织了一次同学聚会。若桢来的时候穿的是一件白色的风衣,已经俨然是一副白领的打扮,虽然比以前瘦了很多但精神不错,浩钧在席间不住地偷偷看她,压抑不住自己的笑意。一个女同学问若桢:"听说你跳槽了?"若桢说:"是啊!不在学校了,现在在一家公司。"大家都说这就对了,在学校呆着什么劲啊,趁着年轻赶紧挣钱才对。若桢就一脸恬静地笑起来。

聚会后天色已晚,惠民便就近住在了浩钧家里。惠民和以前一样,一进门就大叫:“他妈的,浩钧,你这是男人住的地方还是女人住的地方?”

浩钧笑道:“你真是一点长进都没有,说起来还是省直机关的干部呢,嘴里一片龌龊。”

惠民笑道:“狗屁机关干部,打工仔一个!”说着抢先躺在床上,不等浩钧抗议就点上烟,美美地吸。两人漫无边际地谈了一阵,说起了若桢,惠民说:“若桢那女孩子什么都好,就是太要强了,你看她和孝桐分手的时候,跟没事人一样,其实她心里不知有多难受呢?”

浩钧有些默然地坐在椅子上,没有吭声。惠民以为他不理解,就叹气说:“老弟,你没有经历过女人,你不会明白的。你听说过蛇蜕皮吗?谈一次恋爱,就像蛇要蜕一层皮。恋爱成功,就是蛇的新皮又长出来了。恋爱失败,那蛇就得血肉模糊地死掉,你说,恋爱可怕不可怕?”惠民张口闭口都是女人女人的,其实他只不过谈过一次恋爱,所谓的女人无非就是璇璇而已。浩钧笑道:“你那层新皮,长得怎么样了?”

惠民有些泄气地摇头说:“路漫漫其修远兮,璇璇那头先挂着,慢慢再说,我不急。”

浩钧说:“那也好,日久见人心。”他还想打听一下若桢的事,却又找不到机会,正皱眉头想把话题往这方面引,惠民却说:“你说若桢,好好的在学校不干了,去什么公司。还有,咱们同学四年,你听她讲过她家里的事吗?没有吧。是不是有点神秘?”

浩钧有些不悦,忍不住说:“她有什么神秘的?或者是她觉得学校不适合她,或者是她觉得新工作更适合她,不说她家里的事,可能是她家里本就没什么可说的,这都有可能啊。”

惠民一愣,笑道:“管她干吗,明天还上班呢,睡觉睡觉。”

若桢在新单位里负责的是宣传,因而常常和媒体打交道。若桢和浩钧见面的机会也就多起来。若桢第一次来送新闻通稿时特意去找了浩钧,他热心地一路带着她跑上跑下,事情很快就办完了。浩钧送若桢下楼时碰见了单位的几个大姐,被她们不怀好意地看了半天,都高深莫测地微笑,像是体会到了无比玄妙的禅机。若桢没觉得什么,坦然地看着别处,却把浩钧弄得很尴尬。走到报社外边的大街上,浩钧费力地组织语言来跟若桢解释:“她们就喜欢这样,其实没有恶意的。”若桢笑道:“可能她们觉得你是该有个女朋友了,所以每个跟你站在一起的女孩子都有嫌疑,对不对?”浩钧搓着手说:“什么女朋友,自己能养活自己都不错了。”若桢就说:“对了,我还有件事想麻烦你。”浩钧巴不得若桢有无穷无尽的事来麻烦他,立刻说:“你说吧,只要我能做到的。”

若桢倒有些犹豫了,停顿了一下才说:“我想再找份兼职工作,你看能不能帮我打听一下?”

浩钧说:“你想要什么样的工作呢?”

若桢想了想说:“最好是家教吧,英语和语文都没有问题的。”

浩钧点头答应下来,若桢说了声谢谢,浩钧说不用,若桢就再次说谢谢,像是在打乒乓球一样你来我往,没有休止。直到两个人都觉得可笑了,便一起笑着不做声。幸好公交车开了过来,若桢说:“那我上车了。”浩钧说:“好。”若桢跳上车,找了个靠窗户的位置坐下。浩钧走了好几步,回头看看,若桢就坐在窗口,正在看着他。然而就在这么一看的时候,车子开动了,他再也看不见她。

随后的几天浩钧逢人就打听家教的事。不久打听出来对面部里李老师的小孩要考初中,正需要补习英文。浩钧便马上通知了若桢。补习后的第二天,李老师专门到浩钧部里道谢,说若桢人很好,很负责,家里的人都很喜欢她。浩钧开心过后,忍不住立刻给若桢打电话,把李老师的夸奖原封不动地讲给她听。部里其他几个老师听了,都忍不住悄悄地笑。最后,电话那头的若桢笑着说:

“看来，这一顿饭我是逃不掉了。”

若桢挑的地方是个西餐厅，气氛很好，位置也正好在他们两个单位的中间。浩钧是第一次吃西餐，难免显得手脚不便，有些像被草绳五花大绑的螃蟹。若桢看来却是常客了。浩钧想，大概是她和孝桐在一起的时候常来吧，怪不得这么熟悉，眼神不由得黯淡了。上牛排的时候，浩钧傻傻地看着盘子，服务生也等着他拿餐巾去挡溅起来的汤汁，两个人就这么对视着，互相等待。若桢吟吟地笑着，给他做了一个手势，浩钧立刻会意了，忙不迭地举起来了餐巾，服务生也松了口气。若桢说：“没烫着你吧？”浩钧说：“没有，没有。”其实一粒油花正好溅到他食指的关节处，像是被蜜蜂叮了一口，刺刺的痛。

若桢拿起来刀叉，要浩钧学着她的样子切牛排。浩钧笨拙地使用着这些亮晶晶的餐具，却像马戏团里小猴子耍大刀，说不出的滑稽可笑。今天天气很暖和，西餐厅里的暖气开得很足，服务生都是清一色的短袖衫。浩钧却还穿着一件外衣，加上刚才的尴尬，额头上早已是密布着细细的汗珠，像天气冷的时候一口热气吹在了镜子上，满是密密麻麻的小点点。若桢递过来一块纸巾，浩钧忙不迭地擦着额头鬓角，说：“今天天气真暖和。”若桢笑道：“简直像是夏天。”两人一起笑了。

浩钧说：“你是不是家里的老大？”

若桢笑道：“你怎么这么想？”

浩钧说：“我见你处处都有照顾人的心思，大概是从小做姐姐做惯了。”

若桢笑着摇头：“不，我是独生女，家里就我一个孩子。”

浩钧一愣。若桢用刀尖轻轻敲着盘边，问他：“你是家里最小的吧？”

浩钧奇怪地说：“对呀，我上面还有一个姐姐。”

若桢笑道：“怪不得。我是见你处处都有想被人照顾的心思，所以我想你要么是独生子,要么是最小的一个。”

浩钧给她这话说得脸红,他说道:“是吗?我倒没留心这个。你家里……”说到这里,浩钧觉得自己一下子触动了一个绝密的所在,实在是太过于唐突了。若桢似乎沉吟了一下,抬头很随意地说:“我父母都还好,不过都在外省,我已经好几年没回家了。”说完,认真地看了浩钧一眼。那清澈的、毫不设防的眼神让浩钧几乎羞愧难当。

若桢的眼神责备了他好几天。又和惠民通电话的时候,浩钧迫不及待地说:“若桢家里其实没有什么神秘的,她父母都还好,不过都在外省。”说完这些话,连他自己都有些诧异。惠民却好像从来不会把浩钧和若桢联系在一起,哈哈笑着说:“若桢嘛,一向要强惯了,可能觉得是农家子弟,有些先天的自惭形秽而已,所以以前遮遮掩掩的,其实也没什么,咱们不都是农村出来的,光脚不嫌弃没鞋的。前几天我碰见亚明了,好像那小子在单位不怎么得意,连上次的聚会都没参加。”浩钧就问是怎么回事,惠民说:“亚明刚到单位时分到了档案室,整天跟成柜子的文件打交道,专业全都用不上,就有些不满意。正好一次整理文件后,不小心把一份文件弄到地上,清洁工当垃圾扫走了。领导第二天偏巧要这份文件,结果弄成了个不大不小的工作事故,你说倒霉不倒霉。”浩钧说:“亚明不是那种冒失的人啊?”惠民说:“嗐,你好歹算是专业对口,不像我们整天跟文件打交道,说话出来都想列成一二三四的条条纲纲,专业丢得干干净净,谁不心烦?一心烦就容易出事,一出事就有许多人幸灾乐祸。唉,机关里的日子,难熬啊。”

浩钧一直以为自己干编辑是等而下之的事情,为了不自取其辱,一向很少主动打听同学们工作的情况。这一天他却和惠民谈了很多,放下了电话,心里觉得很惨淡,也很侥幸。记得自己上大学时一老师非要求背《山鬼》,几个同学大清早去楼下河边大声朗读“若有人兮山之阿,披薜荔兮带女罗”,惹得人人侧目而视。现在想起来对惠民、亚明甚至是对若桢而言，就算是把通篇的《山鬼》都背下来，又有何用呢？办公用不到，文件用不到，为人处事用处则更少。浩钧想，自己四年的光阴都学到了什么呢？到了单位仍是一片空白，一切都得重新学起。或许四年里学来的只是一种积淀，一个起点。有了它，并不是时时都用得上。没有了它，却一点资本都没有。

父亲终于来信了，仍旧是颜体小楷写在作文纸反面。信上通篇都是在讲一些做人的道理，用父亲特有的半文半白的语气讲来，倒也很耐咀嚼。父亲的信上还提到了文燕。文燕是浩钧的高中和大学同学，也是第一个对他有过表白的女孩子。那时候是大四，浩钧考虑再三，回了一封信说自己是一介农家子弟，胸无大志，工作尚没有着落，将来去留何方都是未知数，心情如此，现在的确无心恋爱，又说两人是一起从农村出来的，彼此家里的负担都不轻，还是奋斗几年，有了些积累再说的好。文燕并没有回信，这让浩钧在忐忑中多少有一些欣慰。不久老家的中学来招语文老师，文燕报了名，很顺利地签了合同。走的那天，浩钧在校门口看见了她，本想上去帮她提一提行李，却终究没有迈开双脚，看着她慢慢地消融在夕阳迷漫的金色里。浩钧觉得那也许是夕阳替自己撒下了一片金色的祝福。

浩钧怅然地给父亲回信，边写边想，父亲久有失眠的顽疾，但愿这封短短的信笺，能带去几晚宁静的安眠。

在报社一晃半年多了，红白喜事也应付了不少。大概每个月都要有一部分这方面的开支，多则三四百，少则一两百，几乎没有能够幸免的月份。想起来刚工作的时候，姐姐专门来过一封信，叮嘱他一定把随的份子都一笔一笔记下来，说“这些事你男人家不懂，将来总是要讨回来的”，浩钧还暗笑姐姐的唠叨，现在想起来，该被人笑话的却是他自己。浩钧就找了个笔记本一笔一笔地回忆着记下来，算下来居然有两千块，对浩钧而言着实骇人听闻了，他大学时一个月的生活费也无非是二百多元而已。

这天午休的时候惠民又风风火火地打电话给他，开口就说："老陈孩子要满月了，你去不去？"

老陈是他们大学时的辅导员，也是农村来的，大学毕业后留校了。老陈对浩钧很照顾，浩钧进报社的时候他还托了几个在报社的老同学帮忙说话，起了不小的作用。浩钧就问："老陈定的是几号？"

惠民说："老陈说这个周六中午，就在学校边的天鹅阁。"

浩钧皱眉说："那真不巧，我周六正好要值白班，编辑部一分钟也离不开人的，怎么办？"

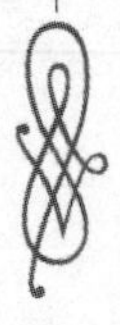

惠民说："那就算了，反正随份子的钱我给你出了，回头加班费发了你小子得请我！"

浩钧有些抱歉地说："你给老陈解释一下，我实在是不敢随便请假，报社制度很严的。"惠民又取笑了他两句便挂了电话。

转眼到了周六。部里就浩钧和徐老师值班。徐老师五十多岁，很和蔼，话也不多，一进屋就铺开宣纸练书法，转眼间已经写了好几幅字了。部里很安静，平时总是吵个不停的电话也没有捣乱。浩钧把地扫了扫，站在窗边朝外看。报社的大楼有二十多层，浩钧在第十七层，每次朝下看时总会有一点头晕目眩，耳边似乎还有呼呼的风声。浩钧用手指轻轻触摸着被太阳晒得暖洋洋的玻璃，仿佛在触摸着窗外的天空，也仿佛在触摸着自己的心情。这种身心都空荡荡的感觉并不是今天才有。以前大学时那么多无法排遣的孤独夜，他也是忍一忍就过来了，可今天却无论如何也忍不住，这种空荡荡的失落是无法用另一种东西来填充的，或者说这样的东西有，但浩钧也不知道它是什么，要去哪里寻找。

门被人推开了。对面部里的李老师进来，一见浩钧就惊奇地说："你们什么辅导员的儿子不是今天过满月吗？若桢说上午的课晚上再补，怎么你没有去？"

浩钧心里一动，突兀地一动。徐老师笑着说："怪不得浩钧你一直有心事的样子，快去吧，部里有我呢，周六也不会有事。"

浩钧心里咚咚地响了起来，他觉得这响声两个老师都听得一清二楚，脸立刻不可遏制地红了，喃喃道："这，可以吗？"

李老师点头说："怎么不行？互相照应嘛，大家都是这个样子的。"

徐老师笑道："今天太阳就是不错，瞧把浩钧的脸晒得红扑扑的。"两个女人互相看了一眼，齐声呵呵地笑了，带着一点善良的揶揄。浩钧忽然很迫切地想见到若桢，顾不上再矜持，连说了几声谢谢就跑了出去。直到进了天鹅阁的门，浩钧还能感觉到脸颊上红红的热。

今天来的客人很多，大部分都不认识。不过在省城的同学基本上都到了。大家的目的好像并不是为了给老陈儿子过满月，而是为了来聚一聚。惠民老远就看见了浩钧，打招呼让他过来，悄悄道："你不是说不来吗？我带的钱不够，幸亏若桢给你垫上了。"浩钧入了座，忍不住打量了一圈，并没有发现若桢，就问他："若桢呢？"惠民随口说："若桢说随份子得用红包，去给你买了。"浩钧埋怨道："还说要我请客呢，托你办的事忘得干干净净。"惠民愁眉苦脸道："给璇璇过生日把钱花完了，这个月还得借钱过日子呢！"浩钧却不说话了，因为楼梯那边若桢笑意盈盈地走过来。等若桢走近了，浩钧才发现这张桌子仅剩的两个位置，一个他坐了，另一个正好是给若桢。浩钧突然想，如果这是一场婚礼就好了，他和若桢并排坐着，像是新郎和新娘。

若桢坐下来，对浩钧笑道："惠民真粗心，哪有替人办事办成这样的？"浩钧还没说话，惠民接过去说："你们嘀嘀咕咕说我什么？"同学们都笑了。

老陈的儿子粉嘟嘟的，闭着眼睛，可爱得无法形容。女同学们都跑过去看，一个个像是行家般地赞不绝口。惠民偷偷对浩钧说：

“你看若桢!”浩钧看过去,只见若桢趁人不注意飞快地抹了一下眼角,似乎在擦拭什么。惠民奇怪道:“若桢难受什么,真是奇怪,莫非是……”说着,惠民嘿嘿地笑,凑到浩钧耳朵边,“她也有儿子,流产了?”

浩钧对惠民的好奇和无端猜测有些反感,当时就说:“不要瞎说,我看你是小说看多了,好像谁都有故事似的。”

惠民笑着点头:“不管怎么,我倒是得解解馋,这几天光是萝卜豆腐了。”

若桢回到了座位上,和平常一样恬静地笑。浩钧对惠民的话无比介怀,无数次偷偷地打量她。上洗手间的时候,惠民说:“浩钧,你看今天谁没有来?”浩钧回想了一下,说:“亚明?”惠民说:“是啊。听说他最近为了弥补上回的失误,变得太小心了,一个假都不敢请,每个周末都主动要求加班。”浩钧说:“什么时候约他出来一次,大家聊聊,劝劝他。”惠民提上裤子,说:“嗐,每人都有本难念的经,谁都不容易。”

酒过三巡,老陈和妻子抱着小宝宝走过来。若桢悄悄塞给浩钧一个红纸包,冲他微笑了一下。浩钧低头看,红纸包后边写着一行字“长命百岁”,下面写着浩钧的名字。“杜浩钧”三个字写得很秀气,浩钧猛然觉得自己的名字看起来也是蛮顺眼的,大概全是因为上面那层若桢的气息。

浩钧悄悄问:“还要写名字吗?”

若桢笑道:“我参加的喜宴都是这样的,不然谁知道你送礼了呢?”

浩钧释然说:“还是你们女孩子这方面懂得多。”

若桢催他道:“去吧,陈老师要给你敬酒呢!”

浩钧抬头看,可不是老陈在冲他说话:“浩钧,怎么和若桢一说话,我的话都听不见了?”

浩钧忙站起来接过酒杯,里面是满满的一杯酒。浩钧想分辩一句,却不知道究竟说什么好,脑子一紧便端起酒杯干了。大家纷纷叫好,都说搞媒体的人都是“酒精考验”过的,原先滴酒不沾的浩钧都变成海量了。惠民狐疑地看着浩钧,什么也没说。

中午还是很好的太阳,不想散席的时候外边却下起了大雨。众人站在酒店的门口,学生般地一阵惊讶和兴奋。惠民就问大家都在哪里住,安排顺路的一起打车回家。问来问去人都走了,只剩下浩钧和若桢。若桢说:“我住得偏僻一些,恐怕没有顺路的。”惠民就让浩钧送她。浩钧点头答应。若桢却一再推辞,像是小孩子拒绝吃那些苦苦的药片,那种神情让人不忍再说。惠民没办法,只好嘱咐她自己小心点。若桢对惠民和浩钧一笑,撑着伞走了。浩钧怅惘地看着若桢走在雨里,丝丝的雨滴打在她的伞上,有的溅开,有的顺着伞流下,打湿了若桢白色风衣的后摆。

雨仍然淅淅沥沥地下,浩钧看了好一阵的雨,直到眼睛酸了才想到要离开。他从报社出来的时候没带伞,只好拦了一辆出租车回去。车里开着暖风,浩钧不喜欢热乎乎的风直接吹在脸上,随手打开了车窗。窗子落下的一刹那,他发现不远处的公交站牌下,一个穿着白色风衣的人站在雨里,雨伞遮住了脸,周围没有其他的人。浩钧几乎叫出声来,那不是若桢吗?出租车已经开出去很远,浩钧不假思索地说:“师傅,麻烦开回去,还有一个人!”司机从后视镜里看看他,说:“那得往前开一段,这里不许调头的。”浩钧急急地说:“那就快点。”司机就踩了踩油门,车子加快了速度。浩钧再回头看时,站牌那里已经是模糊一片,看不清楚了。

车子往前走了好长一段距离,准备调头的时候又正好赶上红灯,司机懊恼地捶了一下方向盘,问浩钧说:“那还回去吗?”浩钧怔怔地坐着,仿佛没有听到他的话。司机加大了声音:“你还回去吗?”浩钧明白过来,连连点头说:“对,对,要回去。”窗外的雨下得更大了。车子走在来时的路上,浩钧的心跳得越发厉害,不由得踌躇起来。待会儿见到若桢,该怎么跟她说?不是很奇怪吗,明明分手那么久,还下着这么大的雨,却又巴巴地赶回来,她明明说了不要别人送的。虽然今天多亏了若桢那个红包的救急,但这恐怕也不足以成为专程回来接她的理由,何况刚才已经道别过了。不过前边已经可以看见站牌了,总不能再擦肩而过的,而且雨下得正大。

出租车在站牌那里停下了,一辆公交车刚刚开过去。浩钧推开车门出去,刚才那个人仍站在那里,伞遮住了脸。如果是若桢,她为什么没有上车?浩钧走在雨里,突然不能肯定伞下的人是不是若桢,如果是别的陌生人呢?那可就是天大的笑话了。然而大雨不允许浩钧再做另外的犹豫,他已经走近,脸颊甚至已经触到了伞的边缘。他只好对伞下的人说道:“若,若桢?”

伞慢慢抬起来。

若桢眼圈红红的,正站在那里。她眼睛里的神情是无助的,软弱的,惊讶的。

若桢愣愣地看着浩钧。

浩钧站在若桢面前,很恨自己拙于辞令,如果是惠民,他可以找这个借口,也可以找那个借口,随便编造一个什么借口都能摆脱尴尬的场面。但浩钧只是浩钧,他连一个借口都没有,或许他心里的确有一个借口,但那个借口连他自己都不甚明晰,又怎么能在这么一个阴冷的雨天讲出来呢?浩钧一句话也没说,只是咳嗽了一下,掩饰自己的理屈词穷。

司机按了两下喇叭,催浩钧上车。

浩钧终于说:“走吧?”

浩钧的声音很小,在哗哗的雨声中几乎可以忽略不计。

若桢居然听到了。她点点头,把伞移了过来,遮住了浩钧的半个身子,但她却暴露在雨里,白色的风衣顿时湿了大半。浩钧急忙逃离了那伞,说:“反正我已经湿透了,快点!”他先跑到车子边,打开了后门。若桢也走过来,顺从地收伞坐了进去。浩钧打开了前门，坐在了司机身边。司机诧异地看了眼浩钧，仿佛在奇怪他为什么不跟若桢坐在一起。浩钧说："开车吧。"司机发动了车子，问："去哪儿？"浩钧看着后视镜里的若桢："若桢，去哪儿？"他忽然觉得这个问题很可笑。拉了人上车，却不知道目的地在哪里。若桢想了想，说出了一个地方。司机皱了皱眉，抱怨说："那地方呀，离市里很远，路可不好走。"

浩钧和若桢都沉默了。浩钧听着窗外哗哗的雨，车里一片寂静。挡风玻璃下有一个玩具小狗，头随着车子的颠簸一点一点地，不知是在窃笑还是在颤抖。浩钧觉得他和若桢仿佛两个不会说话的玩偶，在一个狭小的空间里沉默着，彼此回避着对方，悭吝一言。

他偷偷看着后视镜里的若桢，若桢的头扭向了一旁，只能看见她的侧面，颤动的睫毛，小巧的鼻尖，紫色的嘴唇，瘦削的下巴。若桢的脸仿佛被雨水冲洗过的白色大理石，光滑而冰冷，连她的眼神都是冰冷冰冷的，顶得浩钧两眼生疼——也许是刚才的雨使然，也许是她的目光生就如此。浩钧不敢再看，只有深深地低下头，随着不断摇晃的车子颠簸着自己的心情。不知过了多久，若桢说了声："我下车吧。"司机停住，说："不往里走了？"若桢说："不了，浩钧你赶紧回去吧。"浩钧怔怔地看着她很决绝地下了车，在泥泞的路上走着，白色的大衣溅了一层灰蒙蒙的泥点。浩钧看着她一直走到那一片密集的楼群里，再也看不见了。

此后的一段日子若桢和浩钧没有见面。若桢仿佛是有意地在躲避着浩钧，不给他相遇的机会。浩钧觉得他们仿佛两条平行线，虽然离得很近却永远不会相交。不过他又想，是平行线也好，虽不能牵手总算可以望见她，看见她，感受到她，像蜿蜒的两道铁轨，不曾拥抱但也从未分离。如果两条直线一旦交会，即便有之前的期待和当时的激越，然而短短的一点激情退却后越离越远，竟变成了永远望不到尽头的分别。好几次浩钧在街头看见了某一个女孩子，似乎像极了若桢，情不自禁地跟着走了很远，随着她的脚步快慢而快慢，为她驻足，因她流连。浩钧不是不知道自己的无趣，可他觉得在这样的跟随里有一种亲近的甘甜，仿佛第一次读手抄本线装书时甫一打开，满室弥漫着陈旧墨香。

五

报社组织了一个采访团，要去省里M市采访。M市比较偏远，条件也不太好，因而报名去的人不多。向林却报了名，他对浩钧解释说："正因为去的人不多，我才有可能抢到好题材，要是大家都去了，哪儿有我的份？"浩钧就说他是独具慧眼，向林有些自得而心酸地笑了。

因为和若桢失去了联系，浩钧的心里一直空落落的没有寄托，就去找部里胡主任，说他也想跟团下去锻炼一下。胡主任是个四十多岁的胖子，下巴一层叠着一层，因为有点清流自得的脾气，所以一直呆在老位置没动，而他好像也没有介意过。胡主任沉吟了一会儿说："你是新人，要求也很好，按理说应该下去锻炼锻炼。可那不是什么好地方，我年轻时去过，除了臭虫蚊子没别的了。等有了去温州啊、去上海啊之类的采访任务，咱们再向社里争取一下，让你去。"说着站起来拍拍浩钧的肩膀："咱们部和别的部不一样，出去采访的任务不多，别着急。年轻人嘛，总有出去跑的机会。没有让年轻人待家里闲着、老家伙们南征北战的道理，你说是不是？"浩钧也笑了，说那就听主任的。

不想才过了一天，事情就有了变化。原来社里领导看到采访团凑不够人数，在会上很恼火，不点名地批评了一通。胡主任觉得是个时机就要求发言，说我们部里有个叫杜浩钧的新来的编辑，昨天还主动要求参加。社里领导很高兴，当场就批准了，还表扬了胡主任教导有方。消息一传开，社里不少年轻人以为攀龙有术，都学着浩钧的样子报名,可是采访团说名额有限,好说歹说又加了两个。落选的都羡慕浩钧,和他开玩笑说真是有福之人不用忙,浩钧整天不吭不哈在编辑部待着,一下子就成了领导的红人了,纷纷嚷着叫他请客。浩钧也觉得很有戏剧性,实在耐不住软磨硬泡,只好请他们去顶楼餐厅吃了一顿。浩钧有些好笑地想,一次纯粹吃苦的采访经领导一讲,竟成了你争我夺的香饽饽。读书的时候读到“伯乐三顾”的典故,觉得是个笑话,不想日后竟发现确有其事。出发前,胡主任嘱咐浩钧说:“多看,多想,少说话。编稿子的时候只管编稿子,署名之类的事要带队的老师定。你这次去可给咱们部争了光了,年底的总结我肯定要提到的,好好干!”浩钧点头答应。

浩钧他们一行人到的时候,报社驻 M 市记者站的同事早在饭店等候了。吃过饭,陪同的 M 市领导把采访团的人送到宾馆,再三交代了经理后就离开了。宾馆一共准备了六个房间,带队的汪主任自然是一个单间。向林朝浩钧挤眼睛,想和他分在一起。浩钧看了看管生活的王副主任,好像没有把他们分在一起的意思,就没有吭声。果然,王副主任把浩钧和司机大志分在一个房间,向林和小丁住在同一间房。向林的脸色黯淡了许多,好像很不乐意的样子。

司机大志今年 30 多岁,黝黑矮壮,很爱开玩笑。服务员进来送水的时候,他说:“小姑娘,明早记着给我叫床啊?”

小姑娘不卑不亢地笑道:“大哥,你说怎么个叫法啊?”

大志问浩钧:“大学生,你们知道的多,该怎么叫?”

浩钧想起了上大学时惠民开的那些玩笑,就笑道:“你说,你说。”

大志哈哈笑着,让服务员出去了。看过了《新闻联播》,王副主任挨个敲门说:“起来,起来,到大堂开会。”

大志笑道:“文化人开会,咱们玩方向盘的去吗?”

王副主任把眼一瞪,装着发怒道:“都去!”

大志嘿嘿笑着,和浩钧一起去了。汪主任戴着金丝边眼镜,新换了一身休闲服,头发还湿润着,在小圆桌前坐着抽烟。浩钧和大志倒是最先过来的。汪主任一见浩钧,立刻招手说:“来来来,大学生坐这边。”浩钧迟疑地笑着,与汪主任隔了一个椅子坐下。汪主任微微一笑,说道:“小杜,第一次出差吧?”浩钧点头。汪主任说:“多学习,多体会,以后报社就靠你们这一批了。”浩钧赶紧谦虚了一番。汪主任问:“跟谁一个屋?”浩钧说:“跟大志师傅一个屋。”汪主任就冲大志说:“大志,小杜头回出来,不懂的地方你可得好好教教他。还有,人家可没结婚呢,你别张口闭口的段子,带坏了小杜。”大志笑道:“汪主任,现在的大学生什么不懂?什么不知道?都是既有理论又有实践的,不是您大学毕业的时候了!是不是浩钧?”汪主任和浩钧都笑了。

不一会儿人到齐,就差向林一个。王副主任在汪主任和浩钧之间坐下,汪主任问:“向林呢?”王副主任皱着眉头:“通知过了,他是有名的万年屎,正上厕所呢!这回是他再三要求才带他来的,来了还那么多事!我看不用等他了,咱们先说。”

浩钧身子一凛,这里刚才还宛如温良可人的一汪春水,霎时间已经冻结成了一块冰,寒冷而坚硬。大堂的空气紧张起来,人人正襟危坐,连大志也收敛了笑容。汪主任就让大家围成一个圈子,咳嗽一声说:“咱们把工作安排了一下,小杜你做一下会议记录,回社里要上交的。”浩钧赶紧拿出了笔记本。汪主任把采访团分成了三个小组,他和王副主任、记者老迟各领一组,分别到 M 市下面的三个县采访。浩钧和汪主任、大志、记者小丁一组。快结束的时候,向林脸色苍白地跑过来,额角还有虚汗,就站在他们的圈子边,尴尬地四处看,像是一个完完全全的局外人。向林站在汪主任背后,汪主任没有看见他,王副主任和向林正好照面,却装作没有看见,并没有招呼他,一直等汪主任把工作安排完。汪主任说:“大家有什么意见吗?”王副主任发言说:“汪主任,华林县各方面条件都不如华丰县,不如我们这一组去吧。”汪主任摇头说:“老张,咱们都是跑新闻出来的,什么苦没吃过?”王副主任也就不说了,却朝浩钧轻轻地眨了眨眼。浩钧有些不明白,下意识地低下头。汪主任把烟摁灭,猛地发现了背后的向林,就说:“向林,还是便秘的老毛病?”向林愧疚地点头。汪主任说:“吃药了吗?”向林说:“吃了,谢谢领导关心。”汪主任就叫王副主任给向林传达一下工作安排。王副主任点头,对浩钧说:“小杜,今天晚上把会议记录整理一下,睡觉前拿来我看。”

采访团这次带了两部笔记本电脑,一台汪主任用,一台记者们轮流写稿用。浩钧从王副主任那里领回来电脑,对着会议记录整理起来,一边整理,一边回忆着王副主任那个神秘的眼神。会议记录倒是很快整理完了,却始终觉得少了什么,仿佛洗好的衣服没有晾出去,少了最后的一个环节。大志靠在床上看电视,眼睛却不住地瞟着浩钧。浩钧一直看着屏幕发呆。大志瞅了半天忍不住笑道:“大学生,怎么不去找汪主任?”

浩钧挠挠头说:“总觉得没写完,不知道哪儿不完整。”

大志摸着脸颊说:“大学生,汪主任说的没错,你真是头回出来啊!大哥教教你吧!”说着在纸上写了两句什么,扔给浩钧。浩钧拿过来一看,只有两行不太工整的字,一行是“不怕艰苦”,一行是“关心同志”,不解地看看大志。大志嘿嘿笑着:“我是拿方向盘的,不懂,不过每回跟着领导出差,大小的会议记录上恐怕都得有这两行字,嘿嘿。大学生,光会写字不行,得想着写什么既能让领导高兴,又不必和你明说,学着点吧,在报社里混,学问大着呢。”

浩钧这才如梦方醒,脸一下子红了,仿佛亚当刚刚吃了智慧果,立刻对赤裸裸毫无掩饰的身体羞愧难当。会议记录是给社里领导看的,仅仅是浩钧刚才所写的内容,的确很难让两位主任满意。“不怕艰苦”和“关心同志”一加上,好像是油画女体上的似透非透的一抹轻纱，意境的高低就在于此。浩钧想，这趟出门的第一个收获，就是这层必不可少的轻纱了。

入夜，浩钧躺在床上翻来覆去睡不着，满脑子都是叹息和恐惧。他觉得大志还有一层的意思没有说出来，领导让他写一次，怕是在试探他一下。仿佛夏天挑西瓜的时候摸一摸，拍一拍，听听响声。倘若声音不对，就立刻放下，转而去关注其余的了。想到这儿浩钧不由得出了一身的汗，看似一次简单的会议记录，谁知道会有这么多的曲折呢？他觉得自己似乎是园林之外生长的一株植物，把头伸进了窄窄的篱笆内，根系却还留在外边，因而显得如此陌生和格格不入——他吸收的是园外的养分，却要长出园内的花朵来，难啊。浩钧想，如果要在这个篱笆内生活下去，可能只有一头扎在院里的地上，长出来新的根，而后再慢慢地经历一次新的孕育，生长，破土，发芽，直到成长为一株新的植物。可那时的他还是他吗？浩钧摇摇头，这才发现脖子早已酸涩了。

他不知不觉而又不可抗拒地想到了若桢，这种由此及彼的想念瞬间蔓延到整个神经。她也需要经历这一次重生的痛苦吗？泥土里，她仿佛一株带着锯齿的草，柔软在坚强的包围里，坚强在柔软的脆弱上。她的根到底有多深，到底在哪里？为什么她对他那么好，又那么冷漠，那么可爱，又那么决绝，为什么……一旁的大志早打起了呼噜，浩钧在复杂紊乱的思维里忽然得到了放松，慢慢进入了梦乡。

王副主任对会议记录很满意。第二天吃早饭的时候，他拍着浩钧的肩膀，问他昨天晚上睡得好不好，浩钧受宠若惊地应着。华林是个贫困县，路很难走，等到了县政府已经是晚上七八点了。浩钧说："这么晚了，还会有人吗？"大志笑道："有人没有得看是谁来了，我一个司机来就没有人，省里的采访团来了，半夜都会有人。"车子刚进政府大院，果然立刻有人过来招呼，说办公室和宣传部的领导都等着。一行人上了楼，宣传部的池部长和办公室的高主任都在，还有其他几个人，都热情地迎上来。见面之后寒暄了一阵，池部长说大家都累了，先就餐吧。浩钧他们就上了车，跟着华林的车去饭店。

华林宾馆建得很气派，这倒让浩钧他们很惊讶。一下车就听见高主任在训人。原来是定餐的办事员事先没问，不知道华林宾馆正装修包间。高主任大声说："你是怎么办事的，还是大学生呢，你想让省里来的贵宾在大厅里吃？让池部长在大厅里吃？"

池部长阴沉着脸，一句话也不说。汪主任忙上去劝："算了，我们是来采访的，又不是来赴宴的，哪儿吃都一样。"被训斥的人个子却比高主任还高一个头，正盯着地上的影子，肩膀一抽一抽的。那人的身影竟是如此的熟悉。浩钧的心跳蓦地加剧了，心里想这难道会是继伟吗？继伟是大学时对门宿舍的，系队的篮球中锋，同学里最桀骜不驯的一个。那人抬起头，果然是他。继伟的眼睛里已经噙泪了，说："高主任，我错了，是我没问清楚，您批评得真对，我今后一定改正。"高主任还想再说，汪主任赶紧拉住他，说："打住，打住，再批评这位同志，我们就回去吃方便面去。"大家都笑了，场面缓和下来。高主任吩咐宾馆的人在大厅搭一个屏风，总算可以辟出来一块安静的地方。

趁大家都没有留意，浩钧过去跟他打招呼。继伟好像早看见了浩钧，此刻再想躲也躲不开了，于是难堪地笑了笑。浩钧说："继伟，你怎么在这儿？"

继伟干干地笑道："给你们省里来的领导服务啊。"

浩钧心酸道："别开玩笑了，我算什么领导，待会儿别走了，一起吃饭。"

继伟苦笑说："这里哪儿有我吃饭的位置？我们的副主任都得回家吃，我算什么，一个小科员，哪里能和你们省城来的贵宾坐在一起吃饭，我操。"

浩钧一时无语，只觉得胸口被堵得严严实实。想不到一年半之后，当年张口闭口“我操我操”的继伟，当年在篮球场对人咆哮如雷的继伟，竟变成了一个庸碌平凡的小办事员，朝气、锐气蒸发得一概全无，人变得宛如蒸馏过后的水，平平淡淡，无色无味。

浩钧说：“继伟，还打球吗?”

继伟仿佛没有听到，摇头喃喃地说：“早两天就布置下来了，我真笨，怎么会不问问包间能不能用，我真笨。”他抬头看了看浩钧，说，“要是我知道省里来的客人有你，说什么也要躲一躲，不和你碰见的，真是好笑，偏偏在这里碰见你，偏偏我是这个样子。”浩钧拍拍他肩膀，想说些什么，眼眶里却积蓄起了泪水，一句话也说不出来，只觉得胸口像是蒸汽机的轮轴，铿然地撞击着。里面高主任有些不满地喊：“小谢，小谢!”继伟仿佛被迎面抽了一鞭子，立刻肩膀抽搐着答应：“嗳，嗳。”自顾自跑了进去。浩钧的手落空，泪水再也忍不住，噗噜噜地掉下来。

晚上，浩钧还是和大志一个房间。大志问他：“那个挨批的办事员，是你同学啊?”浩钧说是的。大志摇头说：“嗳，差距啊！我想你那同学现在一定后悔死了，当初说什么也要留在省城的。”浩钧笑道：“他家在华林，父母都老了，能回家也好。”大志看了看浩钧，笑道：“也对，哪儿都不易。”

采访很顺利。华林方面准备的材料充足而具体，在县里指定的几个典型那里走访来的素材也无出其右。两天后汪主任他们回到了M市，市里又出面宴请了一次。午饭的时候，王副主任和老迟带的两个组也都回来了。午饭后开了个会，互相通报了采访情况。汪主任说没什么问题的话现在就写稿子，按计划争取明天见报。除了司机外每个人分了写稿任务，由王副主任带队负责，汪主任和浩钧是编辑，等着编稿件。汪主任计划一共写七篇稿子，头版一个主新闻由他亲自编，其他的图片和稿子交给浩钧来。中间王副主任来了一次，脸色铁青地说：“汪主任，那台电脑坏了，没办法，只好借您的用。”汪主任奇怪地说：“昨天不还好好的，怎么说坏就坏了?"王副主任看了眼浩钧,说:"还是向林,打字那么慢还非抢着用,写着写着不知道怎么搞的,死机了,再也打不开,好几篇稿子都等着呢。"汪主任把电脑给王副主任,说:"不行就手写,发传真回报社,不管怎么明天一定要见报!"浩钧赶紧低下头,看着手里那两本照片,翻来覆去地看,直看得手掌心里都是汗珠。

汪主任问浩钧抽烟不抽,浩钧摇头。汪主任笑道:"上了大学不抽烟? 少见啊!"自己点上了一枝。两人聊了一会儿,汪主任叹了口气,点点头说:"我也是从你这个位置走过来的,你现在的心情我很了解。报社嘛,人很多,很杂,也有很多不好的现象、不好的风气。有很多事情作为社里领导也是深恶痛绝的,但没有办法去根除。你是新人,要多注意一下,别受了什么不好的影响。"浩钧很慌乱地点头。

汪主任变得轻松起来,说:"毛老师现在怎么样了,烟抽得还是很凶?"

浩钧忙说:"毛教授抽得很凶,上课的时候烟不离手。"

汪主任说:"多少年了,我上他的课时他还是抽烟斗——都是二十年前的事情了。"说着哈哈笑起来。浩钧这才知道汪主任和他是同系的校友,心中一阵暖暖的感觉。

浩钧他们一直忙到了晚上十二点多,所有的稿件总算整理完毕。因为电脑坏掉了一台,只有两篇稿子和照片是用电子邮件传回去的,另外的几篇都得发传真。好在宾馆自己有设备,不然半夜的时候去哪里找传真机。最后定稿的时候,浩钧一直记得胡主任的话,除了编辑稿子,其他的事情他连想都没有想。稿件的署名是汪主任和王副主任定的,好像还有一些小小的争论。浩钧站在门口一直没敢进去,直到里面两个人的声音都平静下来,浩钧才敲了敲门。两位主任面不改色地坐着,心照不宣地保持着默契。汪主任似乎很疲惫了,就说:"小杜,你和王主任把稿子传回报社吧,我这边还有点事。"浩钧握紧了稿件,深深地点点头。

他和王副主任两个发完稿件回去,已经是凌晨两点了。走进大堂,发现角落里坐着一个人,头深深地低了下去,弓着腰,头部完全隐藏在背部的曲线里。那人面对着墙壁抽烟,烟雾顺着墙壁爬上去,仿佛是一丛滋长的爬山虎,整个大堂几乎都是低价香烟的气息。王副主任皱着眉,重重地哼了一声。那人惊悚地转过身,原来是向林,手里烟头的红光正慢慢缩小,黯淡。王副主任走过去,淡淡地说:“向林,电脑的事别放在心上,那玩意谁知道会出什么问题?快休息吧。”浩钧想说什么,嘴巴却无论如何也张不开,尴尬地在王副主任后边站着,一并接受着向林示弱般的谦恭。向林连忙把烟头丢在烟灰缸里,说:“我正在学,正在学,以后肯定不会出事了。”向林在王副主任面前蜷着身子,头和肩膀一点一点地,努力地弯下去,仿佛虔诚的教徒去亲吻主教鞋上的十字架。浩钧不忍心再看下去,说:“王主任,我去前台把传真的账结了?”王副主任点头说:“去吧,记着开发票。”浩钧答应了一声走开。

前台的人拥着大衣已经睡了,浩钧把她喊起来。服务员揉着眼睛,认出来是省里来的记者,就说:“经理交代了,你们的账市里结,不用你们来结。”浩钧隐约听见汪主任和向林在大堂说话,这时过去打搅会有些不合时宜,就笑道:“我们头儿正谈话,我在这儿等一会儿行不行?”服务员笑道:“有什么不行?你听歌吗?听的话我把音箱接上。”浩钧摇头。服务员就拥了大衣靠着椅子,塞了耳机,闭上眼。

夜半时分,宾馆里异常静谧,大堂里的声音传了过来,浩钧靠着门口,听得很清晰。向林说:“这次稿件打分,还请王副主任多帮忙。”

王副主任笑道:“又不是我一个人说了算,打分是综合起来算的,我就一票。”

向林说:“您是这次带队的,其他领导还不都看您的?”说着说着,声音压得很小,浩钧听不清楚了。王副主任一阵沉默,说:“你们家的实际情况,我知道。你父亲的事,同事们也很难过。汪主任的意思是回报社后给你一个月的假,好好调整调整,找找新闻感觉。”向林的语气明显地哽咽了起来,说话的声音还是很低,不知是答应还是推辞。

外边大堂里的声音变小了,时断时续地传过来只言片语。服务员突然低声唱了起来,大概她忘了屋里还有一个人。浩钧静静地听着。

其实也想知道
这时候你在哪个怀抱
说过的那些话,终究我们谁也没能够做到
总有一丝愧疚自己不告而别的逃
但往事如昨我怎么都忘不了
爱情边走边唱
唱不完一段地久天长
空荡荡的路上铺满了迷惘
心甘情愿的挣扎
百感交集的盼望
终究还是一样换不到你想要的收场,不是吗?
爱情边走边唱
唱不完一段地久天长
心中抱着希望,只看到失望
不如一切这样吧
你和我就算了吧
谁都害怕复杂
一个人简单点生活吧

服务员唱歌的声音断断续续,换气也不均匀,但这首歌浩钧是熟悉的。她的歌声仿佛水面的一条绳子,慢慢地拉,渐渐地浮出来一张庞大的网,网中央沉甸甸的全是杂乱的思绪,活生生的思绪,跳跃的思绪,银白色的思绪,在他脑海的甲板上哗哗地倾泻着,亮得耀眼。若桢此刻会在哪里,在做些什么,她是在有意地躲避,还是在无意地等待?一切都像隔着一层浓浓的雾,只看得见四周的物体,踉踉跄跄朝前走了一段,发现四周仍是空无一人,而来时的路也隐入了雾中,不复可见。若桢,继伟,惠民,向林,汪主任,大志,他们的面孔不断地浮现,黯淡,重新闪现,如同小时候经常看见的萤火虫,走到这边,那边亮起来了,走到那边,这边又亮起来了,仿佛这点点的光总在身边不远处,像自己的影子,看得见却够不着,抓不住也摆脱不掉。一首歌快唱完了,浩钧听到有脚步声走过来,立刻站起来拉开门,王副主任正好来到门外。浩钧说:"我想找您汇报,可是听见您的谈话……"王副主任微笑着点头。他的脸正好一半在阴影里,一半在光线里,说:"好的。账结了吗?"浩钧简单地说了一下,王副主任笑道:"你回去睡吧,明天我和经理谈。"

中午的时候,当天的报纸到了 M 市,篇幅很长,照片配发得也很丰富。市里各方面都相当的满意,非留了浩钧他们又吃了一顿午饭,这才肯放人。浩钧一直跟着王副主任做收尾的活儿,连报纸都没有顾得上看。吃饭的时候,浩钧隐约觉得场面很紧张,除了几个司机,其余的人都阴沉着脸。浩钧悄悄问大志:"大家怎么了?"大志说:"赶紧吃饭,别操闲心就是了。"浩钧发现向林没有在场,有心问问大志,却也按下了。散席的时候,大志和浩钧走在后边,大志小声对浩钧说:"傻小子,你刚才差点得罪人!没看见小丁他们一个个脸红得跟外国鸡似的?小丁跟向林闹别扭了。"浩钧问:"因为什么啊?"大志奇怪地说:"怎么,报纸你没看?"浩钧摇摇头。大志说:"待会儿到车上,你看看报纸就知道了。"浩钧见他走得急,也不好再问。

上车的时候，浩钧见向林提着包蹒跚地上另一辆车，一夜之间仿佛老了十岁。向林也看见了浩钧，嘴巴翕张着想过来说话。浩钧眼角的余光瞥见小丁几个正冷冷地往这里看，只好狠着心装作没看见向林，把包扔在后备箱里，冲小丁笑笑，钻进了车厢。透过车窗，他看见向林愣在原地，嘴巴却还张着，仿佛一只苍老的河蛙，心里顿时好像被狠狠扎了一刀。不一会儿小丁也上车，坐在浩钧身边，笑道："师弟，昨晚没睡好吧？汪主任刚才还夸你来着，说配的图片选得好。"浩钧惭愧地摇头，不知是愧对小丁的夸奖还是愧对向林的眼神。小丁对司机大刘说："大刘，这可是我正牌的师弟，一个老师教出来的。"大刘在后视镜里冲浩钧一笑："就是，咱们报社属你们这么年轻的本科生牛逼，都是正式记者。"小丁亲昵地拍拍浩钧的大腿，说："有事就找师哥，师哥办不了的，还有人家大刘呢。"大刘笑道："你们可别拿我开心！我一个复员军人，小学毕业的学历，比你们读本科的差远啦。"车厢里一片哄笑。

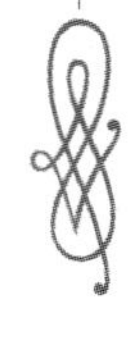

离开M市很久了，浩钧才装作刚想起来的样子，笑着对小丁说："你看我，中午光忙着陪王主任结账了，今天的报纸还没看呢！"小丁说："那可不应该，不应该。"说着拿出来一份报纸，递给浩钧。浩钧接过来看，分量很重，图文并茂，没有发现什么不妥。仔细看了，才发现署名写着7个人的名字，向林的名字在最后一个，浩钧的名字都在他的前边，将来要是走报社的程序打分发奖金的话，向林拿的无疑最少。其实这七篇稿子里有五篇都是向林写的，还发了一张照片。小丁和大刘还在一句一句地说着笑话，车厢里乐意融融，浩钧捧着报纸却觉得手脚冰凉，一丝寒冷立刻传到了全身。小丁他们再说些什么，浩钧再也听不到心里，只知道机械地应付，机械地赔笑，眼前到省城的路，也显得如此漫长而没有尽头。

路程走了一半，前边那辆车突然靠着紧急停车带停住了，大刘赶紧刹车，一车人都跑下去看。原来向林在车里突然胃痛，脸色蜡白，头上豆大的汗珠密密麻麻的。车里车外的人都默默地站着，看着向林死死地抓着包，顶着自己的胃部，嘴里不停地呻吟。浩钧冲动地想去扶他，但身边的人都仿佛在看话剧，既没有人幸灾乐祸，也没有一个人伸出援手。向林把头深深地夹在两个膝盖里，身子蜷成了一个干瘪的圆。这时前边车上汪主任他们赶过来，一见这个场面，汪主任生气地说："你们都傻了？向林身上肯定有药，你们快找找！"王副主任亲自钻进车，从向林口袋里掏出一盒药，就着水给他喂下去。过了许久，向林的脸上才有了血色，惭愧地说："我这身体，嗐，耽误大家了。"浩钧再也忍不住，装着若无其事地擦着眼角，说："高速公路上的风就是大，吹得我眼泪都流出来了。"众人也都默认，互相怪怪地看着。

出差回来的人都有半天假。第二天下午，浩钧到了报社，先去找胡主任。采访团的任务完成得很好，社里上下都是交口称赞，胡主任也勉励了浩钧一番，说了些他没有看错人，浩钧给部里争光了之类的话。浩钧心里想，可怜的向林，不知现在在哪里。他向向林部里的同事打听，都说报社给了向林一个月的假，要他好好休息，把身体养好。浩钧想，向林的病恐怕不是养几天就可以好的，他算是个勤勉的记者，但总是阴差阳错做不出什么值得欣慰的成绩。人生最大的悲哀莫过于找不到自己的位置，一直落后的发稿量和向林要强的个性是极不协调的，然而却尴尬地结合在一起。几乎所有和向林接触的人，都能感受到向林的痛苦和焦灼。浩钧后来也多少听到了那次出差的传闻。其实这也是报社的老矛盾了。小丁他们几个是大学毕业后分到报社里来的，是所谓的正式记者，向林是部聘的记者，按照规矩自然在署名上要靠后一些，虽然他的稿子分量是最重的。这件事汪主任和王副主任也有了争执。原因是汪主任觉得向林毕竟写的东西多，应该给人家排名靠前一些，将来的奖金也就多一些。而王副主任和小丁他们坚决不同意，一直闹到了上面。汪主任也没有办法，只好按照惯例办了。本来这是老皇历了，争也无济于事，但向林那天不知怎么异乎寻常地激动，坚持要按照发稿量署名。听到这些，浩钧也流露出了不解，向林的搭档大李解释说，稿子见报了，没有人知道谁的发稿量多，向林是最后一个，这么一来整个报社和所有读者肯定都以为向林是记者里面打杂的，凑数的而已。浩钧默然地想，难怪倔强的向林这么固执地争，原来并不全是奖金的缘故。

出差的新鲜感慢慢淡忘了，仿佛大海的潮汐，涨潮的时候掩盖了一切，潮水退却，留出来一片片赤裸难堪的沙滩，遍布着海草、砾石和垃圾。浩钧忙碌于报社和家之间，编稿，发稿，领工资，交房租，给家里寄钱。和老同学的联系也少了，仅限于和惠民在午休的时候互相发一些牢骚。惠民最近也有些不如意。七厅新招的一批公务员已经上岗了，分到八处的好几个有硕士文凭，直接定了副科级，惠民还只是个小科员而已。惠民说机关本来最讲究论资排辈的，可他明明比人家先来了半年，反倒不如后来的人级别高，心里很窝火。现在是一个级别的差距，今后一辈子恐怕都要在人家身后了。惠民又说其实亚明也好不到哪里去。他在六厅五处干的是档案室的工作，本来想实习期满转正后能找个对口的专业，不想一连来了三四个名牌大学的毕业生，有本科有硕士，哪里还轮得到他。浩钧不知道惠民为什么说亚明，好像人都有这么一种习惯，自己不如意的时候，总盼望着别人也不要太好，借此聊以自慰。浩钧给惠民说了向林的事，惠民说看来哪儿都一样，上面布置下来起草什么文件，都是他们这一级的科员做的。做得好是处里、科里的头头受表扬，出了问题一层层地查找责任，还不是小科员们背着。浩钧就问惠民那块“仰天大笑出门去，我辈岂是蓬蒿人”的匾现在在哪里，惠民哈哈笑着说在床底下扔着呢，早不挂了。惠民说到这里叹口气，说不挂了，没脸挂了，丢人啊。

过了个把月，为了一份材料，浩钧又回到了学校。那里一切都还是老样子，连门卫都没有换，见了浩钧熟人似的点头微笑。浩钧到了系楼，教室里正上课，走廊鸦雀无声。浩钧轻轻敲门，听到老陈熟悉的声音："请进。"浩钧推门进去，老陈正捣鼓电脑，见他进来就习惯性地说："浩钧啊，我正好找你呢，快过来帮我弄弄，怎么没声音了？"浩钧笑着回忆起去年这个时候，办公室刚买了电脑，老陈也是常常心急火燎地叫学生来给他装游戏，修电脑，可能老陈也忘了他是毕了业的人吧。

浩钧坐在电脑前，问老陈："是不是音箱没有插电源？"

老陈挠着头说："对了，大概是忘了插上——你是不是来盖章的？"

浩钧说："是啊。"

老陈两手一摊道："不巧，上午惠民才来过，不然你们就碰见了。"

浩钧笑道："我们常见面的，倒是其他同学不经常联系。"说着把电源接好，音箱有了声音，两人一起笑起来。

老陈关心道："你在报社还好吧？"

浩钧想想，自己过的谈不上好，但也坏不到哪里去，就说："还好，就是编个稿子什么的。"

老陈叹气说："嗳，你不知道，眼下这一届学生，比你们那一届多了百十号人，连实习地方都不好找。"

浩钧说："就是，今年来社里实习的好多都是外地名牌高校的学生，咱们得抓紧了。"

老陈嘟囔着说："不行的话就去地市报社实习，没办法，你们这一届算是最好的了——你的表呢？"

浩钧从包里拿出表给他。今年就业形势的确比去年要差。浩钧他们这个时候大多有了意向，有的甚至都签过了。可今天到学校一看，大多数毕业生还跟没头苍蝇一样乱撞。

忽然有人喊了一声："陈老师。"浩钧和老陈一起扭过头去看，门口站的却是若桢。她好像已经看到了浩钧，脸上并没有许多的惊讶，一脸笑意地说："浩钧也在呀。"说着袅袅婷婷地过来，在离他不远的一个椅子上坐下。

若桢还是穿着那件白色的风衣，一如往日的白，戴着一副红红的毛线手套。门开着，走廊里吹过来一阵风，把她垂在肩膀的头发吹散，像一片黑色的波浪。浪花的尽头被斜阳的光芒漆成淡淡的金黄，仿佛秋天的草叶在风中摇摆，摇得人心旌动荡。

浩钧朝若桢微笑。他的笑容很机械，笑容背后似乎不是肌肉，而是数不清的弹簧和齿轮，他甚至听到了清晰的金属啮合的声音。老陈和若桢在说着什么，声音很模糊，仿佛晨练老人手里的空竹，忽而高，忽而低。浩钧觉得耳朵两边都是嗡嗡的声响，此起彼伏，此消彼长，四处都弥漫着无形无影的声音。

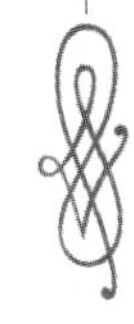

校园广播响起，几个年轻的学生干部敲门进来，好奇地看着浩钧和若桢。他们是如此的年轻和鲜活，仿佛在欣赏两具新出土的文物。浩钧一下子觉察出了自己的学生时代真的过去了，真他妈的过去了，一下子心里难过而悲凉。

若桢说："陈老师，您先忙吧，我走了。"

浩钧也站起来告辞，一个眼睛大大的女孩子说："是杜师兄吗？"老陈不无得意地说："是啊，他就是杜浩钧，现在报社。"女孩子立刻走过去，从包里抽出来一份稿子说："师兄帮我看看啦。小师妹的习作，多提意见。"说着很恭敬地双手递上。一屋子的人都笑了。若桢正好走到门口，回头惊讶地看着。浩钧似乎感到了若桢打在他背上的目光，接也不是，不接也不是。

女孩子又往前递了递，笑道："师兄不肯帮忙吗？"语气竟有些娇喃和嗔怪。

浩钧忽然害怕若桢生气，也怕她就此一走了之，再见面不知道是什么时候了，只好接过来说："嗐，那我就先拿着了。"

女孩子笑着说："我叫胡盈盈，今年大四了，请师兄多多关照，回头我再好好谢你。"盈盈笑的时候眼睛都在说话。

浩钧和若桢走出了系楼。迎面过来的都是夹着书包的学生，面无表情地擦肩而过。两人不约而同地沉默着并排走。此时课间已过，广播戛然而止，校园里赶着换教室的学生也一瞬间消失了，只剩下他们两个在林阴道上走着，孤独而另类。只有操场里有体育老师带着学生们做活动。四周一下子安静下来，篮球场上几十个篮球同时弹起，又落下，单调地运动，嘭嘭地响，宛如浩钧怦怦跳动的心。

出了校门，浩钧说："前边有个冷饮店，你还记不记得？"

若桢笑道："怎么不记得，上学的时候我常去的，咱们去坐坐吧。"

两人说笑着进去，浩钧让若桢点饮料，她把红手套摘下来，说泡沫红茶，浩钧要了可乐。聊了几句，若桢说："惠民还好吧？"

"他还是那样。"

"好像毕业之后，大家都改变了不少。"

"不，我觉得你还是老样子，没有什么变化。"

"不对，我变化其实很大的。"

浩钧想问若桢，为什么这段时间没和他联系，是不是有男朋友了？是家里出事了？是换了工作了？还是遇到什么不顺利的事了？正胡思乱想，却听见若桢问他："你怎么了？"

"没什么。"

若桢默然地微笑，小口啜着红茶，不知是在喝茶还是吸着那些泡沫。若桢的左手中指本来戴着一个戒指，是孝桐给她的。现在那里什么都没有，只是一根光洁的手指而已。浩钧想，这就好。两人又你来我往地说了几句不着边际的话。若桢忽然说："浩钧。"他看着若桢的眼说："嗳。"若桢伸出两根手指，顺着另一只手的手指缓缓地向下摩挲，一直到手掌心，又夹住另外的一根，重新摩挲，仿佛一只洁白的小鸭在湖畔梳理自己的羽毛。她似乎在想着什么，在认真斟酌着词句，好久才说：

"你是个很好的人。"

浩钧感觉浑身的血都涌上了头顶，脸颊霎时间红得发烫，发亮。

“你说我还是老样子，我认为不见得吧。自从我上了大学，就好像一年会变一个样子，有时候我自己都不知道自己是什么样子了。所以我觉得我们最好，”若桢顿了顿，仿佛在积攒着力量，说，“我们保持同学的关系比较好。”若桢说了这句话，忽地笑了，“嗳呀，瞧我说什么呢？”

浩钧感觉滚烫的脸颊慢慢冷却，情不自禁地说：“为什么呢？”

若桢一愣，说：“我不是你想像的那样的人。你一定会失望的，真的。”

浩钧看着可乐杯子里漂浮的冰块，比刚来时小多了。浩钧想，即便是冷水里的冰块都有被融化的时候，可他已经把心都掏给若桢了，但若桢的心却不知道要用什么方法才能消融为一汪春水。浩钧说：“好了，我们都别说这个了。”说着朝若桢一笑，他听到自己心里咯噔一声，一根心弦整整齐齐地折断了。他想，这辈子恐怕再也不会听到那些美好的旋律，可悲的是，那些旋律他从来都没有听过。

两个人面前的杯子都空了。若桢的杯子里残留着一层浅浅的泡沫，浩钧的杯子底落着几个冰块。浩钧想，这大概就是命运吧，若桢走了，留下的只是虚无的泡沫，而他心里则凝结了难以消融的冰。他觉得整个身子都寒冷起来。

出了门，天色已经微黑。街上的人也多了。他们两个在街边走着，默不做声，一直走到公交站牌下。若桢说：“你是往哪个方向去？”

“我往东。”

“我们正好相反，我往西去。”

“那我得去对面的站牌等了。”

若桢点头，微笑地看着他。浩钧想，看来我们终究是要各奔东西了,这次是真的要分别,几年来所有的思绪和妄想都是一场空了,大概这就是命吧。于是不等她说话,也不等眼泪当着她的面落下来,就横穿到马路那边去。等他在站牌下站好,朝对面看的时候,若桢低着头,双手背到了身后,再抬头的时候,脸上一片微笑。浩钧也对她微笑着,眼睛里却有泪花滚出来。若桢朝公交车来的方向看着,手背捂着鼻子,似乎在挡着飞扬的灰尘,却飞快地抹了一下眼角。这个细微的动作如此迅速,如此清晰,宛如飞扬起来的柳条扫了扫行人的脸,一种不可名状的触动。一辆公交车驶过来,停下,遮住了浩钧的视线。浩钧对自己说,这辆车会把若桢带走,带到一个他永远也找不到的地方。以前的那么多感受,那么多悲欢交集的心绪,仿佛化作一团团黑黑的烟尘排出,融入空气里,没有了,再也找寻不到了。若桢等待的来了,他所等待的又在哪里呢?他多想化成那辆带走若桢的车,那辆带走他全部希望和快乐的车,而后带她去她想去的任何地方。可是,一切都没有了,仿佛一场激烈的话剧突然结束,沉重的大幕陡然落下,眼前只剩下一片漆黑,如同盲人的眼。

车子走了。浩钧抬起头,已泪流满面。

然而,奇迹出现了。

浩钧后来想,如果世界上真的有奇迹,那么就是那个难以忘怀的黄昏了。他看着马路对面。高高的站牌下,一个穿着白色风衣的女孩子朝这边看着,两只手戴着红色的手套,黑色的头发在黑色的夜风里轻舞飞扬。夜色深了,他看不见她脸上到底是什么表情,他所能确定的就是她还在那里,她没有走。一切像是一个并不真切的梦,好像所有的事情都在一分钟以前静止了,那辆公交车并没有来过,一切都没有发生,一切都像刚刚转身的那一刹那。那一刻浩钧想,如果他能向万能的上帝请求一件事情,他愿意付出他所有的东西,只要能允许他永远站在那里,永远看着若桢站在对边看着他,永远和若桢相对而立,哪怕中间隔着一条车水马龙的街道——

除此之外，他别无所求。

一辆公交车在浩钧面前停下。有人下来，有人上去，司机冲他嚷了句什么，浩钧浑然不觉，像是和司机的距离无法形容的遥远。他的心里只有若桢，若桢，若桢。车开走了。若桢站在那里，和他一样，静静地站着，像是沉思，也像是等待。又一辆公交车在对面停下，浩钧的心忽地紧张起来，他生怕车开过之后，若桢已经不在那里了，把这一次短暂的默契当做了永恒的分手。

那辆车在对面停了整整一个世纪。

浩钧几乎要绝望地叫喊起来，却猛地发现对面穿梭的人流中，一个穿着白色风衣的女孩子，静静地望着这边。浩钧想冲她招手，又抬不起手来，只能看着她笑，笑得泪光闪闪。一辆车过去了，又一辆过去了。浩钧不知道等了多久，或许时间对他而言已经完全失去了概念。他明白的只有一件事，不管过去多少辆车，不管他要等待多少辆车过去，那边总有一个女孩子在望着他，她没有离开，这一次她真的没有离开。浩钧突然想起来要去找她。他不能再等待下去了。幸福就在马路的对面。喧闹的世界忽然完全安静下来，他的耳边一片宁静，只有一条小河在潺潺地流动。他跳进了这条小河，河水不深，只埋到了他的膝盖。他用力地朝前走，身边哗啦啦的水花溅起来，暖洋洋地打湿了他的前胸。浩钧浑身湿漉漉地上了岸，急切地寻找那个人，可她在哪里呀？岸边空无一人，仿佛并没有人曾在这里驻足停留的痕迹。

浩钧在站牌下急切地寻找，却一无所获。若桢走了。她这次是真的走了。浩钧扶着站牌，绝望地看着四周，行人脚步匆匆，汽车灯光摇曳，惟独没有若桢。没有了若桢，周围的一切也都失去了色彩，变成了单调的黑与白。浩钧想，这大概真的是一场梦吧，刚才的一切不过是虚幻的，若桢或许早就走了，或许从不曾在这里。梦醒了，流水带走落花，连一点留香都不复存在。浩钧此刻觉得身子慢慢僵硬，心慢慢地冷却了。

旁边,一个脆脆的声音说:“你在找她吗?”

浩钧低头看,一个小女孩转着黑黑的眼珠,一本正经地看着他。

浩钧说:“你说谁?”

小女孩举着两只手,摇着说:“她呀。”

浩钧的脸颊被那两只红红的手套映得通红,竟说不出话来。小女孩说:“她去那边了。”说着指着对面。浩钧看过去。若桢一脸的惊讶,正站在对面的站牌下面左右张望,像寻找着什么。她找的是自己吗?浩钧来不及思考,因为他已经大声喊出来了,他自己都不知道自己能用这么大的声音说话:“若桢!”他又喊了一遍:“裴若桢!”他想,这次她一定听到了。

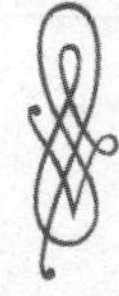

若桢就在站牌那里站着。浩钧跑到她身边,呼吸都紊乱了起来。若桢看着他笑,脸上很明亮,似乎是街对面的霓虹招牌的光,也似乎是她脸上慢慢亮起来的光彩。浩钧不知说什么,紧张地深呼吸,想把情绪平稳下来,不料却使得呼吸越发地急促。若桢笑道:“我都忘了,我今晚要去李老师家上课,和你正好顺路的。”浩钧说:“是吗,我也忘了。”浩钧在若桢的酒窝里看到了一滴娇羞,这是他从未见到过的,恨不得立刻醉倒在那浅浅的酒窝里。

上车的时候,浩钧手里一直攥着两枚硬币,一直攥得发红。车来了,浩钧抢着上去,把两枚硬币投在投币箱里,却猛地意识到若桢还没上来,腾地脸红了。他脑子里只想着自己付钱,却忘了谦让女孩子先上车,本来该是一个多绅士的举止,却被他的冒失弄得很狼狈。若桢跟着浩钧上车。他们在靠窗户的两个位子坐下来。浩钧急着解释说:“我是想——”若桢笑道:“我知道。”浩钧一愣,说:“你知道什么?”若桢说:“我就是知道。”浩钧明白,若桢是真的知道他的意思了。

车里没有几个人,灯也灭了,摇摇摆摆像是个大大的摇篮。车窗外倒是灯火通明,前边的树梢上挂着一轮黄色的大月亮,照得人的脸上蒙着一层柔柔的金色。浩钧不知道月亮在那里呆了几千年,他觉得今天的月亮才照在了他的心里。公交车轰隆隆的声音好像一直没有停下来,在这声音的掩护下,浩钧说:“我有很多话想对你说。”若桢听见了,说:“嗳。”浩钧又不说话了,刚才累积起来的勇气渐渐地消失。若桢倒有点着急了,催他说:“你说话呀。”浩钧一句话也说不出来。公交车停了,浩钧说:“到站了,咱们下去吧。”

下车的时候,浩钧握住了若桢的手。车门下正好有一堆树叶,大概是清洁工扫在一起便于清运的。浩钧一脚踩了上去,枯叶嗤喇响起来。若桢吓了一跳,下意识地抽回了手,说:“你没事吧?”浩钧把脚从碎叶子里拔出来,笑道:“没事,这袜子也该洗洗了。”若桢在黑暗里嗤嗤地笑了一声,这笑声给了浩钧走过去的勇气。浩钧走过去,捉住了她的手。若桢笑道:“你的手那么热。”浩钧说:“我的手一直都很热,越到天冷的时候就越热,真是奇怪得很。”若桢的声音很小:“是的,很奇怪。”

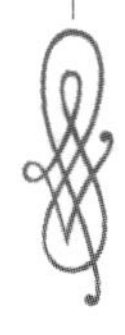

前边有个街头的小游园,浩钧和若桢慢慢地走进去。若桢一直低着头,浩钧握着她的手,两人都有一种难以言表的感觉。

浩钧说:“还记得惠民的那个匾吗?”

若桢笑道:“怎么会不记得,‘仰天大笑出门去’,”浩钧和她抢着说下半句:“‘我辈岂是蓬蒿人’。”说完后,两个人一起笑了起来。

“你和惠民正好截然相反,他那么喜欢说话,你又是那么沉默。”

“如果我以前没有沉默,现在会不会是另外一个样子?”

“以前发生的事情再也无法改变了。”

“那我现在不沉默的话,会改变没有发生的事情吗?”

“没有发生的事情,我们都不知道,就更不会改变了。”

“那我就让它现在发生,好不好?”

若桢看着浩钧，心里似乎有许多许多的话，不知是想要说还是想要问。

浩钧等着若桢开口。

若桢终于说话，她的语气很平静，像是讲着与自己毫无干系的事情。

“如果我告诉你，其实我比你大四岁，你会让它发生吗？”

浩钧看着若桢，空气凝重起来，整个场面像是一幅油画。

“如果我告诉你，我不是处女了，而且还做过人工流产，你会让它发生吗？”

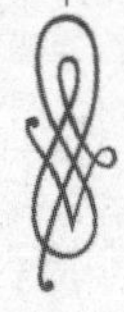

浩钧还是静静地看着她。

“如果我还告诉你，我结过婚，而且又离婚了，你还会让它发生吗？”

说到这里，若桢已经克制不住汹涌的泪水，她猛地抬头，仿佛天空中有一双手会给她带来一丝的慰藉。她轻轻挣开浩钧的手，跑开了。

浩钧缓过神来，想要再去寻她，去捕捉她的手的时候，她已经不见了。四周一片寂静。远处的秋千架上，铁环勾连的锁链被风吹得摇摆不停，环与环之间铿然地交错，传来一阵清幽的声响。

若桢在哪里？

去登记结婚的时候，浩钧看见若桢在籍贯那一栏里添了“思茅”，他是第二次听到这个地方，不过已经没有了第一次的陌生。那天大概是个好日子，去登记的人很多，浩钧挤在一群人中间排队，领到表格的时候已经是一头的汗。若桢坐在大厅的一侧，微笑着看着浩钧，这个即将成为她丈夫的人。浩钧举着两张表格走过来，像是一蹦一跳的小鸟举着扇动着两个稚气的翅膀。若桢想，这样的人怎么会急着结婚呢？他分明自己都是个孩子。若桢笑着把身边椅子上的包拿开，让他坐下，给他擦去了额头的汗。浩钧填写得很快，好像考试时看到试卷，发现所有的题目都烂熟于心，心里是那样的兴奋。若桢却写得很踌躇，有些栏甚至是万难下笔，她不知道心里的种种酸涩又如何向浩钧启齿。浩钧在一边看着她，快乐得像个孩子。他见若桢停顿下来，就凑过来问："怎么了？"若桢来不及用手去挡。婚姻状况那一栏里，若桢写的分明是"离异"两个字。浩钧的笑容有些停滞，仿佛初冬时节湖面的一层薄冰，掩饰不住冰面下翻滚的湖水。浩钧轻声说："我们说过不去想的，对不对？快点写吧。"若桢缓缓地点了点头。

若桢的事情是她自己告诉给浩钧的。浩钧从来没有问过她，他甚至从来不想要问她什么。那个有一轮黄色月亮的晚上，若桢做完了家教从李老师家里出来，又一次经过那个街头的游园。路灯下，浩钧从长椅上站起来，经过了一条长长的黑影地带，走到若桢的面前。整整一个晚上，或许他一直在那里等着，或许他离开过，但是没过多久，他又回来了。其中发生过什么若桢永远也不会知道。不管怎样，当她再次在这个地方看到浩钧的时候，他的表情和她刚才离开的时候一模一样。浩钧站在她的面前，接过来她的提包，像是一切都没有发生过的样子，说："我送你回家去吧。"

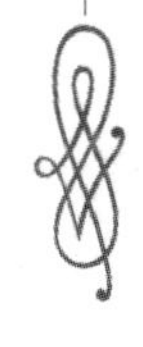

若桢在那一瞬间明白了，她最不想看到的又是最想看到的，终于发生了。

浩钧对她说："那件事情其实已经发生了，你能感觉得到吗？"

浩钧探下头想去吻若桢，被她轻轻地偏过头去，只吻到了她的头发。若桢在浩钧的怀里颤抖。浩钧感觉到了冰块消融的响声，他说："你冷不冷？"若桢从他怀里抬起头，脸上还挂着泪花，笑道："快走，那边是李老师家的窗户，能看见我们的。"

若桢租的房子在很偏僻的一个地方。浩钧站在楼下，几乎不敢相信。那是一栋破旧的楼，墙面早已斑驳，裸露出来大面积的砖块，仿佛一把锈迹斑斑的菜刀。浩钧站在楼下，迟疑着不肯上去。他突然感觉到两个人之间有一种静默的气息，使他无法让自己平静下来，去接受一个毋庸置疑的事实——他将要面对一个秘密，一个他曾经千方百计要逃避要否认甚至不允许惠民调侃的秘密。尽管他强迫过自己不去想,可是现在他分明就站在这个秘密的边缘,被人推着往前走。眼前的若桢如此单纯如此可爱,难道她说的那些话都是真的？这简直不可想像。

楼梯窄而陡,若桢走得熟了,在前边提醒着浩钧,这里要拐弯,那里要小心碰头。在顶楼,两人停下来,浩钧默默数了数,第八层,走了一百四十四级台阶。若桢每天都要在这144级台阶上来回奔忙。可怜的若桢。

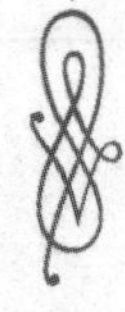

任何一个单身女孩子的住处可能都是这个样子,温馨而带着点冷清。房间里很简单,很干净,没有什么花哨的小情调和小摆设,家具也仅限于一张床和一个简易的衣柜,地上放着燃气灶。浩钧没有办法把这个住处和一身白色风衣的若桢联系起来,这里更像一个临时歇脚的巢。若桢仿佛一枚硬币,一面是白天出去的样子,一面是夜晚回家的样子,两面截然不同又如此无间地交融在一起。若桢看见浩钧打量着屋子,笑道:“没想到这么简单吧,简直是简陋了,连个坐的地方都没有。”

浩钧见屋子一角有个行李箱,就说我在那里坐就好。说着过去坐下,只听见“喀吧”一声,箱面断了一条裂缝。若桢正在抓茶叶,回头笑道:“你要不嫌弃,床底下有个马扎,你可以拿来坐。”

水开了。

若桢把开水冲到两个杯子里,狭小的空间里顿时升腾起来一股浓浓的茶香。浩钧不懂茶,他不知道这就是上好的滇红。若桢把一杯茶放在他面前,茶水泛着深重的红色,连茶叶都看不到。

若桢说:“这是我家乡的茶叶,我妈来看我的时候带的。”

浩钧喝了一口,齿颊留香,情不自禁地问:“这是什么茶?”

若桢笑道:“这是普洱茶。”她看了浩钧一眼,说,“我家在思茅,靠近边境的地方。”浩钧惊讶地叫了一声。若桢笑了笑,啜了口浓浓的茶,仿佛已经习惯了别人这样的反应。

浩钧记得若桢娓娓的讲述就是从思茅开始的。若桢在思茅的一个农村出生,9岁的时候离家去昆明上学,一直住在姨妈家里。若桢离开思茅后就回去过几次,她说思茅是茶乡,四周都是山,山上是茂密的树,好多地方是名副其实的原始森林。若桢的父亲是一个木板厂的文书,读过很多很多的书,会给母亲背很多很多的诗,而且拉了一手好二胡,或许母亲就是因为父亲的诗和二胡才会嫁给他的。不过若桢说,父亲也喜欢喝酒。浩钧想,若桢的童年生活一定是很不幸福的,不然她不会在还是个孩子的时候就背井离乡,寄居在他人的屋檐下。

若桢的母亲种着几亩茶园,又有一手裁缝的手艺,针线活在当地很出名,收入勉强能养家糊口。若桢的父亲挣的那点钱,大概都消磨在酒馆里了,幸好他不像别的男人喝完酒就去赌钱,他一喝酒就必定要喝醉的。一次他接若桢回家,遇到几个旧友,一时性起喝了起来,竟醉倒在街头,人事不省。若桢看着倒在地上的父亲,以为他死了,哭得死去活来,在他的身上爬着,企图把他唤醒。也就是从那以后,她的母亲就打定了主意,一定要把她送到昆明去读书,让她离开这个群山环绕的地方。若桢对浩钧说,你是家里惟一的男孩子,你上大学的时候全家都是你的支柱,而她只有她和她的母亲。

她高考的第一年落榜了,分数只够上一个本地的大专。母亲问她的打算,她听出了母亲的疲惫和犹豫。一个不争气的丈夫,一个太要强的女儿,这么多年母亲大概真的身心疲惫了。若桢说她那时的态度很冷淡,她竭力让自己冷冰冰地告诉母亲,她要复习,再考。母亲什么也没有说。一年暗无天日的复习班生活过去了,两年暗无天日的复习班生活过去了,若桢终于考上了北方的这所大学。走的时候若桢回了趟思茅,和母亲抱头痛哭了一场。她和母亲的隔阂在共同流出的泪水里得到了愈合,而和她父亲的隔膜却似乎越来越深。整整四年她再也没有回思茅,和家里的联系就是学期初接到家里汇来的学费，偶尔母亲也会给她打电话。至于生活费用，全是若桢自己拼命打工挣的。直到林孝桐成为她的男朋友后，一切才都有了改变。

浩钧问若桢，她究竟为什么对父亲那么冷淡？

若桢想了好久，说她并不讨厌父亲，但也不十分地爱他。上大学的时候母亲给她打电话，说父亲得了一场大病住院了，并准备借着这个机会把酒戒掉。母亲说这些话的时候，她的语气是兴奋的，她甚至告诉若桢，在病床上的丈夫向她忏悔了以往几十年的过错，他说他归根结底是爱妻子和女儿的。若桢听出了母亲的喜悦和安慰，她肯定已经原谅了这个让她在艰难里生活了几十年的男人，数十年来她苦苦等待的正是这个结果。电话里，若桢保持着可怕的沉默。母亲在那边慌乱起来。若桢只好安慰母亲，岔到了别的话题上。若桢对浩钧说，她也相信父亲是真爱母亲的，可那有什么用，他还不是让母亲辛勤操劳了一生。

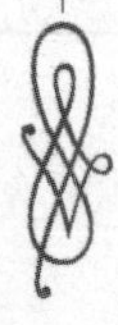

若桢停顿了一下，说："爱人，尤其是男人，是用来爱和给她幸福的，而不是让她来陪着自己承担痛苦的。"说着，若桢笑了笑，她的笑像阳光直射下的玻璃一样惨白，她说，"所以，林孝桐成了我的男朋友，我的第一个男朋友。"

浩钧在那一瞬间开始怀疑自己对若桢的感情。也许是他根本并没有真的爱上若桢，也许是他对若桢的爱已然深不可测，以至于当她说出她和别的男人纠葛相爱的时候，浩钧没有失望，也没有愤怒，他开始在内心的深处打量着这个男人。这个夺走了若桢初恋的男人。

孝桐和若桢见面的时候刚刚毕业，经常回学校打球，偶然认识了若桢，一见钟情，于是和当时的女友分了手，开始追求若桢。那个学期，若桢的父亲又一次住进了医院。为了治好父亲的病，母亲花光了所有的积蓄，甚至把来年的茶叶收入也都预先支付掉了。父亲的病折磨得母亲非常痛苦，母亲夜夜以泪洗面，几乎要疯掉，她说如果父亲的病治不好,她就从思茅最高的山上跳下去,跟父亲一起走。又到了交学费的时候,若桢把家里寄来的钱又寄了回去,说她在学校得了奖学金,加上打工的钱足够学费了。其实她手里也只有这么多钱,一旦交上去,生活就完全没有了着落。窘迫到极点的时候,她甚至开始怨恨自己的父亲,他不但给她的母亲带来了一生的艰辛,而且要把这艰辛再传给他的女儿。

在若桢最困难的时候,孝桐替她交齐了所有的学费,还给她家里寄去了两千块钱,用的是若桢的名义。这些事情若桢并不是一无所知,她当然明白两个热恋中的人有了金钱的往来意味着什么。再见到孝桐的时候若桢相当的难堪,她没有说谢谢,连一个有关钱的字都没有提。本来她认为任何人都是平等的,她和孝桐的感情也是真挚而纯粹的。可她现在发现,她在孝桐面前明显地变得矮了,他们的感情也变得不再像水晶般干净而透明。若桢生怕孝桐会因此瞧不起她,从而认为她和以前他接触的女孩子没有什么不同。那天晚上孝桐像往常一样打完球后来到若桢的家里,他好像并没有这样那样的念头,或许几千块钱对他而言真的不算什么,或许他在心里已经对若桢有了别的看法,这一切他都没有表现出来。他做的惟一不同于以往的事情,就是在吃了若桢做的晚饭后,倚在床头看着她笑。这样的微笑让若桢莫名的恐惧而激动。若桢给他削着苹果,坐在离他不远的地方,心里怦怦地乱跳,好几次差一点划破手指。两人说着毫无边际的话,快到十一点的时候,若桢说:"孝桐,你看天都这么黑了。"孝桐看看窗外,说:"这么黑了!我都没注意。"若桢笑道:"谁知道你都注意什么。"孝桐说:"我爸说要给我买辆车,回头咱们去车市看看。"若桢点头。孝桐说:"过了年我就去我爸那里上班,可能没办法常来了。"若桢就说:"你忙你的吧,你这么大了,该有点自己的事情做。"孝桐笑道:"真受不了,你怎么跟我妈一个口气?"说着用脚尖踢了踢若桢的腰。若桢的脸腾地红了,她站起来说:"你该走了,我不想让房东说闲话。"孝桐

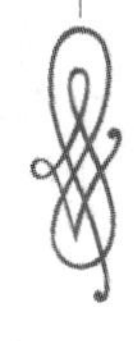

说:“真的不想让她说闲话?”若桢点头,脸越发的红。孝桐耸了耸肩膀,从床上下来,走到若桢的身边,突然一下子抱住了她。他凑在若桢耳边说:“不想让别人知道就别出声。”若桢被他的双臂箍得无法呼吸,真的叫不出声来。孝桐抱着若桢,移动到墙边,拉灭了灯。屋子里顿时一片黑暗,若桢挣扎了几下,终于发现一切都已经潮汐般无法避免,只有闭上眼睛。

若桢的讲述里终于出现了浩钧,他的出现很突然又顺理成章。那个让浩钧难以忘怀的下午同样让若桢铭心刻骨。她和孝桐在办公室里约会过几次,并没发生过什么意外。她本来以为在办公室里的应是惠民。她和孝桐的事惠民是知道的,她不用做什么暗示惠民就会知趣地给她方便。但那天办公室里的恰恰是浩钧。若桢坐在浩钧对面,看着一份过期的报纸,心里惴惴不安。当浩钧笨手笨脚地被砸伤了脚,露出了棉鞋里的棉絮的时候,若桢心中最柔软的地方被狠狠地刺痛了。从思茅到这个北方的城市上学时,母亲给她做了一双棉鞋,说北方冬天冷,需要厚实的棉鞋,而在思茅是穿不着棉鞋的,从来没有做过,所以做得不好,要她小心点穿。其实若桢从来没有穿过那双厚实得有些笨拙的棉鞋,一直锁在箱子的最底下。看到浩钧露着棉絮的鞋,若桢想起了苦难深重的母亲,想起了她和孝桐的事从未向双方家里提起,想起了在宿舍遭遇的委屈和不平,而这一切无一不使她肝肠寸断。

偏巧这个时候,孝桐闯了进来。好在浩钧很快走了,孝桐也没有过多的去想。那天晚上孝桐又留在若桢的房间没有走。若桢和孝桐聊着,抵挡着孝桐无休止的缠绵,无论如何也进入不了恋爱的状态。她知道下午她对孝桐的亲昵深深地刺伤了浩钧,虽然她和浩钧接触不多,交流也很少,但若桢每每想起她说孝桐是她男朋友的时候浩钧颤抖的眼神,她就明白了浩钧的秘密。孝桐缠着若桢并吻她,若桢心烦意乱地推却,最后还是顺从了他,她如何能拒绝他呢。事毕之后,孝桐说:“今天那个杜浩钧,看起来傻乎乎的样子。”若桢苦笑说:“他本来就是傻乎乎的。”孝桐狡猾地笑道:“我看得出来,他喜欢你。”若桢正色说:“你不要胡说!”孝桐孩子气地说:“嗐,那又有什么,喜欢我的女孩子多了,我不还是和你在一起?我的女朋友当然得是大众情人了,不过你只能喜欢我一个。”若桢呆了呆,笑道:“什么乱七八糟的,你别开这种玩笑。”孝桐孩子气地笑了。

他们两个和浩钧第二次见面是在车市。那天下着小雨,若桢本不想去的,孝桐刚给她买了件新的大衣,非要她穿着出去。若桢拗不过他,只好跟他一起去了。当时的情形非常的窘迫。那个售车小姐一口一个“先生、太太”,仿佛一条条鞭子抽得若桢脸色苍白。孝桐却不以为然,还自作聪明地和浩钧聊天,像是个久不见面的老朋友,语气中含着傲气和锋芒。若桢难堪极了,觉得身上这件鹅黄色的大衣仿佛一层厚厚的茧,把她牢牢地裹在了里面,难以呼吸视听。她最不希望的就是在浩钧面前丢脸,可这件事偏偏发生了。孝桐问那个小姐浩钧的业绩是多少,小姐说浩钧到这里实习很长时间了,一点业绩都还没有。孝桐有些失望地冲若桢笑了笑,大概他觉得这个对手的实力太弱了,甚至不用去和他争的。

孝桐就是这样的人,他觉得什么事情都是需要去争去抢的,尤其是爱情。他经常说他追若桢太顺利了,以至于现在没有什么可以回味的地方。说来也奇怪,他以前的女朋友大多是从别人手里抢来的,新鲜劲很快就过去,结果没多长时间就分手了。而若桢是第一次谈恋爱,却和他一直维持着,这让孝桐也很纳闷。每次说到这些,若桢总觉得哭笑不得,她简直怀疑孝桐的心智是不是发育完全了,怎么还像个孩子,心爱的东西有人来抢的时候哭闹,没有人争的时候又闷闷不乐,以为它不好。或许的确有一个人想要和孝桐争一争她的,但那个人太自卑而软弱了,几乎刚一接触就退开,远远地逃避,远远地观望,远远地痛苦。

一转眼若桢搬出学校住已经半年多了。孝桐高兴的时候就来，整晚整晚地缠着若桢，不高兴的时候一个礼拜都不来一次，电话也很少。即便是在一起的时候，他们两个之间的争执也渐渐多起来。开始是因为一些生活上的小事。比如若桢自小家境贫寒，又过了一段寄居的生活，用电用水都很仔细，常常是随手关灯。而孝桐阔绰惯了，他喜欢到处亮堂堂的，总要把所有的灯都打开，即使根本不去的屋子也要灯火通明。若桢看不过，就劝他注意节俭，孝桐每次听到这个就皱眉头，一次实在忍不住了，大大地发了一次火。若桢解释说今后居家过日子，还是要节俭持家的，能省则省，省下来的钱不还是自己的，做什么不好？孝桐最听不得的就是这样的唠叨，脱口而出说谁要和你过日子？别再自作多情了。若桢一下子傻了。她从来都没有想过不能跟孝桐在一起的问题，她一直认为孝桐迟早要和她结婚的，孝桐也从来没有否认过这件事，难道还会有其他的结局？孝桐气鼓鼓地摔上门走了。若桢觉得她以前太愚蠢。她怎么能那么轻易地就交出了一切，从而把自己陷入一个如此被动的境地。若桢的泪水整整流了一个晚上。她发现她已经不可能再保持一个平静的心态去等待幸福的归宿了，那个曾经看起来近在咫尺的幸福竟是远在天涯。孝桐是真心的喜欢她的，这一点她看得出来。而且孝桐本身就很优秀，家境也好，生活在这样的家庭里至少可以不像在思茅的母亲那样，终日为生计奔忙，为生活所累。世界上还有什么比嫁给一个这样既有钱又爱她的男人更幸福的事情呢？她告诉自己无论如何都要去争取，她要把孝桐留在她的身边。后来若桢回忆说，她的这个想法比以前索性付出一切的时候还要天真，她一心要把孝桐拉回来，但她的努力却把他推得更远，让这场恋爱结束得更快。

再和孝桐在一起的时候，她不再去管他了。她甚至开始讨好他，无论他要求什么她都竭力去配合，只为了他开心。一次缠绵后，她提出来要到他家里去，见见他的父母。若桢说我们已经这样了，而且在一起这么长时间，不去见见老人是不礼貌的。她尽量让自己说得委婉无助而带着坚决的神情。孝桐搪塞说父亲最近很忙，让他回家说一下。若桢说我不是急着去，但是早晚一定要去的。孝桐以为她是在引起他的关心，很快就忘记了。不料过了几天的一个晚上，若桢又提起了同样的要求，态度和上次一样的温柔而坚定。孝桐开始明白了若桢是真的想和他在一起，这是他从来没有遇到过的。孝桐觉得他无法拒绝若桢的要求。他沉默了很久，第一次给若桢讲了他的家庭。

孝桐的话很短，但是仍然让若桢很吃惊。五年前孝桐的父亲就在外边另有了一个家，而且有了个女儿，这边的家是极少回来的。孝桐的母亲不愿离婚，情愿守着儿子接受这样的现实。孝桐的父亲虽然不顾家，但很溺爱孝桐，也许因为孝桐是他事业惟一的接班人，所以约束得也很严。孝桐躲躲闪闪地告诉若桢，他的母亲很善良，不会为难她，但父亲是绝不会答应这个突如其来的儿媳妇的。孝桐甚至说，如果造成了什么伤害的话，他会给若桢补偿。

若桢说她当时想问孝桐，问他到底愿不愿意和她在一起，但是她始终没有开口。她装作不在乎地说，只要你想跟我在一起就可以，我想先见见你的母亲，我不是坏人，我相信你的父母一定会喜欢我的。后来的事情证明若桢的想法很可笑。她的确不是坏人，但孝桐的父亲并不会因为她是好人就接纳她，毕竟这个世界上既是好人又门当户对的女孩子还大有人在。孝桐叹口气，答应了。若桢像一个开到前线的战士，有些悲壮地跟孝桐去了他家。果然如孝桐所说，他的母亲善良而和蔼，对若桢很好，第一次见面的时候甚至比若桢还要紧张，偷偷地问孝桐若桢感觉好不好，生怕哪里让她觉得不舒服，这毕竟是孝桐第一个领回家的女孩子。从孝桐家里出来，若桢觉得心里充满了希望，仿佛一大片荒芜的沙丘突然长出来了碧绿的麦田，一眼望不到尽头。不久就是春节了，孝桐的母亲知道若桢不回家，就让她到家里来，一起包饺子过年守岁，这简直让若桢觉得一扇幸福的大门正缓缓地开启。

若桢看了一眼浩钧，说："从寄走学费的那天开始，我就和林孝桐同居了，没有他，我连学费都交不上。"若桢顿了顿，又说，"一直到大四那年寒假，你记得那个除夕夜吗？我去他家，被他父亲赶了出来，林孝桐看着我，一句话都没有说。"

浩钧默默地算着时间，大概若桢被孝桐父亲赶出门的时候，他正在斗室里寂寞难耐，那时风雪刚开始下，他的喉咙痛痒难忍，而惠民正兴冲冲地借了钱，在赶往璇璇家的路上。同一个时间，三个人或在品味孤独的凄凉，或在经历希望破灭后的绝望，或在享受幸福来临的兴奋。那一个短短的瞬间，会有多少幸与不幸的故事在上演，而不幸的若桢成了悲剧的主角。这个比例大概会是多少千万分之一的，但落在若桢头上，竟成了命里注定。

浩钧不断地看钟，已经是凌晨三点了。眼前的茶慢慢变淡，浓重的红色不见了，全都转移到了若桢的眼里，通红通红。

浩钧说："若桢，你累了。"

若桢静静地看着浩钧，笑道："是啊，我们都累了。"若桢想，这样的故事，只有当事人或许觉得惊心动魄，听的人可能早厌倦了。浩钧摇了摇头，说："你误会我的意思了。"若桢一愣，那些话她并没有说出来，浩钧怎么会知道呢？

浩钧轻轻放下茶杯。他是多么想告诉若桢，即使她说的统统是真的——她不是初恋了，她不再是女孩儿了，她结过婚又离婚了，甚至她有孩子——那都是她的过去，是属于过去的事情了。不管若桢过去发生了什么，在浩钧的心里她都是纯洁的。一个女孩子是否纯洁应该取决于她的意识和心灵，而不是她的过去。

若桢说："你怎么不说话？"

浩钧把放下的茶杯又拿起来，没头没脑地问："你有孩子吗？"

"有过两次，打掉了。"

"若桢，不管你说什么，我都不会因为你的那些故事而离开你。不管在你身上发生过多少事情，我都可以不在乎。即使你有孩子了，我也会接纳他。现在我只想问你一句，你究竟爱不爱我？”

若桢垂下头，一句话也不说。

“你还爱着别的人吗？”

若桢摇头，两粒豆大的泪水砸在浩钧的手背上，仿佛山崖滚落的巨石，一直砸在了浩钧的心里。

“那你为什么不接受我？”

若桢抬头，已泪流满面。她摇着头说：“你不懂。你现在是一时冲动，你是在可怜我。即使你现在接受了我的过去，将来呢？你会在一辈子的时间里都能接受我的过去吗？你会在那么长的人生里都……”

浩钧打断她说：“我会。我真的会。”

若桢的声音戛然而止，她呆呆地看着浩钧。

浩钧沉默了一阵子，继续说：“不过，我只是个很普通的人。没有钱，也没有权。现在没有，今后可能也不会有。你是个追求幸福的女孩儿，如果没有这些东西会让你不幸福的话，那就让我们还做好朋友吧。”

浩钧使劲地笑了一下，但这笑从心里传出来，透过一层层的肌肤，透过一层层的紧张和失望，到达脸上的时候，已经轻微得可以忽略不计。

若桢轻轻地叹气，说：“可是我结过婚，这对你不公平。”

“命运对你也不公平。”

“我比你大四岁，我会比你老得快。”

“不，我比你小，我会什么都听你的。”

“我过去做过太多太多的错事，比如跟人同居，比如去做人流。”

“现在不是都已经结束了吗？”

“我以前的日子太复杂了，你都不可能想像得到。”

"那就和我在一起,我们一起纯粹地生活,好不好?"

若桢情感的堤坝终于轰然倒下。她已经因为爱情走开的太久而变得恐惧以至于麻木了。她真的不知道这个世界上竟然还有这样的一个人在等着她,无论她在哪里,无论什么时候,即使在她和别的男人在一起欢愉的时刻,他仍然在一个她不知道的地方等着,真的有这样的一个人。

很长时间的拥抱。他们都不知道是如何拥抱在一起的,好像他们有了意识的那一瞬间,他们已经紧紧地拥抱了。他们之间毫无空隙,仿佛一张纸的两面,谁都无法将这两面分开。浩钧在若桢耳边说:"我们结婚吧,明天就去。"

六

第二天上班的时候,浩钧眼睛通红,精神却很亢奋,恨不能逢人就说结婚的消息。部里的人都像往常一样各自有各自的事情,没有人注意到沉浸在幸福里的他。午间休息的时候,浩钧忍不住给惠民打了电话,把和若桢结婚的事情告诉了他。浩钧能想像出来惠民在那边吃惊地张大嘴巴的样子,一定很滑稽,就笑道:"你怎么不说话?"

惠民缓过劲儿来,说:"你,和若桢?"

"对啊。"

惠民压低了声音说:"若桢和林孝桐的事情,你忘了?"

"他们已经分手了。"

"嗐,我听说……"

"对,若桢结过婚,不过已经离了。"

惠民在电话那边瞠目结舌,好半天才说:"那,你们准备什么时候办事情?"

"得准备准备啊,我想回家一趟,和我爸当面说。"

惠民显然比浩钧反应迟钝了好多,挂电话的时候懵懵懂懂的,又羡慕,又惊讶,又难以置信。

部里一个老师有病请假了,浩钧不得已连着坐了两天的班,没有办法去找若桢,简直坐立不安。他心里想的,眼前晃的,全是若桢的影子,就是在叹气的时候,都无法把若桢放在一边。好不容易挨过了两天,下班的时候,浩钧去花店买了一大束玫瑰,去若桢公司的楼下等。鲜红的玫瑰把他的脸都映红了。若桢非常喜欢这束玫瑰,一进门就翻箱倒柜地找了个大点的塑料瓶子,小心地裁开,把花插进去。浩钧坐在床边,说:"这里离你们公司太远了,要不你搬到我那边去住?"若桢拿着花的手一抖,说:"不,我在这里很好。"浩钧解释说:"不是搬到我家。我打听过了,我租房的那个房东家还有一间空房,每月租金比这多不了很多,不过方便啦,我们还可以天天见面。"若桢想了想,说:"真的吗?"浩钧见她有了同意的意思,快乐地跺着脚,说:"当然是真的!现在是月底了,那我们现在就搬,好不好?"

浩钧在若桢眼里,更多的像个孩子。她没有见过他工作的样子,也或许是因为他在她的面前总是快乐的,甚至是调皮的,她有的时候想,这样一个人怎么可能老老实实地坐在电脑前边一字一句地编稿子呢?简直不可思议。若桢惊讶地看着他一本正经的样子,说:"你真是心急。幸好我的房租是按月交的,不过水电费需要和房东仔细算算。现在搬真是太仓促了。"浩钧跳下床,开始给若桢整理行李,一边整理一边说:"我那边说好了,你快点和房东结账,我们今天就搬。"若桢还在犹豫着,浩钧就已经把被服褥子卷成了一个难看的大球球,塞进了编织带,回头对若桢眨眨眼,说:"你快去退房子啊!"

房东对若桢突然提出来搬家很不满意,仓促之间他也找不到新的房客,房子就只能空着了,所以他的脸一直郁郁地黑着。房租还好说,算起来还是若桢吃亏了两天。查过水表电表之后,房东要若桢再交20元,若桢自然不肯,说还有两天的房租呢,应该算作抵消的。房东发狠了,说你们说搬就搬,连个招呼都不打,我还没有要你们补偿损失呢！说什么也不肯让步。若桢像个精明的小媳妇,虽然说不过房东,却一点也不退让,软软地坚持着。浩钧手脚麻利地把所有的行李都打包好了,见他们两个还像顶角的牛一样互不让步,生怕耽误了搬家的计划,便从口袋里拿出来二十块钱递给了房东。若桢想拦已经来不及,只好看着房东欢天喜地地得胜还朝去了,自己气得脸颊红扑扑的,直埋怨浩钧人老实。其实浩钧临走的时候还想打扫一下,若桢气鼓鼓地说不行,他明明占了咱们的便宜,凭什么还要给他打扫？硬拉着浩钧走了。

浩钧的房东是对中年夫妇,女主人姓扈,浩钧喊她扈大姐。浩钧家对面还有间空房,不过面积比浩钧的那间要小,也不朝阳,所以扈大姐把租金报得很低。即便如此,也还是比以前的那家高了不少,毕竟这里是市区的地段,房价本就不低。若桢虽然有些不情愿,还是住下了。她想先搬过来,慢慢再找新的住处,所以只肯先付一个月的房租。不料浩钧生怕她再变卦,偷偷替她交了半年的,还嘱咐扈大姐别向若桢提起。等到了下个月,若桢在周边实在找不到更便宜的地方,想去续交房租的时候,才知道浩钧耍小聪明背着她做的手脚,简直哭笑不得了。

静下来的时候,若桢曾经仔细地想过浩钧和她的未来。也许是远在思茅的那个不幸的家庭给她的刺激过于深邃,一直以来她都不知道她想要嫁的男人究竟是什么样的,或者说,她根本不敢去想。但她有一种本能的认识,他至少绝对不应该是父亲那样的人。若桢锲而不舍地上学,找工作,为的就是摆脱那样的家庭,摆脱作为一个农村女孩的宿命。后来她和孝桐在一起,以及和那个让她悔恨一生的男人在一起,说到底都是被这种对宿命的恐惧所逼迫的,她何尝不愿意遇到一个更好的归宿。浩钧不同于她生命里的前两个男人，他无疑是对她极好，极爱她的，但浩钧也有让她为难的地方，这个说起来甚至有些难以启齿——浩钧也是农村出来的孩子。他在农村生活的时间太久，他受到的农村影响太深，以至于他身上至今还有如此浓烈的乡村气质。

若桢久久地站在她那间小屋的窗前。窗子狭长，而且不朝阳，窗棂和玻璃上面都凝结着薄薄的一层水气，终日无法消散去。窗子对面是另一栋楼房的山墙，距离若桢只有一臂之遥。阳光从天上撒下来，到了若桢眼前，变成了一片稀薄的光线，仿佛从楼顶垂下来的一帘轻纱。由于楼和楼之间距离太近，对面的墙并不是都可以见到太阳的，一条明显的界限把墙面分成了上下两个部分。可以得到阳光的部分是干的，露着砖石的本色。另一部分则是青绿湿滑，长满了绒绒的苔藓。这样的一条分界线斑驳而黧黑，鲜明而具体，它就在若桢眼前不到一米的地方。

仿佛有一个声音在问若桢，你准备如何选择？

如果是一个有诗意的回答，那一定会是：只要可以跟所爱的人在一起，无论在不在阳光下，都是幸福的。

若桢明白，这样的诗意足以融化任何少女的意志，从而使她放弃最初的想法和原则。

这样的诗意若桢毫不陌生，从小就耳濡目染过的。她的父亲就是一个有诗意的人。父亲不喝酒的时候，搬过一把竹椅，坐在黄昏下的茶园里，到处是飘香的茶树，他拉着二胡，慢慢吟着几首哀婉的诗，那是一个令人心动的情景。母亲也许是被这样的诗意融化了，所以甘愿陪着他吃一辈子的苦，而且愿意陪他一起死。前些日子母亲还打电话来，说父亲的身体渐渐好起来了，但还是很弱。母亲问她现在过得好不好，还试探地问她离婚之后有没有新的男朋友。那时若桢还没有和浩钧在一起，就沉默了起来。母亲在那边良久地叹息。母亲的叹息又助长了若桢的沉默。若桢不知要怎么样才能让母亲知道，她不想要母亲那样的家庭，她不想要父亲那样的男人。母亲的辛劳和操持让若桢铭记在心，这样的记忆是如此的深刻和难以磨灭，她不想在母亲走过的路上再走一遍，她不想让自己的儿女重复她曾经经历的命运。而命运也没有理由让她们母女两个承受同样的艰难。

可是浩钧出现了。他的快乐透明而纯粹，全都因她而生，缘她而起。这段日子她看得出来，他真的没有在意，也没有去想过她的过去。她那段短暂的婚姻她甚至从未向他提起过，他也从未表示过丝毫的好奇和介意。与孝桐相比，浩钧固然没有他富有，但他也并不贫穷，至少他有一份体面的工作，一个让人尊敬的职业，每个月都能领到足够养活家庭的薪水。浩钧的薪水虽然不高，但也不少了——如果只是过一种平淡生活的话。

和浩钧住对门的时间长了，若桢越来越真切地体会到幸福的滋味。浩钧是个认生的人，对不熟悉的人可以成天一言不发，而在若桢面前他简直一刻也不停地说话，逗她开心。报纸的副刊版有一个笑话专栏，他总是能从那个小王编辑手里得到最新的笑话，认真地抄在本子上，回去讲给若桢听。一次浩钧讲一个很搞笑的笑话，讲了一半忽然停住了，挠了挠头，极不好意思地说："对不起，我怎么把后半截给忘了？你先等等。"说着他跑回他的屋子里去，把笔记本翻出来重新背了一遍，又一阵风似的跑回来，急不可待地讲给她。若桢笑得前仰后合，脸颊都僵硬了，酸了好几天。

若桢虽然很节俭，但不懂做饭，也时常懒得去收拾屋子。浩钧却从小跟着姐姐生活，做饭什么的都会一些。若桢下班之后总能吃上热腾腾的饭菜，虽然味道并不出色，甚至有时候简直难以下咽，但这毕竟是一个爱她的人给她准备的。就像河边的一棵树，虽然在不相干的人眼里平常得很，可是在那些热恋之中的人想起来，那里也许留下过初吻，也许记载着海誓山盟，简直是宗教信徒眼里的圣地。平时，浩钧还帮她收拾屋子，若桢站在门口，看着他把在床底墙角藏匿了很久的垃圾扫成一座小山，就忍不住捶着他的后背，开心地叫："又出我的丑，又出我的丑！"浩钧就问她："我真搞不明白了，你能不能告诉我，你是如何长成这么大的？"两个小人互相推着，乱在了一起。每次这么快乐的时刻总是过得很快，让人回味无穷。若桢情不自禁地动了要把这一刻延续到永远的念头。可永远有多远呢？

每当思绪在这里停顿下来，若桢就歪在床头，看着墙上浩钧留的字条：

若桢，对不起，因为我把买排骨的钱给弄丢了，我只好给你炒了两个鸡蛋。再说一次对不起，因为我又把鸡蛋炒煳了，我只好把煳掉的部分吃掉了。还得说一次对不起，因为煳掉的部分太多了，我只好吃了一多半的鸡蛋。最后一次说对不起，因为我看到剩下的鸡蛋实在太少了，我只好把它们都吃掉。为了弥补我的过错，我去扈大姐家借了一点里脊肉，给你炒了点肉丝。对不起，因为我切的肉丝实在太粗了，我只偷吃了一点就很显眼，只好等你的巴掌来打了。你好好吃呀。今天虽然是周末，但我今天夜班，不能亲自给你说晚安了，你不要怪我，好好睡觉。明天我回去的时候叫醒你，让你睡不成懒觉，cccccc。浩钧。

若桢闭上了眼睛。浩钧的留言总能给她绵长的甜蜜和喜悦，让她可以把一瞬间得到的幸福尽可能地延展开，直到进入沉沉的梦境，一夜酣眠，不知东方之既白。往往醒来的时候，浩钧已经来过了。若桢发现床头的小柜子上多了一杯豆浆，两个煎好的荷包蛋，旁边压着一张小纸条，写着：

不许翻过来，直接吃掉我！

若桢好奇地把荷包蛋翻了过来，果然有些黑黑的地方，大概又烧煳了。若桢用手指捏起来一个，囫囵个塞进嘴里，一下子塞得满满的。煳的地方有点苦，不过热热的很好吃。一股蛋黄油流了出来，滴在嘴角，若桢忙不迭地抓了纸巾来擦。对面的镜子里，一个蓬头垢面的女孩子，嘴角脸颊都是油乎乎的，瞪着眼睛在看着她，手里还抓着另一个荷包蛋。若桢难以置信地看着自己。她本来不是这样子的,她不是一直是个要强的女孩子吗?仿佛一夜之间,她成了一个改头换面的人,一个慵懒、快乐、又不知所措的小女人。从小就在她心里盘踞的那种向生活追求幸福的要强,忽然间变得可笑了,原来幸福就在身边,而且唾手可得,她为什么要像以前那么傻,那么固执地去回避去否认呢?如果从大学里第一次见面就开始在一起,以前的种种痛彻心髓的难过,或许根本就不会发生了。

若桢搬过来后,惠民来了两次。他本能地以为他们两个已经住在一起了,进门的时候很奇怪地问浩钧:"你们俩睡这么小的床?"

浩钧没有反应过来,若桢听得一清二楚,脸一下子红到了耳垂,假装没听见说:"浩钧,我屋子里还有些零食,我去拿过来。"

浩钧狠狠地瞪了惠民一眼,示意他不要顺嘴胡诌。惠民一直到吃饭的时候还惭愧着,寡言少语,不知是为刚才的失态羞赧,还是触景生情地想起了他自己的心事。这倒让若桢和浩钧很不好意思。他们都知道惠民并没有恶意,他也是第一个来祝福他们的人,何况偌大的省城里,他们可以推心置腹的朋友恐怕也就只有惠民了。

聊天的时候浩钧问到亚明,惠民说亚明去找过他,已经憔悴得不成样子了,头发白了许多。若桢吓了一跳,大学时她和亚明是一个班的,在她印象里亚明是个很干净的男生。浩钧很奇怪地问原因,惠民说自从那次工作失误后,亚明就一直振奋不起来,总觉得领导已经对他另眼看待了,无论他怎么努力也不可能挽回领导的成见,心里焦虑得头发都白了,样子焦灼而可怜。惠民说我有什么办法呢?咱们初来乍到的,能顾着自己就是不错了。说完,惠民长久地叹息。

送他走的时候,浩钧问他和璇璇怎么样了。惠民在楼下站住,叹气说璇璇毕业后已经去南方读研究生了,现在联系并不频繁,他准备趁个假期去找她,好好说一下今后。谈到今后,他们两个都有各自的一份心事,一起沉默了。分手的时候,惠民拍着浩钧的肩膀,说:“兄弟你真是好眼力。像若桢这样什么事情都经历过的女孩子,是最知道珍惜感情的。你和她在一起算是缘分到了,你们以后一定很幸福,好好和若桢过日子吧。我就不同了。璇璇手上的男朋友,少说也有五六个,我不过是其中一个而已。不过我也算值了。你说是不是?好歹咱在省城机关里混了份工作。”

浩钧不知道说什么好。惠民再抬起来头的时候,眼眶里已经有了泪水,说:“刚才咱们还说亚明呢,其实我比他也好不到哪里去,真的。单位里新来的那几个研究生尾巴都翘到天上去了,不过是个科级,仗着领导们重视学历高的,我们这些小科员算是哪根葱。我又能怎么着,打他们一顿?笑话。”惠民把脚底下的一个饮料瓶踢得远远的,笑道:“浩钧,你还记得那个匾吗?仰天大笑出门去,我辈岂是蓬蒿人,哈哈,仰天大笑,岂是蓬蒿人。那次在小饭馆里我叫你说我什么来着?李惠民,王八蛋。不错,我现在真他妈的跟孙子差不多,又有什么办法呢?忍吧,兄弟,谁叫咱是农民呢。”说完摆了摆手,竟头也不回地走了。

晚饭的时候,浩钧问若桢:“我们的事,你准备怎么办?”

若桢略一思索,轻快地说:“我还是想先等等。再过两年吧,等我们工作都有了些积蓄,有了些起色再说。”

“为什么要等两年呢?我们结了婚,就不能够好好地工作了吗?”

“结婚以后很麻烦的,比如说,谁更顾家一些,谁更顾事业一些,还比如,如果有了小孩子怎么办?一有小孩子,事情就更麻烦了。我们单位有个大姐,因为有了孩子,心都放到孩子身上,原来不错的业绩也下来了,单位里对她意见蛮大的。”若桢顿了一下,继续说:“再说,我家里的情况你也知道,我妈越来越老了,我爸的身体又是那个样子，你不觉得我家的负担很重吗？你家也就你一个男孩子，都指望着你出人头地。你这么早结婚拖累就多了，那么多的事情要去想，去考虑，再加上自己的事业，家庭，还有小孩子长大、上学，你所有的精力都耗在这上面了，还能谈什么前途呢？”

浩钧听得出了神。他没有想到结婚会带来这么多的问题。他一直单纯地以为只要结了婚，就可以名正言顺地和若桢在一起，就什么都好起来了，哪里会举一反三地联想那么多？倒是若桢考虑的仔细，今后的日子都想到了。浩钧思忖着若桢的话，忽地笑了。若桢奇怪地问：“你傻乎乎地笑什么？”浩钧笑道：“我听见你说小孩子小孩子的，觉得很有趣——你准备要几个小孩子？”若桢被他气笑了，翻了脸说：“你再这样，我真的不理你了。”

两个人沉默了起来。浩钧给若桢沏茶，递到她面前。若桢赌气不接，浩钧就放在床头柜上。屋子里烟雾缭绕，茶香袅袅，汤红色浓。两人的心慢慢静下来，仿佛是起了皱褶的衣服重新熨烫过了，平整如新。浩钧终于开口说：“其实你说的也有道理。不过我也是农村长大的，不是不能吃苦。既然有这么多的问题，我们一起来面对，不比一个人孤零零的要好些？我辛苦的话，你看着难过，其实你也一样的辛苦，我看着就不难过了？你要是还不愿意，我就会想是不是你还不够爱我，不想跟我在一起。”

若桢摇摇头，说：“你不要这么想。我是觉得你这么早就结婚，会被人笑话的。”

浩钧莫名其妙地说：“怎么会被人笑话？你又不是我买来的媳妇。”

若桢笑道：“那是我主动送上门的好不好？结婚可不是小事情，你得让我再想想。”若桢真的固执起来那是无论如何也说不动的，像紧紧合上的蚌壳，像缩成一团的刺猬，让人束手无策。浩钧非常地失望，他不知道这样的日子还要过多久才能真正地长相守。

一会儿工夫浩钧把茶喝完，对若桢道了晚安，告辞了。刚打开门,若桢叫住他,红着脸飞快地跳过去,在他的脸上轻轻啄了一口,顺手把他推了出去,嘭一声紧紧地关上门。浩钧在门外,仔细地体会着这个得来不易的吻,趴在门板上,轻轻地问:“若桢,你在听吗?”

若桢靠在门板上,激动得脸颊通红,不停地颤抖。

浩钧沉默了一阵,说:“你答应我,好好想想我们结婚的事,好不好?”

若桢的声音很小:“我知道,你快睡吧。”

浩钧不甘心地追问道:“若桢,我要你对我说,你犹豫的原因究竟是因为你说的那些,还是因为你还不够爱我,还是因为别的什么?”浩钧仿佛要下定决心,停顿了一下才说:“比如,过去那些事情?”

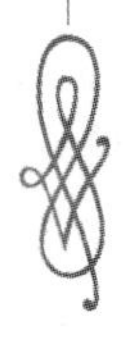

若桢身子一震,缓缓地说:“我是个经历这么复杂的女孩子,你都不嫌弃我,我还有什么理由不去爱你?答应我,不要想了,快去睡吧。”

浩钧敲着门,弄出了很大的声响。夜已经深了。楼下有人打开门,开始大声地抱怨。若桢擦了擦脸上的泪,把门打开。浩钧有些气急败坏地冲了进来,嘭地关上了门。若桢被他苍白的脸和通红的眼睛吓坏了,一连退了好几步,倚在窗户边,宛如猎人枪口下一只走投无路的小鹿,惊恐地看着浩钧。

浩钧慢慢走到若桢面前,捧起来她的脸:“原来你还是为了这个,小傻瓜。其实我很感谢你生命中的前两个男人,他们让你伤痕累累,然后由我来拯救你,保护你,让你不再受到伤害,让你在我这里变成一个新人,一个只属于我的人。我们不要再想那些过去了,真的不要再想了。好不好?”若桢静静地流着泪,泪水无声而汹涌地流淌,把浩钧的两只手都打湿了。若桢说:“我就怕你将来要后悔。”浩钧说:“你不后悔,我也不后悔。”浩钧低下头,吻着若桢发烫通红的嘴唇,像嗅着一朵风雨吹打过的花儿,那两片花瓣儿一样的嘴唇竟像火苗一样灼热。

第二天早上，若桢早早地起来，给浩钧做了个蒸鸡蛋送过去。浩钧正刷牙，见她过来，高兴得抹了一脸的泡沫，像是白胡子的圣诞老人。两个人头挨着头吃着简单的早点，不约而同地觉得妙不可言，如果不是时间不允许，这碗蒸鸡蛋恐怕怎么吃也吃不完，简直可以一直挨到太阳落山的。真是这样的话，那会是多么美妙的一天。

七

报社里每天都是忙忙碌碌，浩钧一进部里就再也不得闲，正忙着，门卫打电话过来，说有一个叫张亚明的来找他，问他约过没有。浩钧一听是亚明，虽然不知道来意也忙说约过了，跑到电梯口迎着。不多时，亚明走出电梯，离老远就伸出了手。亚明果然比大学时憔悴了许多，鬓角的头发竟白了一些。浩钧不由暗暗地感慨。时间宛如一把刻刀，大的能刻成小的，反过来却无论如何也做不到。亚明以前意气风发的日子，恐怕再也回不来了。亚明考上公务员的时候是如何的志得意满，短短的一年多，竟被时间砍削成了这样一个状态。浩钧把他领到楼间的会客厅，边走边说："嗳，报社就这样，外边来人问这问那的，跟查户口一样。"亚明拘谨地跟着浩钧，笑了笑，没有搭话。到了会客厅，浩钧去给他端来了一杯水。亚明一直站着，忙双手去接，习惯性地说："谢谢，谢谢。"浩钧笑道："都是老弟兄了，说这么客气干吗？快坐快坐。"亚明仍站着不肯坐，非要浩钧先坐。

浩钧说："我是个小编辑，只能招待你喝水了。要是主任那一级，都能给你上咖啡的。"说着笑起来。其实浩钧人很静，并不喜欢开玩笑，可他也不愿见亚明拘谨成这个样子。亚明立刻紧张地左右望着，见大厅里就他们两个，才小声说："浩钧，不能这么随便拿自己和领导比来比去的，这是在单位，叫人听见了可了不得，那是要得罪人的。"浩钧惊讶地看着亚明，再说不出话。亚明谨慎地坐着，面前的杯子动也没动，热气腾腾的水慢慢变凉了。浩钧觉得气氛也慢慢地冷淡下来。

浩钧问他："在单位还好吧？"

亚明摇头说："不是很好，一直在档案室干，现在处里搞活动缺人手，才借调过去了。"

"好好把握机会，争取做得好一些，就用不着回档案室了。"

亚明苦笑着摇头，说："哪里会有那么简单。我这次来，就是想找你帮帮忙的。"

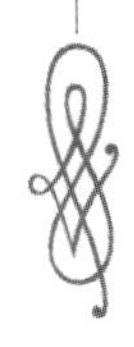

浩钧一愣，说："我能帮上忙吗？"

亚明这才说明了来意。原来六厅准备搞一个十年成绩巡回展，省城是第一站，想把这头一炮打响，重要的一项便是联系各大媒体做好宣传。浩钧他们报社是省城很有影响力的媒体，浩钧编辑的版面又恰好和这个有关，所以厅里列出来的内部名单上就有他的名字。亚明说："上次出了工作事故后，处长对我一直不感冒，而我也一直没有机会和领导好好交流，最近一两天处长可能要请你们吃饭，千万拜托给我们姜处说一说，看看吃饭的时候能不能让我也来，"亚明黯淡的眼睛里闪了闪，说，"我想有一个接近姜处的机会。"

浩钧看着他诚恳惶恐的表情，心里极不是滋味，一时沉默。亚明慌了，语句也不那么连贯，像是眼看漂到眼前的救命稻草又被一股激流冲开一样，目光里都是绝望。浩钧忙安慰他说放心，有机会一定安排，亚明这才千恩万谢地走了。浩钧心情沉甸甸的，好一阵子才平静下来。刚一进门，浩钧就看见老曹坐在他的座位上，笑眯眯地说："小杜啊，走，跟曹哥、酒精考验，去。"浩钧发呆，周围的编辑们一起善意地笑起来。徐老师笑道："老曹，我们浩钧可是还没结婚的,老实人。”老曹站起来一本正经地说:“好了啊各位,别开玩笑,我们这也是工作嘛。”

老曹跑的就是六厅这条线,平时和浩钧私交也不错,下楼的时候老曹把情况简单说了说,姜处已经约了他去厅里看材料,点名说要责任编辑也一起来,大家沟通沟通。出了报社,六厅来的车早就等着了。说话间就到了六厅,姜处很热情地迎上来,一番寒暄后说:“我们厅对这次宣传工作很重视,一会儿马厅长还要亲自招待你们。”老曹介绍说:“这个年轻人是我们的责任编辑,年轻有为啊。”浩钧忙谦虚着,脑子里一直想着怎么跟姜处开口提亚明的事。一路上浩钧想了又想,还是不知道怎么开口,趁着上厕所向老曹请教,老曹听了哈哈一笑,说:“这有什么,年轻人想进步不是坏事,待会儿看我的。”

公事不久就谈完,也到了吃饭的时候,老曹像是忽然想起来说:“浩钧,你不是说你有一个同学在六厅吗?”

浩钧一愣,见老曹冲自己眨眼,就赶忙会意地说:“对,叫张亚明,也不知道是在哪个处。”

姜处惊讶地叫道:“张亚明?那正好是我们处的,你们是同学啊?”

浩钧装作惊喜的样子说:“是啊,我们宿舍门对门住了四年,唉,不过一年多没见面了。”

老曹就像是随意地说:“姜处,小张他要是没什么事就一起吃饭吧,叫他们老同学也见见面。”

姜处笑道:“对对,这是好事,这是好事。”浩钧这才松了口气。

吃饭的时候亚明果然来了,脸色有些潮红,很明显有些激动。浩钧装出来一副多年不见的样子,亲热地拉他在身边坐下来,正好和姜处对面。姜处一直笑眯眯地看着亚明。亚明推辞了一番,还是坐下来了。吃饭的气氛很热烈,老曹和姜处都是“酒精考验”的,喝得游刃有余,浩钧甚至能够听到喉咙和酒水撞击的咚咚响声。席间亚明去了趟洗手间，浩钧想借机跟他说几句话，尾随着去了。进去洗手间之后却没看见他，浩钧有些奇怪，正要走却听见那边小门后边有人低声说话，就轻轻地走过去，听见里面有人说：

“姜处我给您敬酒，我还是个新人，今后还都要靠姜处您的关照。”

说完了，亚明停顿了一下，自言自语着，大概在推敲词句，一会儿又字正腔圆地说：

“姜处我给您敬酒了，我还是个新人，以前也犯过错误，今后还都要靠姜处您的关照。”

亚明说完之后又说了一遍，这次的语句没有再变。他练习的语气很认真，很投入，好像是一个专业的话剧演员在练习台词。浩钧的眼圈不知不觉红了，轻手轻脚地退出来，生怕惊动了里面的亚明。他知道亚明现在是最脆弱最容易崩溃的时候。浩钧想，这就是一年前大家都羡慕得要命的亚明吗？这就是那个对谁都宽厚热情的亚明吗？记得快毕业的时候，亚明对他说“咱都是农村出来的，在省城都没有一点根基，不靠咱们自己弟兄还能靠谁？”这种对过去窘迫贫敝生活的恐惧，以及对理想中完美富足生活的追求，使得亚明常常被动地处在一种焦虑敏感的状态里，亚明也许太为自己的出身感到自卑了，不由自主地对根基、关系产生了深深的敬意和畏惧。其实浩钧觉得亚明大可不必如此，他一个小小的科员，哪一个领导会如此斤斤计较，揪住他这么一点错误不放呢？领导们的心事，不见得会比最底层的科员们少。

回到席面，已是酒过三巡，姜处也敬过了一轮，对浩钧说：“杜编辑，刚才给你敬酒找不到你，你这可是临阵脱逃啊。不行不行，罚酒三杯！”老曹一旁笑着不说话，像是对浩钧的酒量很有信心。浩钧本来不胜酒力，但这次实在是无法推脱，只好端起来第一杯，心里对自己说：

“这一杯，是为亚明喝的。”

尔后他端起来第二杯,心里说:

“这一杯,是为上大学时的理想喝的。”

他端起来第三杯的时候,已经有点眼花缭乱了,再想不起来这杯酒要为谁喝,为什么而喝,或者正在想的时候已经一饮而尽了。大家一起叫好。

姜处说:“好好,杜编辑真是好酒量,真给我们五处,给我老姜面子。”浩钧只觉得天旋地转,软绵绵地坐下来,像是坐在了一堆松软的棉包上面,又像是一下子跌进了看不见底的深渊,身子一直在下坠却怎么也到不了底。老曹悄悄问他:“你行不行?”浩钧说:“没事。”老曹便拍拍他说:“没事就好,没事就好。”

亚明回来了,找到一个机会端着酒杯绕到姜处那边去,说:

“姜处我给您敬酒了,我还是个新人,以前也犯过错误,今后还都要靠姜处您的关照。”

姜处醉眼蒙眬地说:“亚明啊?好说,好说。”一碰杯把酒干了。浩钧听亚明的话跟刚才在洗手间里练习的一字不差,忍不住凄然地微笑。

到家的时候,若桢正在炒菜。浩钧头重脚轻地打开了自己的房间,一头扎在床上便昏昏沉沉地睡去。若桢明明听到门响,却一直没见他过来,便有些诧异。又等了一阵儿还是不见动静,忍不住去对面找他。门没关,一进去就是铺天盖地的酒气。若桢的脸一下子苍白起来,她不由自主地想到了父亲,想到了孝桐和另外一个男人。酒,似乎是他们的共同爱好,这种透明的液体也给若桢带来过多少间接的伤害和难以容忍的折磨。浩钧喝得这么醉,还是第一次。

浩钧和衣趴在床上,一动不动地睡着了。他睡得很沉,还隐隐地打鼾。若桢在他身旁坐下来,抚着他发烫的脸颊。浩钧的头发全湿透了,身上也滑滑腻腻的都是细密的汗珠,若桢拿了条毛巾,浸泡在热水里,拧干了细细地给他擦拭。她眼角的两串泪珠却自顾自地跌落下来，“啪啪”地打在浩钧的脸上。她又想起了那段不堪回首的、短暂的婚姻生活。她的心事仿佛一个极其灵敏的温度计，外界环境稍有一点变化，哪怕是一丁点儿的变化，她的情绪都会随之上升，随之下降，自己完全无法克制。可她的心事怎么能向浩钧说呢？怎么能去告诉他，她曾经历过那么一段难以启齿的日子呢？时间如同一个圆形的跑道，起点，或许就是终点吧。

若桢看着身边这个借着酒力酣眠的男人，心里升腾起来一种阴沉湿重的感觉，仿佛那条浸泡在水里的毛巾。她一直都不明白，浩钧为什么会喜欢她呢？为什么会在知道了她那些过去之后，还可以义无反顾地爱她呢？母亲前两天给她打电话，她斟酌着词句，简单地介绍了一下浩钧。母亲意料之中的高兴，说一个女人终究是要找到一个男人的，何况像若桢，一个人孤零零地在外边，有一个人照顾总过一个人孤独好。母亲从来不提若桢以前的事情，但这一次，她再三地犹豫之后，还是问了若桢：“你的事，跟他讲过吗？”

若桢沉默了一阵，说：“讲过了。”

母亲叹口气，说：“既然这样，你一定要好好地跟他好，知道吗？你对一个人好，早晚会得到报答的。即使在这个人身上得不到报答，在另外的人身上也会得到报答，在年轻的时候得不到报答，在年老的时候也会得到报答，在你自己身上得不到报答，在你儿女的身上也会得到报答。真的，只是迟早的事。”

若桢看着浩钧，想，难道他，这个酣睡的男人，真的是上帝安排给她的吗？

浩钧沉沉地睡着，大概梦到了什么开心的事，咧着嘴笑了，一缕口涎从嘴角流下来，沾在枕巾上面。若桢拿了纸巾给他擦拭。浩钧有点不耐烦地哼哼着，晃着脑袋。他那么可爱，真的可爱，神态表情都像个睡梦中的婴儿。若桢耐心地把他嘴角的口涎擦干净，把他贴在额头的发丝整理好。浩钧的鼾声又起来了，在静寂的屋子里宛如僧侣唱经的呢喃,遥远而神秘。浩钧翻身,把她的手压在了头下面,沉沉地继续睡。若桢害怕惊醒了他,就顺势伏在了浩钧的身上,用自己的手给他当做枕头,陪伴他入眠。这一个瞬间若桢感觉到了原来照顾一个自己心爱的人可以是如此地投入,如此地忘情。她简直想不到就在这个时候,还有什么别的事能吸引她的注意力。如果能将她所拥有的一切化作一个愿望,她情愿就这么一辈子看着浩钧,看着他枕着她的手,婴儿般地酣眠。

也就是在那一瞬间,若桢忽地听见自己对自己说,就是他了,就是这个人了。

八

若桢终于和浩钧谈到了结婚的事情,这让浩钧感到无比的意外和惊喜。他觉得若桢仿佛是儿时玩的鞭炮,有时候捻子着到了一半突然熄灭了,可谁都不知道它究竟还会不会响。浩钧曾经以为她不会再说起这件事了,起码不会在这段时间。可是在他那次醉酒后的某一天早上,若桢给他端来了早点,表情很镇定地对他说:“你说,你什么时候回一次家,跟你爸爸说说我们的事?”

那个断了捻子的鞭炮居然响了。出乎意料地响了。

浩钧傻傻地问:“说什么,我们结婚的事吗?”

若桢简直又羞又气,点着浩钧的头说:“总得家里人先同意吧?你家就你这么一个儿子。”

浩钧乐得在床上翻了个跟头,呼吸都不连贯了,问她:“是真的吗,若桢?”却又不等若桢说话,急匆匆地穿鞋下床,早饭都顾不上吃就要去单位,说:“攒了一个礼拜的假期呢,这回可用上了。”若桢端着牛奶追出去,可浩钧已经蹦蹦跳跳地跑下去,连影子都看不到了。

这是工作一年多来，浩钧第一次向部里请事假，而且一请就是六天。胡主任还以为他家里出什么事了，关心地问了几句。浩钧支支吾吾，怎么也说不出来这次回家是为了筹备婚事，可那一脸压抑不住的笑早向人说明了一切。胡主任问了几句就批了假。午间休息的时候，浩钧给父亲打了个电话，告诉他明天回家去。父亲自然很惊讶，说你不用上班吗？浩钧忍不住笑，费力地解释了许多，却把要说的事忘得一干二净。父亲说什么也不许他在家一个礼拜，说既然回来了，就住上两天，到坟上去看看你母亲，赶紧回省城去，不要耽误了工作。浩钧挂了电话，怅然地微笑，觉得父亲迂腐得有些可笑。

下午对浩钧来说漫长得难以忍耐。好容易挨到了下班，部里的人都走了，浩钧才收拾好东西出来，远远地看见等电梯的人很多，就直接走楼梯下去。大约到了十二楼，前边突然是一阵浓浓的烟雾。浩钧想，有谁下了班还在这儿吸烟？大概是有什么浓得化不开的心事。浩钧不愿破坏人家的思绪，就打算转身离开。可那抽烟的人长叹了一声，声音既熟悉又苍老，又摄人心魄。浩钧把头探过去看，果然是向林。

向林老了许多。他最近调了组，跑比较热的一条线，新闻点很多，竞争也相当的激烈。刚上来的年轻记者都拼命地发稿，甚至把一批老记者都比下去了。向林在这样的长跑里显然落了下风，发稿量一直平平。报社里末位淘汰的制度已经逐步建立起来，向林的压力一下子从收入的多少变成了饭碗的得失，比以前蓦地加重了许多，仿佛承载力已经达到了极限，再多加一根稻草都会把他压垮。浩钧坐在向林身边，楼梯阴湿冰凉，半个身子都感觉到了寒意。向林见是浩钧，甫一惊惧的表情慢慢冰释，不无羞赧地说："唉，惭愧，让你见笑了。"浩钧说："遇到什么问题了，我能帮上忙吗？"向林很感激地拍了拍浩钧的手背。那一瞬间浩钧感觉那应该是一双常年耕作于田间的老农的手，粗糙，龟裂，甚至带着土粒和伤口。

“向林,有什么问题讲出来,我想大家能帮忙的都会帮忙的。”

“月底了,第一次亮了黄牌,再这么下去,我这部聘的记者都干不长了。”

“这个月你不是发了三篇大稿吗?”

向林摆摆手说:“那是同组的人帮衬,主动把我的名字署上去的,我算什么?能写出来大稿,笑话。”

“不管怎样,这个月有了这三篇大稿,咱们工作不落后了,下个月好好努力。”

向林沉默了。他手里的烟燃烧着,楼梯内寂然无声。浩钧可以听到烟草燃烧时嗞嗞的响声,宛如交响乐中那一小段竖琴的独奏。浩钧想,大概向林所有的自尊和自信,都像燃烧的香烟一样,愈来愈少,直到剩下一个烟头,一地烟灰,一片袅袅难以散去的青烟。

向林看着燃烧到尽头的烟,眼睛里淌出泪来,说:“我是不是不该来做什么记者?可是我想做,以前是社里值班员的时候,做梦都是在跑新闻,写稿子。但现在我是记者了,这条路子为什么走得这么难,这么痛苦呢?”手里的烟头灼伤了他的手指,向林手一松,烟头落地,溅起几点火星。

浩钧劝他说:“新闻感觉不是着急就能急出来的,你也不要太操切了。”

“我老婆身体不好,现在没有工作,我儿子也该上学了。一家老小都靠我一个人养活,你说,我能不急,能不操切吗?但是人总得要张脸吧,我已经想好了,不行的话就辞职吧。自己走,总比张榜公布后灰溜溜地走要好。”浩钧看着他又点上一枝烟,黄色的火苗舔舐之处,一个红红的圆点在楼梯里忽明忽暗,仿佛幽灵的眼睛一张一合,窥探着这两个各怀心事的人。

坐在公交车上,浩钧有一种兔死狐悲的感觉。原先以为一到了报社，只要好好工作就等于捧上了铁饭碗，此生再无需为生活忐忑了。今天见到向林后，才明白一切并非如此。懒散的人虽然注定失败，而勤奋的人也并非事事顺心，那种无过便是功的时代已经一去不复返了。浩钧陡然觉得压力倍增，甚至有些后悔一次请了一个礼拜的假。如果休假回来，发现部里自己的办公桌上换了其他的人，那该怎么办？浩钧被自己的联想一下子惊呆了。好在，他还有若桢。以前到了这种遇事决绝不下的时候，浩钧总会不知所措的。他现在急不可待地要见到若桢，告诉她他的疑虑、他的不安。若桢一定会有办法的。浩钧看着车窗外，一点点灯光在玻璃上一闪而过，划出来一条稍纵即逝的光线。在玻璃上，浩钧看到了他的脸。那张有些陌生的脸的后面，是万家灯火，芸芸众生。

若桢果然在家，已经等得有些着急了。浩钧刚一进门，若桢就迎上来说："你可回来了。我就说要下去打电话去报社呢。今天怎么回来得这么晚？"

浩钧说："遇见向林了，跟他说了会儿话。"

若桢把他的包接过去，说："就是那个在我们系进修过的马记者？"

浩钧惊讶地说："你记得这么清楚？"

若桢笑道："我不但知道这个，你说过的每一句话，我都记得。"

浩钧越发地惊讶，把想好的那些话统统忘掉了。若桢点了点他的胸口，狡黠地说："反正我就知道。"顿了顿，又说，"要是你心里敢有别的女人，也一定瞒不过我的，哼。"若桢的表情是一种再高明的画家都无法调出来的颜色，从未见过，难以形容，只是让浩钧由衷地觉得可爱到了极点。浩钧不是画家，无需去研究，只要站在若桢面前静静地欣赏就是了。若桢见他发呆，就不无娇羞地推了他一把，说："快吃饭吧，明天上午的火车，车票我都买好了。"

吃过饭，两个人一起洗碗，互相撩水嬉闹，弄得身上脸上都湿淋淋的。做完家务，浩钧要沏茶，若桢下命令说："今晚不许喝茶了，明天你一早要走，不能让你爸爸看见你无精打采的，会说我不懂得照顾你。"浩钧想想也对，就笑道："我毕业一年多，胖了十斤了，都算你的功劳可以不可以？"若桢羞羞地笑了。浩钧看着她笑，笑得她耳热脸红。她瞥见他床头有个闹钟，救命似的拿过来，说："你是七点半的火车，我定在六点，不，六点十五吧，你可以多睡一会儿。不过六点半时就得下楼了，要不赶不上火车的。"浩钧笑着点头。若桢说："你这表准不准？"浩钧说："我也不清楚，你把时间拨快了试试。"若桢果真把时间调到了六点十五分，闹钟却没有响。浩钧笑道："小傻瓜，你不把闹铃打开，它会响吗？"若桢一看，可不是没有打开，脸越发地红了。闹铃"丁丁丁"地响了起来，愈加显得这屋里的寂然。

若桢把闹钟放到桌子上，说："你快些睡吧，我回去了。"

浩钧一把抓住她，说："再等一会儿，不着急的。"

若桢慌了起来，挣开浩钧的手说："你怎么了，明天要早起的。"

"现在还不到十点，我哪儿睡过那么早？"

"那我不管，反正我要回去了。"

浩钧想了想说："起码你得替我整理一下行李吧？要不然我爸爸看见了，我就告状说你人很懒，不会整理东西。"若桢被他幼稚的威胁弄得哭笑不得，只好拐回来，找出了行李箱，一边整理着，一边警告他说："你不许过来，只能在那边坐着。"浩钧笑道："好，好，我只坐着就好。"

行李箱里果然很乱。不知是不是浩钧故意弄成这样，好把她留下来的。若桢把一件件衣服拿出来，叠好，重新放回去。浩钧看着那一件件上衣袜子经过了若桢的手，仿佛沾染了她身上幽幽的体香。不知过了多久，若桢突然说："对了，我家乡的茶叶，给你爸爸带点回去。"说着回她的房间去了。再回来的时候，她脸上湿湿的，好像擦了把脸，手里面除了茶叶，还有一条大围巾。浩钧问："这围巾你买的？"若桢说："是啊。你这次回去说的是咱们的事，我不给你爸爸买点东西不好的。"浩钧笑道："你这围巾，八成我是要带回来了。"若桢惊讶地说："为什么？"浩钧说："我爸爸心疼我，有什么好东西都会尽着我用，他见了这么好的东西，哪有不给我的道理？"若桢笑道："傻瓜，你等等。"说着又回她的屋子去，回来时拿着一条一模一样的围巾，说："早给你买好了，想等你回来时再给你。你要是这么心急，现在就戴上吧。"浩钧听她这么说，反倒不好意思起来。

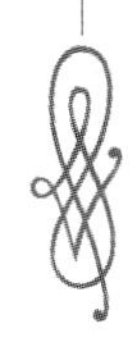

第二天一早，闹铃果然在六点十五分响了。浩钧还正在穿衣服，若桢已经过来敲门，催他动身。下楼的时候，若桢把围巾给他围上，说："到了家给我打电话，知道吗？"浩钧说："好，我到家就打。"已经是深秋时节了，清晨的天气凉了起来，让人皮肤一阵阵发紧。浩钧走远了，扭过头时，还看见若桢站在楼下，怔怔地朝他这里望着，仿佛不敢确定浩钧已经离开。

离开浩钧的日子如此的漫长。

若桢很难形容等待的心情。浩钧走之前，她一直想问他会怎样把她以前的事情讲给他的父亲，但这样的话她始终没有说出来，仿佛是游离在坐标两侧的曲线，虽然反复地纵横交会，却离中心越来越远。从浩钧以往的描述中她可以感觉到，他的父亲是一位深得民望的乡村教师，耿直，俭朴，带着点迂腐的旧学究气质。他会接受一个有过那样过去的儿媳吗？在漫无边际的联想中，若桢想起了孝桐的父亲，那个醉醺醺破坏了她所有的理想的男人。或许那个除夕之夜他根本不知道曾经做了什么，一切悲剧都在没有任何预料的情况下从天而降，如此突然而毫无挽回的可能。同样的悲剧会不会再次降临到她身上呢？若桢把自己关在屋里，有气无力地想，一直想到身心俱疲。她突然间意识到她已经完全习惯了浩钧在身边的生活。习惯了每个清晨的问候。习惯了每次睡前的晚安。习惯了每回她做饭的时候他倚在门框上，一本正经地讲些从编辑小王那里抄来的笑话，看着她忍不住笑，把身上弄得湿淋淋的。这一切她都已经熟悉了，像饿了要吃饭，渴了要喝水一样，变成了日常生活的一部分。一旦浩钧骤然从她身边离开，仿佛把她囚禁在了一个没有光线、没有温暖的黑屋子里，让她难以继续坚忍。

分别的第一天，若桢做了份鸡蛋炒饭，一个人冷清地吃着。周围的一切——勺子，盘子，茶杯，餐桌——都是冷冰冰的，浩钧的气息还留在那里，而人已经离开了，远在数百里之外。若桢蓦地害怕起来。如果浩钧回不来怎么办，如果火车在半路出了事怎么办，如果他父亲不同意怎么办……一连串的想法冲击得若桢宛如风中之烛，任何一点多加的力量都会把这点烛光吹得无影无踪，再也不会重新燃烧起来。若桢觉得脸颊上凉凉的，用手一摸，不知何时已是泪水涟涟。有时她仿佛听见了一个脚步声传过来，而且越来越近，忙凑到门后面，把耳朵贴上去听。听着那脚步声由远而近，渐渐地又由近而远，都不是浩钧。以后的几天她更是难以下咽任何东西，一下班就瘫软在床上，不由自主地思念浩钧，一直把自己弄得哭出了声，又在无边无际的思念里沉沉睡去。

在浩钧离开的日子里，若桢迅速地消瘦了下去，仿佛一层层地剥着白菜叶，直到露出一个瘦骨嶙峋的菜心来，如此的鲜嫩，如此的易受伤害。每个熟悉她的人都不禁惊讶于她突如其来的憔悴。浑浑噩噩的日子持续了四天，明天就是周六。若桢斜靠在床头，看着窗口那片折射过来的阳光慢慢变得稀薄，慢慢从对面的山墙上消失不见了。若桢简直不知道太阳在明天是不是还会升起来，或许在她的世界里，早已是一片漆黑了。

她的太阳在哪里?

夜色渐渐深了。楼下开始喧闹起来。这里成片的简易楼房是本地的农民搭建的，招纳着漂泊在省城的游民。来这里租房的人鱼龙混杂,既有刚刚毕业两手空空的毕业生,也有来省城找工作的外地农民。一到这个时候,白天为生计奔忙的人们都会闲适下来,换上宽松的衣服在灰蒙蒙的楼群里闲逛,骂街,甚至打架。在这里没有学历高低之分,没有职业贵贱之别,在油腻腻的小桌子上头挨头吃面条的,可能一个是工地的搬运工,一个是公司的白领。若桢极不喜欢这样的喧闹,觉得外边的声音都是昆虫发出来的,仿佛夏天的知了、秋天的蟋蟀,只会让人焦躁不安。以前在这个时候,都有浩钧陪着她聊天,现在只能她一个人来面对尘嚣泛滥后的孤独了。而渴望高升的自我目标与现实情况的巨大反差,使得备受离别之苦折磨的若桢更加地沮丧。即便是和孝桐热恋的时候,虽然那是她的初恋,但她也没有经历过这样刻骨锥心的思念。孝桐不在她身边的日子,她会觉得安静甚至是庆幸,而离开浩钧的日子里,竟让她感觉到连呼吸都难以为继了。若桢慢慢开始明白,她对孝桐的感情更多的是盲目和顺从,和浩钧在一起才让她体会到恋爱的从容和恬静。真正的爱情,应该就是这个样子的吧。她回忆起和孝桐在一起的日子,情不自禁地为以前的事情羞愧难当。她扪心问自己,为什么她曾经会那么坚定地要和他在一起,明知前面那堵墙又高又厚,还要狠狠地撞上去,直到撞得头破血流呢?即便如此,她也没有成功,只能一个人躲在一边,默默地等待伤口的愈合。

她不敢想像浩钧的父亲拒绝他们的婚姻会给她带来什么。那将会是一个多么致命的打击。若桢甚至觉得她自己和街头、和人行天桥上那些待售的小宠物一样,可怜巴巴地等着买主。既然没有卖掉,也就没有人来宠爱,就不能说是宠物了,顶多是一个会动、会叫的可怜虫。若桢眼里,这栋简易楼房,这间看不到太阳的屋子,分明就是一个狭小的笼子,牢牢地把她关在了里面。能爱她,宠她,一辈子对她好的那个人,他现在究竟在干什么,为什么还不回来呢。若桢已经不会也不敢再流泪了,她只害怕浩钧回来的时候,看到的是一个心气被耗尽的躯体,一个再不知道什么是欣喜,什么是忧愁的空壳了。她忽然发现自己越来越像一个小说里的怨妇,而这个是她以往深恶痛绝的。

在爱与痛的边缘上不知挣扎了多久,若桢恍惚地睡着了,又像是很清醒,周遭的任何响动都能清晰地听到,只是没有力量再睁开眼睛。在稀薄的梦境里,若桢好像站在了一个白色的、很高很高的大厦顶层,天空澄净而透明,虽然到处都很亮,却看不到太阳。四周并没有人。若桢突然直直地朝前走,像是有人在后边使劲地推着她,让她根本无法停下来脚步。若桢很快就站在了大厦顶层的边上,天空距离她是那么的近,仿佛伸手就可以触摸得到。她忽然听到有人喊"若桢",那分明是浩钧的声音啊。她赶紧低头,浩钧就在大厦的下面,朝着她微笑。若桢毫不犹豫地跳下去,因为她知道她不会有事的,浩钧就在那里,他在那里等着她。若桢感觉到她的身体仿佛飘在了半空中,仿佛一根羽毛,晃晃悠悠地下坠,那样不慌不忙地奔向爱人怀抱的感觉妙不可言。若桢不知何时惬意地闭上了眼睛。离地面越来越近的时候,她睁开了眼,可是浩钧呢?四处空无一人,浩钧在哪里?若桢来不及喊叫,便一下子从梦里惊醒,腾地坐起来,这才感觉到已经汗流浃背了。

几天后的一个深夜,若桢朦朦胧胧地感觉到床边坐着一个人,微笑着对她说:"怎么醒了?"

若桢不敢相信,抓着那人的衣服,使劲地摇晃着他:"是你吗,真的是你吗?"

浩钧笑道:"小傻瓜,是我啊。"他摸了摸若桢的额头,惊讶地说:"你做噩梦了?怎么一头的汗。"说着起身去拿了条毛巾,细细地擦拭。若桢一边感受着他的细心,一边说:"你怎么这么晚回来?"浩钧说:"我是下午的火车,路上晚点了。"若桢看着他,呆呆地想问他什么,却又说不出来,其实她已经说了。浩钧何尝不知道她要问什么,就握着她的手,慢慢说:"我爸说,只要我们彼此都乐意,他有的全是祝福。”

若桢听着,静静地流下来眼泪。那一滴滴眼泪仿佛流淌下来的蜡烛油,一滴一滴地凝固在了若桢的脸颊上。新的泪水不断地流下来,凝固在以前的泪水上面,越来越厚,越来越多。若桢由衷地感觉,她一生一世的眼泪在这个夜晚都会流尽的。以后的日子里,不再会有伤心的时候了。

若桢一夜没睡,在床上翻来覆去地胡思乱想,傻笑,一会儿怀疑幸福是否真的来了,一会儿激动得难以自持。天亮的时候,若桢忍不住起来去找浩钧。浩钧大概是连日的奔波太疲倦了,睡得很沉。若桢见行李箱还摆在门口,就轻轻地拖到一边,打开来整理。从一件衬衣里滑出来一个信封,砸在若桢的脚上,仿佛一片大大的树叶。她好奇地捡起来。信封是自制的,上用毛笔写着:

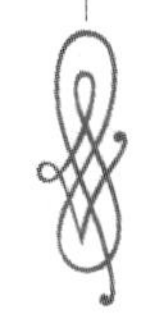

裴女士若桢亲启

若桢的心怦怦地跳起来,想道,这会是他父亲给我的吗?想着想着,手指不自觉地用上了力气,居然把信封撕掉了一角,露出了信纸。若桢急得叫起来,她想不到纸张的撕裂也可以产生铿锵的声响。

若桢小心翼翼地把小拇指塞进信封,一点一点地挑开剩下的部分。信纸是白色的,边缘带着毛茬,估计是从那种乡间常见的大白纸上整齐地裁下来的,整张纸微微泛着黄色。信是用毛笔写的,通篇工整的颜体小楷。

裴女士若桢:

我是杜浩钧的父亲杜荻岷。我儿浩钧已将你二人的婚事告与我知,我心甚慰。

我儿浩钧十岁丧母,于今已十又二年矣。此十二年间,我为人父者含辛茹苦，与他姐姐一同供养他负笈求学，至今彼稍有所成，得自立于当世，种种生存艰辛自不待言。我儿自小丧母，遍尝世事艰难，此为我一生念念不忘之亏欠他处。彼虽为我独子，但为父者不可文其过而饰其非。裴女士日后与他同船共渡，当知其两不孝三不可容者。

两不孝者。其一，彼在省城日久，见繁华之世而忘士人之道，睹人心之变而生离迁之意，不思进取而欲迁就世俗，屡屡背弃我数十年之教诲，此乃其不孝之一也。其二，彼此次返乡，老夫见他神虚体削，欢寡愁殷，竟为区区儿女私情清癯至此，岂是丈夫所为？此乃其不孝之二也。可叹可恨，于斯而极矣。

三不可容者。其一，彼意志飘忽，常立志而不立长志，故出仕一年然毫无作为，深负老夫之心也。此其不可容者之一也。其二，彼谨小有余而胆识不足，乐于守成而怯于开创，此其不可容者之二也。其三，彼不善言谈，遇事不如意则自闭于胸，或徒生暗恨而不知自遣，或远避他处而触续善感，此虽彼屡屡矢口否认，然难逃老夫洞鉴也，此其不可容者之三。

裴女士既知彼两不孝三不可容者，当于日后细细调教，以成其一生。如此则我心安矣，彼母亲之灵亦得安矣。

细思我言，慎之切切。

临书仓促，不尽欲言。

杜荻岷　字

若桢把信细细地又读了一遍。那字里行间分明是在说，我给了浩钧生命，养育了他二十二年，现在我把他交给你。今后他和你在一起了，你要好好待他。我没有使浩钧做到的，希望你能帮着他、督促他做到。若桢看着熟睡的浩钧，回味着信上写的那些话，禁不住又骄傲,又甜蜜,又紧张,竟有一种突如其来的眩晕。

九

若桢给母亲打了电话。母亲忙不迭地去街上请人算了算,都说礼拜三是好日子,满心欢喜地告诉了若桢。他们就把领结婚证的时间定在了礼拜三。两人商量了一下,只把惠民、亚明他们在省城的同学请来一起吃个饭就行了,反正在省城的朋友也不多,又都是熟人,不会见怪于他们的仓促和礼数不周。对单位的人就说是在家里结的婚,上班时带去一些喜糖发就好。眼下需要解决的是新房的问题。若桢的意思是还是住在扈大姐这里,把她的房间退了,搬到浩钧这里来一起住,可以省下来一点开销。浩钧说那就太对不起她了,毕竟是结婚啊,一辈子的事情。浩钧说着从枕头下面翻出来一张存折,说父亲给他准备了些钱,其中有他父亲的积蓄,也有姐姐多年打工攒下来的。浩钧说父亲给儿子准备结婚的新房是他们家乡的风俗,按规矩还得由婆婆给儿媳妇准备结婚的礼服,不过母亲去世得早,这一点恐怕要委屈若桢了。说到母亲,浩钧的眼圈又红了。

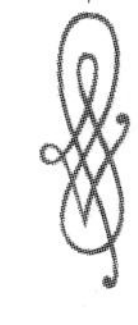

浩钧和若桢工作一年多,都有一点积蓄,加起来也有五六千块的样子。和浩钧父亲汇来的钱加在一起四万多一点。浩钧开玩笑说这个数目在他们乡下都能盖一座小楼了,在省城却连个阳台都买不到。若桢说这样倒不如先租房,把钱存起来吃利息。浩钧说什么也不同意,若桢也坚持着,两个人竟因为这个有了小小的矛盾,谁也不答理谁。两人僵持了一阵,浩钧终于忍不住笑道:“好了好了,算我的错好不好?新娘子不能生气的,生气的话脸上皱纹就多了,照相的时候……”

若桢扑哧笑了,赌气说:“谁要做新娘子?美得你。”

浩钧过来抱着她的肩膀,说:“我是想,不如我们先把这4万块钱交了首付,买个小小的房子,每个月还的那些贷款,其实和租房子的钱差不多,不过那房子是自己的啊,你说呢?”

若桢看着浩钧,想了想说:“其实刚才我也是这么想的——”

浩钧得意地跳起来:“我说的吧——”

若桢又好气又好笑地拉住他,嗔道:“说正经事,你不要这样。”浩钧笑嘻嘻地坐下来,听她继续说,“可是这么一来,我们每个月的工资加起来有好大一块都要还贷款,要还20年啊!我们刚工作,又刚结婚,能不能一下子应付这么多的开销呢?你想想——”若桢正说着,忽然脸红了,口气支吾了起来。浩钧奇怪地看着她,说:“你怎么不说话了?”

若桢拍了他一下,气道:“你真是块木头。”

浩钧忽地明白了,笑道:“你是说小孩子,是不是?”

若桢绯红着脸,点头说:“我们迟早要有小孩子的,那时候又该加上多大的负担。我不想我们的小孩子生下来就要和我们一起,面对那么多的困难。”

浩钧慢慢地严肃起来,叹了口气说:“你还是这个样子,说结婚的时候你就是这么说的。其实你想想,我们也不必那么早就要小孩子,我们都还年轻,先好好奋斗几年,有了积蓄再说。其实真是买了房子,每个月还的贷款也不是压力重得无法承担,我们的收入毕竟还算稳定,总是这么租房子住,心都安定不下来,总不是个办法啊。再苦再累,只要我们两个在一起,有什么困难克服不掉呢?”

浩钧再三地讲,若桢心里终于有点动摇起来了,想到既然浩钧这样坚持,那就不妨先结了婚再说也好,总是在这里租房子,和四周那些房客为伍实在不是长久之计,何况家庭负担重的人多了,不也都是生儿育女了吗?在思茅的母亲苦不苦,这几十年不也是过来了。浩钧皱眉说:“你要还不放心,我们就先存起来1万,算是家底,其余的付房子的首付,你看怎么样?”若桢笑道:“那就照你说的吧,没想到你还有理财意识呢。”浩钧听了若桢的夸奖,情不自禁地高兴起来,立刻要和若桢去看房子。若桢觉得浩钧简直太冲动了,结婚的事还没有眉目,看什么房子啊!于是只好板下脸吓唬了他一下,这才让他老老实实地坐下来。

第二天是周一,浩钧的假期也到头了,一早就赶到了单位。本来浩钧还觉得他这么一个小编辑,人微言轻的,离开几天算不了什么。谁知一进门就看到自己桌子上堆着高高的一摞东西,不禁吓了一跳。一件件看过,里面有稿件,有信,甚至还有一份同事的儿子结婚发的请柬。浩钧赶紧去找到那位老师,说什么也把红包塞到他口袋里了,这才安心了。

听徐老师说,有两个人来找过他,都说是他的同学。按照徐老师的描述,一个肯定是亚明了,另一个眼睛大大的女孩子却不知道是谁。浩钧给亚明打了个电话。亚明说没什么事,六厅十年成就展的稿子已经发出来了,厅里上下都很满意,他那次来是代表姜处请浩钧和老曹去吃饭的。浩钧说不巧,我正好回家了一趟。两人聊了几句,浩钧本来想问他上次和姜处接近之后,他在单位的局面有没有改观,却觉得亚明的状态仿佛比以前还要低迷,便没有说出来。倒是亚明主动说成就展结束了,他抽调的日子也结束了,今天又要回档案室去。浩钧奇怪道不是只要干得好就可以调出来了吗?亚明叹气说哪有那么简单,处里有头有脸的人多了,他们档案室还有两个八十年代的大学毕业生呢,不也是到现在还没有熬出去。浩钧沉默了一阵,劝他说没关系,好在咱们还年轻,有了年轻就好办了,咱们能熬啊,你说是不是?亚明在电话那头长久地叹息。

那个大眼睛的女孩子原来就是本系的师妹胡盈盈,上次在老陈那里见过面,还给了浩钧一篇稿子的那个。浩钧把她的稿子给了关系不错的编辑小高,拜托他找个机会发出来。小高是浩钧同系的师兄,比浩钧高一届,负责的是另一个版面。中午打饭的时候还碰见他。小高一见浩钧就说咱们师妹那篇稿子我可是发了,那个小师妹人不错的,说着笑起来,朝浩钧眨巴眨巴眼睛。浩钧没有多想,笑道那就好,这样我就能交差了。本想下午再给胡盈盈打电话,不料在午间休息的时候,胡盈盈自己跑来了。盈盈东张西望地推门进来,手里提着两个大大的购物袋,可能是出来逛商店,顺路来拜访拜访。她一见浩钧就亲热地喊着师兄,毫无拘束地在他对面坐下来。办公室里只有浩钧一个人在值班,便有些尴尬,生怕徐老师或者别的同事突然进来,只好说我们还是到会客厅吧。两人来到会客厅,盈盈一路四处张望,丝毫没有掩饰羡慕和挑剔的神情,仿佛婚礼上伴娘偷偷地打量着新娘子,不停地摇头。盈盈说着话,从包里掏出来一枝细长的女士烟点上,升起来袅袅的烟雾。浩钧有些不自然地欠了欠身子,忽地想到如果若桢这个时候来了,该向她怎么解释。想到这里,浩钧害怕了起来,不自觉地朝后看了看,不出意料,目光所及之处并没有若桢,这才放下心。他转念又想,自己是报社的编辑,接待一个女作者有什么了不得的,心虚个什么。

浩钧和她聊起来学校,也说到了毕业后的去向。盈盈说自然是北京上海这样的大城市了,就是去打工刷盘子都行,窝在这么个内陆的地方有什么好,闭塞,落后,老土。浩钧笑道你一个本科毕业生,到哪儿去也不至于会找不到工作。盈盈手里的一枝烟已经燃烧殆尽,便换了一枝新的。浩钧不喜欢抽烟的女孩子,可他见盈盈并不怎么抽,只是点上后看着烟慢悠悠地上升,又慢悠悠地消散,就有些好奇。盈盈解释说我并不喜欢抽烟,只是喜欢看它燃烧的样子,快熄灭的时候才抽一两口。浩钧笑道那应该是很有趣的吧。盈盈笑了起来,岔开话题说师兄帮了这么大的忙,真不知道怎么感谢才好。浩钧说那算什么,主要是高编辑的功劳,他也是我们的师兄。盈盈看着浩钧,手指头拨弄着烟说高编辑那边已经感谢过了，我现在不在学校住，我在外边租的有房子，一切都很方便的，真的，干什么都很方便。盈盈说着微笑起来，眼睛一闪一闪的，好像夜晚明明昧昧的烟头。

浩钧一下子明白了小高那句话的含义，也明白了他为什么得意地眨巴眼睛，可见他已经去“方便”过了吧。这种事以前听说过，他自己遇到还是头一回。浩钧的脸上明显地露出了惊讶和尴尬，仿佛有的人喝了再少酒都会脸红，一点预防的办法都没有。盈盈笑着站起来掏出一张名片，说师兄先忙吧，我给你留个电话，别忘了这个城市里你还有个师妹呢，什么时候方便的话来找我。浩钧接过来看，却是很精致的一张名片，有巴掌大小，后面还有一张她的照片，裸露着两个肩膀，笑得妖娆而妩媚。浩钧叹气说我真是老土了，这样的名片还是第一次见呢。盈盈笑道这算什么，我们有的同学求职的时候都带着写真集去的，我拍的也有，还有很多不给别人看的，师兄要是想看，我也可以给你拿来呀。浩钧觉得自己并没有喝酒，脸却已经红得像斗鸡的冠子，只好窃窃地笑了笑。

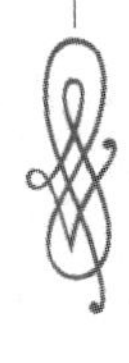

回到部里，离上班时间还早。浩钧给自己冲了一杯咖啡，慢慢地啜着，心里复杂得如同杯子里黑黑的液体。他想起来小时候学画画，美术老师说把所有的颜色掺和在一起，就是黑色了。浩钧想也许心里这样那样的感触太多了，简直是五颜六色，所以加在一起竟变成了浓浓的黑。想了半天，浩钧忍不住给惠民打了个电话。惠民也是在办公室里坐得百无聊赖，两人一拍即合，天南海北地侃了起来。浩钧把盈盈的事给惠民说了说，惠民笑道：“这还值得你大惊小怪？不就是个女作者要发稿子嘛，动用了一下原始资本而已。可惜你没胆子，到手的美女，可惜了。这事情我见得多了。有时候只恨自己不是个女的，没有什么原始资本，也有时候恨我自己当初没选对单位，领导都他妈的是大老爷们，连个女的头头都没有。白搭哥哥我条件这么好了，哈哈。”浩钧说起来结婚的事，告诉惠民他和若桢后天去办结婚证。惠民连连叹气，言词之间压抑不住的羡慕。浩钧知道又勾起他的心事了，就问：“前些日子你说去找璇璇，时间定了没有？”惠民说：“这几天上面有个检查团，忙过去这一段时间吧。丫操，你说的也是，这事情不能再拖下去了，奶奶的她在外边风流快活得很，我倒快熬成和尚了。你们什么时候请我去吃喜酒？”浩钧说：“这个周三吧，我到时候再通知你。对了，我也给亚明说了，到时候大家乐一乐。”惠民诧异道：“亚明？他没事吧？”浩钧说：“他又回档案室了，好像郁郁寡欢的样子。”惠民那边拍了拍桌子，说：“你不知道？他前几天还来找我，问我跟六厅的人熟不熟，正好我这边有个副处和他们姜处是同学。他非要我帮他联系一下，想和他们姜处套磁。我觉得都是同学嘛，就帮他联系了。吃饭那天我有事没去，听我们处长回来说，亚明简直有点神经不正常了。吃饭的时候神神叨叨的，一直跟他们姜处说对不起，对不起。你说他这不是过分了？亚明是工作事故，又不是怎么着领导了，弄得跟姜处封建家长一手遮天似的，人家还能乐意？真不知道他好歹在机关混了一年多，连个最基本的人情世故都不懂，唉。”浩钧不由得既吃惊又感慨，又替亚明难过。两人一直聊到快上班才挂了电话。放下电话的时候，浩钧觉得那话筒都被他攥得滚烫了。

下午的时候，浩钧正好有个稿件去向林他们部核对，敲门进去，师兄小彭在那里值班。两人核对了稿子，又闲聊一会儿。浩钧问起来向林的事，小彭说向林的情况的确不怎么好，这几个月一直都是发稿量统计的后几名。不过这个组很讲团结，好几个记者在写大稿的时候都主动拉着他，有的甚至在写好的稿件上署上他的名字。不过向林对自己要求得太苛刻了，组里最勤奋的就是他，但他的发稿量却一直上不去，真是让人很惋惜。小彭看看周围没人，小声对浩钧说：“其实组里的人私下里议论，都说向林的性格的确不适合干记者，换个工作可能好一些。”浩钧摇头说：“听说他家里很困难，如果离开报社后一时找不到工作怎么办？所以我想不管再难他也会坚持下去。”两人正说着，电话响了，小彭忙着接电话，浩钧便告辞出来。本来他的心全被即将结婚的喜悦充斥着，冷不防听到这么多人这么不如意的事，心情忽然变得郁郁起来。仿佛满胸的欣然被别人的不快给催化了，变成了果冻一样的肿块，拿也拿不掉，化也化不开，就那么亘在胸口。一直到下班的时候，浩钧还是一脑袋的愁绪。

若桢今天也没闲着，午间休息的时候趁着办公室没人，按着省城地图拼命地给附近的楼盘打电话。一个一个地清洗过后，剩下了两三处，也都不是很满意。要么户型太大，远远超出了预算，要么距离太远，来往上下班多有不便。中间想和浩钧商量一下，不料电话打过去后那边总是占线，直到快上班的时候也没闲下来，若桢就难免一肚子气。回到家，她见浩钧还未回来，早上的餐具却还在水池里躺着没有洗，仿佛一个个在澡塘里泡澡的闲人，悠然自得。她便越发生气，套上橡皮手套气鼓鼓地洗起来。没多久浩钧回来，若桢见他也是一脸的闷闷不乐，更气不打一处来了，说：“你倒是愁眉苦脸的做什么，一点心都不操！”说完了，若桢自己也惊讶于突然间爆发的火气，不由得愣住了。浩钧更是吓了一跳，莫名其妙地看着她。

若桢羞得脸都红了，她这么大喊大叫的，不像是个泼辣的家庭主妇吗？大概浩钧也这么想，禁不住笑起来。若桢更加难堪，为了不让他说话，抢白道：“你还有理，中午给你打电话，你那边怎么一直占线？”浩钧笑道：“我和惠民打电话啊，不信你问他。”若桢说：“买房子可是你说的，自己一点都不关心。”浩钧走到她身边，接过来她手里的碗，一边洗一边说：“你都打听哪几家了？”若桢就把情况简单说了说，浩钧点头说：“那周末咱们一起去看看，最好是现房，我可不想等到明年才住新房。”若桢看着浩钧一本正经的样子，心里油然一片宁静祥和，刚才的无名火早消散了，忍不住笑了起来，嘴里却说：“你和惠民都聊什么了，肯定不是什么好事情，不然哪里会那么长时间。”

大概坏心情比好心情更容易传染，亚明和惠民的事让若桢同样变得惆怅了起来。那天晚上她很难成眠。若桢上一次结婚不过是在去年，而且那段回忆也仿佛水管里的水流，已经不知流到哪里去了，可今晚那条水管却不知怎的忽然爆裂开，迸发出来的正是那段不堪回首的往事，溅了满地黑乎乎的水。那次结婚前，若桢一再地祈祷，希望婚姻不会是想像中的那么糟糕，而现在，她又在祈祷，这次却是希望婚姻像是想像中的那么完美。这大概就是生活对她的嘲弄吧。若桢总以为有了浩钧，以前的那些事，那些记忆大约都会自动消失掉的，好比扫帚一旦经过，那些残留的灰尘便不复存在。但若桢今天才发现，人生里有些经过的事情，不是像灰尘一样附在地面，而是像楔子一样深深地扎在地里，无论怎样扫都扫不掉的，即便把露出地面的部分削去，还有剩下的部分牢牢地嵌在泥土里，好像已经变成了泥土的一部分，变成生命的一部分了。若桢所能做的，就是尽量不去想它，不让她自己意识到心房上这根折断的楔子罢了。

十

领结婚证的前一天晚上，浩钧问若桢：“这是真的吗？”

若桢笑道：“你总是这样问——这还有假的吗？”

他又傻傻地问：“你该不会是骗我的吧？”

若桢就点了点他的眉心，说：“你一个穷小子，我能骗你的财啊，还是骗你的色？”

浩钧傻傻地一笑，把若桢揽在怀里。仿佛一个长途跋涉的夜行客，看到东方渐白，疲惫地靠在一棵皂角树上，鼻头，脸上，身边，到处是淡淡的皂角清香。

浩钧有些缥缈地说："从今以后，这个世界上只会有两件事把我们分开。第一件事是我们中间有一个人死了，这是没有办法的。另一件事是你不再爱我，不想和我在一起了，我就只有离开。"

领证的过程倒很顺利。晚上他们在一个饭店请同学们吃饭，惠民、亚明和几个在省城的同学都到了。大家对浩钧和若桢的结合既惊叹，又羡慕，又由人及己地悲凉。席间和若桢同宿舍的陈雪说，若桢可是我们系的一朵花啊，浩钧大学四年都不声不响的，却把这个花魁给夺走了，真是一鸣惊人啊。浩钧只好腼腆地笑，心里蜜一样的甜。若桢红着脸要打陈雪，陈雪自然要逃，两人追赶着乱成了一团，饭店里其他的人都不无惊讶地看着她俩。大家仿佛一下子又回到了大学时代，单纯而快乐，没有一年来在外边碰到的那么多让人焦灼不安的事情。惠民开玩笑说浩钧父亲没有到，自己是他的老学生了，也算是浩钧的师兄，还是可以代表杜老先生的，所以两位新人要给他鞠躬施礼。立刻有好几个人附和。浩钧和若桢只好憋住不笑，一起给他鞠了个躬。陈雪揶揄惠民说你得给两位新人红包呀。惠民笑道早准备好了，果真拿了两个红包出来，一人分了一个。大家笑得更欢。满座的人都很开心，只有亚明显得心不在焉，一直闷闷地自斟自饮，连高兴起来的样子都很牵强。仿佛他并不想笑，但今天的场面不允许他总是一副苦恼的样子。也或许他真心地高兴，而他心里那些挥之不去的惨淡却阻碍了笑容的绽放，好比本来一杯浓浓的咖啡，无限制地加进去了清水，再浓的滋味也变得淡薄了。浩钧和若桢知道他的心事，互相看了一眼，会意地轻轻摇头。

吃饭的时候好几个人都喝多了，话也多了起来。不知是他们本来就想好好发泄一下，还是真的酒壮人胆，大家的话越来越尖利，而且大多和单位有关。惠民照例是第一个发难的。他说这单位里简直没法呆了，几个硕士生来了还不够，眼下厅里又要来一批新考上的公务员，一水儿的博士生！你们博士读了二十几年的书，不好好在学校搞学问,跑我们行政机关做什么!一来就比他们这些本科生高两个级别,那是得多少年才能熬出来的。不过惠民说他也多少平衡了一些,以前那几个硕士把眼睛都长到头顶上去了,这下好,来了比他们还高的,看你们牛到哪儿去。虽然有些阿Q的意思,但大家还是不约而同地赞同,每人都竞相地讲自己,把单位形容得比巴士底狱光明不了多少,仿佛省城到处是巫婆般的领导和阴谋家一样的同事。最后连陈雪这样的女孩子都忍不住说她们报社的头头长着张死猫脸,笑起来的时候像浑身都是触角的章鱼,不笑的时候又像瞪大眼睛的狗,整天就知道派任务,派任务。打分发奖金的时候却精打细算,惟恐一不留神把自己的钱发出去了,真想给他一大把卫生球吃。大家哈哈大笑,都说没想到陈雪一个女孩子,整人的招数却毒辣得像纳粹的秘密警察,真该罚酒一杯。只有亚明一直不说话,郁郁地喝酒,仿佛这样的话题与他毫无干系。其实大家都多少知道一些亚明的事,以为他肯定会忍不住讲讲,发泄发泄。不料惠民让他说说单位的事时,亚明紧张地看看四周,一个劲儿地摇头,好像他们姜处的耳目分布极广,到处都有盯梢的。大家不肯放过他,一再地追问,亚明最后竟然被逼得脸色苍白,情不自禁地站起来拼命给大家作揖鞠躬,说饶了我吧,饶了我吧,脸色仓皇而惨白,并不像是在开玩笑,而是真的从心底里害怕。大家都诧异地看着他。不知何时亚明成了这样一个胆小怕事的人,连同学之间的玩笑都开不得了。还是浩钧替他打圆场,把话题引向了别的地方。

尽管有惠民竭力地煽动,吃饭的气氛还是迅速地冷淡了下来,即使是惠民提出来要浩钧报告一下和若桢的恋爱经过,在座的人也只是礼节上的反应了一阵,仿佛对这个问题并不十分在意。亚明局促地坐着,像是个闯了大祸的小孩。其他的人也都在想心事,不知是在感叹亚明的变化还是在后悔自己的没有城府。的确,如果身边的确有了单位的人,那会是多尴尬的一件事。好比开假面舞会的时候对舞伴大讲另一个人的坏话，孰料摘下面具，却正是刚才那个龌龊故事的主角。

惠民说："算了算了，大家也差不多了，咱们就别耽误人家小两口洞房花烛了，大家说好不好？"或许是刚才大家发泄得太畅快，现在都只是懒散地表示赞同，如同疲乏的人一场酣睡过了头，反倒变得越发疲乏。浩钧和若桢一个个地送别了客人，看着他们消失在灯光明媚的夜色中，仿佛一块方糖融化进黑黑的咖啡里，再也看不到了。惠民喝多了，脸颊赤红，在饭店门口语无伦次地说："都是我的不对，我不对，我不该说那些。"惠民说得很吃力，好像舌头固化了，变成了混凝土似的硬块，一点也不听使唤。若桢笑道："瞧你说的，没有你，今晚可不会这么热闹。"惠民一把拍在浩钧的肩头，也许真的没有了意识，下手很重，浩钧竟忍不住叫出声来。惠民一点也没听见，继续说："你们能结婚，我是真的高兴。我高兴什么呢？我也说不上来，可我就是高兴，真的高兴。"说着笑了，眼睛里却扑簌簌淌出泪来，宛如小的时候玩沙子，捧了大大的一把，看着一绺绺的沙子从指头缝里流下来。浩钧说："你醉了，你真的醉了。"惠民抹了把脸，笑道："你还以为我会让你说，李惠民，王八蛋？不会了，我不要你说了，我明白自己是就好，何必非要别人说不可呢？我也知道你是不肯说的，你为什么不肯说呢？因为我们是兄弟，你就不忍心说是不是？我知道，咱们是兄弟嘛，我怎么会不知道呢？"惠民的话越来越紊乱，仿佛一块镜子碎在了地上，每一块都是一个模糊的幻象。到了最后，惠民连脚步也踉跄了起来。浩钧深恐他一个人出事，只好叫了出租车和若桢一起送他回宿舍，再三嘱咐了管理员晚上留心去看他一下，这才离开。

到了家，已经是晚上快十点了。在扈大姐那栋楼外边，两个人不约而同地停住了脚。浩钧摸了摸口袋，结婚证硬硬的还在，就回头幸福地看若桢。若桢慢慢地跟在他后边，两只手插在风衣的口袋里，盯着脚尖。浩钧笑道："客人可都见过了，怎么，难道新娘子还怕羞啊?”若桢今天也喝了一些酒,脸颊红红的,虽不像平日里的文气,却平添了别样的俏丽。浩钧走到她身边,捧起来她的脸,想要吻她。若桢把头扭到一边,低声说:“这是在外边。”浩钧笑道:“外边怎么了,咱们是合法的夫妻,又不是胡来。”若桢说:“我今天喝酒了,你也喝酒了,嘴里的味道不好,所以不许你亲。”浩钧不肯,非要亲她,若桢便拼命地推着他,却一直没有做声,直到两个人都躲进了阴影里。浩钧刚把若桢的脸转过来正要吻上去,却不知哪里一阵口哨,吓得他们赶紧分开。远处一队民工正笑嘻嘻地看过来,有的大声吹口哨,有的肆无忌惮地笑着,拍着巴掌,更有一个还做着下流的手势。若桢气得脸色苍白,浩钧也是又惊又怒,愤慨地要上去理论,若桢急忙拉着他,把他拖进了楼道。

进了屋,两个人仍是气愤难平。若桢从来没有像今天这么生气过,一个人抱着枕头,在床边默默地坐了好久,任浩钧怎么去哄也不露笑脸,仿佛小孩子耍赖时大哭,越去劝哭得越有理,不去理他倒也没事了。浩钧说得口干舌燥,索性不说了,自己倒了杯水来喝。一口水还没喝下,若桢突然大彻大悟似的说:“你说得对,不能再在这里住了,我们说什么也要买房子搬出去住。”浩钧听了,差一点被水呛到,又品了品若桢的话,越发觉得可笑了,正想说些什么来取笑她,门外有人敲门。浩钧微笑着跑去打开,原来是房东扈大姐。

扈大姐端着一碗面条进来,笑眯眯地把面条放在桌子上,说:“你们结婚证办下来了?”浩钧和若桢异口同声地说:“是。”说完互相看了一眼,觉得很不好意思,是那种新婚的人才会有的难堪。扈大姐笑道:“在我们家结婚的房客,你们可是第一对儿,我说什么也得表示表示。按照我们的风俗,这碗面条裴姑娘是一定得吃一口的。”说着把面条端给若桢,笑着看着她。若桢不便推辞,只好拿起筷子挟着吃了一口,忍不住叫道:“哎呀,是生的!”扈大姐拍着手哈哈大笑说:“对啦,对啦,可不就是生的!”若桢顿时明白了,赶紧放下了碗，已经羞得满脸通红。浩钧莫名其妙地看着她们，根本无法破解这个女人之间的密码。扈大姐见浩钧还愣着，忍不住点破说："吃了这碗生的挂面，明年这个时候，你就等着当爸爸吧。"浩钧也明白了，同样羞得一脸的火红。

屋子里静了下来。浩钧和若桢相对坐着，谁都没有说话，今天晚上就是他们的新婚之夜了。浩钧想，结婚就是这么一种感觉吗？有时候觉得激情难耐，有时候又觉得真的不过如此。这两种感觉仿佛是一个跷跷板的两端，不停地交替起伏，忽高忽低。若桢看着浩钧在出神，就笑着推了他一下，笑道："你这个新郎官，想什么呢？"若桢娇嗔的样子宛如一朵亭亭的荷花，浩钧情不自禁地说："我想的是，你真美。"

"哦，那你不想的时候，我就变丑了？"

"不，你什么时候都美，我知道的。"说着，浩钧抓住了若桢的手，抚着花瓣儿似的皮肤，说："你和我在一起，我说什么也不会让你不快乐的。"

若桢把她冰凉冰凉的手放在浩钧的手背上，笑道："我可什么都不怕，就怕有一天你会不爱我，不要我了。"

浩钧摇头，说："这个世界上只会有两件事把我们分开。第一件事是我们中间有一个人死了，这是没有办法的。另一件事是你不再爱我，不想和我在一起了，我只有离开。除了这两件事，再没有什么可以把我们分开的。"两个人握着对方的手，默默地交换着自己的体温和发自心髓的幸福。

过了很长时间，若桢把手从浩钧手里抽出来，原来冰凉的双手现在温暖如春。浩钧看着她，一脸坏坏的笑，说："我们是不是该什么什么了？"

若桢脸颊艳艳地红，啐道："你真不学好，还有事情没做呢。"浩钧笑道："我可不就是说还有事情没做？"

其实浩钧的脸也红了起来,他以前并不是这个坏坏的样子的,但是今晚他实在不想再压抑自己的激越。或者说以前他从来没有坏过,也羞于去想,可是今天一切都来得理直气壮了。

若桢灵巧地躲在一边,笑道:“偏要急急你。”

浩钧也笑道:“我不急,我急什么?只怕你着急呢。”说着就要去抓若桢的手。若桢严肃了一点,说:“我不骗你,真的还有件事没有做。”

浩钧傻傻地看着她,说:“不就是,嗯,那件事吗?”

若桢又好气又好笑地点了点他的眉心,说:“再胡说我真不理你了!去把我那个箱子取过来。”浩钧不解地看着她。若桢说:“就是你坐坏的那个啊。”浩钧这才明白过来,从床底下把箱子拉出来,那条裂缝清晰可见。浩钧笑道:“你也不必再拿这个刺激我,回头给你买个新的箱子做彩礼,也就是了。”若桢气得使劲儿打了他一下,浩钧才不敢再说笑话。若桢打开了箱子,从一个镶着银边的小包里取出来几根长长的线来,宝贝似的捧在手心里,对浩钧说:“去接一碗水来。”浩钧虽然心里很奇怪,也只好照办了。

两人坐在桌边。若桢把红线的一端放进水里,用手指轻轻搅动着水,看着那条红线在水里打着旋,仿佛一条游在水里的金色小鱼儿。若桢慢慢地说:“我母亲是拉祜族人,这是她特地嘱咐我做的。这根红线是由四根红线、四根白线、四根黑线捻成的。红线象征着幸福,白线象征着痛苦,黑线象征着生死,把它们捻在一起,就是说我们两个无论幸福、痛苦还是生死,都要长相厮守在一起,永远不分开了。”

浩钧听得出了神,眼前的红线渐渐团成了一个清冽的笑容,在水里静静地绽放,又像是一朵在水里盛开的花。若桢停下来手,看着红线慢慢地沉在碗底,那红色的线头正好对着浩钧,就笑道:“按照规矩,这应该是老人们给咱们俩拴红线的,可咱们的家人都不在这里,只好我们自己给自己拴了。”

浩钧说:“这红线头对着谁,就要谁来拴吗?”

若桢点点头说:“是啊,还要唱歌呢,是拉祜族人祖祖辈辈传下来的民歌,专门祝福新婚的男女。”

浩钧笑道:“可是我不会唱啊,怎么办。”

若桢不说话,把线头从水里挑起来,慢慢地拉出水面。红线绵长鲜艳,仿佛是一只刚洗过羽毛的白鹇,从澄净的湖水里扇动着翅膀,扑啦啦地飞上了瓦蓝的天空。

浩钧接过来红线,轻轻地绕在他和若桢的手腕上。若桢的手腕宛如一块凝脂玉,隐约可见脉脉的血管,好像窗外的那片紫藤的茎干。浩钧虔诚地缠着红线,像是要把两个人的一生一世都缠进去。若桢低低地唱了起来:

将天上的彩虹扯下,
搓成一根根红线。
将山里的小溪牵来,
把幸福歌唱。
把希望系在心上啊,
把幸福紧紧拴住。
金线银线呦,
比不上拉祜的红线。

若桢唱着唱着,不知何时已经是泪流满面。浩钧把那根红线仔细地拴好了,笑道:“你这是干什么,今天我们应该高兴,不是吗?”若桢擦了擦泪,一边笑,一边有新的泪水涌出来:“我就是在高兴啊,我是真的高兴。”浩钧把她拥进了怀里,紧紧地搂着她,感受着她身上的温度和战栗,像是寒夜里树梢上并排蹲着的两只小鸟,在互相取暖,互相慰藉。

窗外的月亮越来越明亮了。屋里面灭了灯。

第二天，浩钧提着大大的一袋糖果去单位，每个办公室都发了一些，大家对浩钧这么年轻就结婚都非常的惊讶。几个师兄私下里开玩笑，还以为浩钧是初出茅庐没有经验，不小心出什么纰漏了，不得已才会结婚的。只有几个大姐觉得这才是年轻人应该走的正道，早早的结婚，心就安定下来，结了婚的人才算是真的长大了。若桢那边也差不多，几个结过婚的大姐拉着她，好一阵持家之道、驭夫之术甚至闺房之事的讲解，让若桢的脸平白地又红了好几次。回到家，两人说起了单位的事，都觉得很有趣，笑成了一团。

买房的事说复杂就复杂，一旦选定了其实也很简单。办过所有的手续后，浩钧每个月的工资几乎一半都要交给银行，而且一直要交二十年。二十年，真是一个可怕的数字，那时候浩钧应该快四十三岁了吧。到了那个时候，浩钧还得为他们那个五十平方米不到的小窝疲惫地打拼，想起来不能不让人觉得心里沉甸甸的、凉凉的。仿佛前边这一条路是如此的漫长，走在路上的马儿由小长大，由大到老，仍然无法摆脱一个又一个的轮回。也或许浩钧老的时候回味这二十年走的路，说不定又是一种别样的凄美。真的，二十年，太长太长的时间了，谁又能预料呢？谁又敢去猜想呢？

浩钧觉得这一个星期以来，他所做的一切都好像是在做梦，梦里花落知多少？不过梦里做的事情都是不作数的，但浩钧却实实在在地把未来二十年的幸福量化成了一张存单，义无反顾地押给了别人。从银行出来的时候正值中午，浩钧一抬头看见太阳耀眼的光芒，竟蓦地感到一阵眩晕，脚都站不牢稳了。幸好旁边若桢赶紧扶住了他。银行门口高高的台阶上，两个除了青春之外一贫如洗的年轻人互相搀着、靠着，站在那里，看着台阶下密如织网的人流，禁不住百感交集。他们知道这个庞大的城市里，终于有一个可以真正称之为家的地方，在等着他们了。尽管家很小，但毫无疑问是属于他们的。想到这一点，他们便安然如水。在他们眼前，是车水马龙的省城；扑面而来的，是不可抗拒的整个世界。

十一

浩钧和若桢结婚已经两年多了。说来也奇怪,没有结婚的时候两个人爱得那么艰难,真的结婚后反而顺利得让人害怕。两个人一般很少争执。每每遇到不快,其中的一个便默不作声,过不久,另一个就会好声好气地来哄,直到两个人都笑起来,一团乌云也就散尽了。浩钧有时想,或许是两个人工作都太累了,每天精疲力竭地工作,挣钱,每月按时把贷款还上,还有单位里层出不穷的琐事烦心,他们哪里还有多余的精力来争执呢?就像田地里种的韭菜,生出来一茬便割掉一茬,割完了再长,长出来再割。大概烦恼也是这个样子,刚刚滋长出来,就被疲乏和劳累割掉了,不断地有烦恼,又不断地被新的疲乏冲淡。可能辛勤操劳也是治愈家庭不睦的良药,浩钧甚至开玩笑一般地想,人还是贫困一点好,两人都为生活所累,哪里会在其他的地方费神?

惠民并不同意这样的观点。他和璇璇这两年分分合合,时好时坏,一直也没有什么定数。两年中其他同学的变化也不大,只是原来在省城的离开了,原来到地市的回来了,如同不断旋转的摩天轮,不断有人下去,很快就有人补上来。比如要给领导吃卫生球的陈雪,在原来的单位实在不愿干下去了,索性辞职去了南方,一年之内杳无音信。她再回来的时候,却已经是一个卖医疗器械的销售经理了。聚会上陈雪说,大学的时候听老师讲人生变化白云苍狗,还真体会不到个中滋味,这一年间算是明白得透透彻彻。陈雪如今风光得很,浩钧他们报纸每周必有半个版的广告,就是陈雪一手来操办的。她还挺照顾老同学,浩钧作为联系人也得了一笔可观的提成。陈雪对浩钧和若桢说,你们俩可是系里硕果仅存的一对了,好好过,给咱们这一批人留一点子希望吧。

两年里面变化最大的是亚明。不知从什么时候开始,他便不再参加同学的聚会,一开始是用各种理由推辞,后来干脆是面对邀请沉默不语。谁都不知道亚明究竟发生了什么,只是一阵唏嘘和猜测,就再没有人提起来他了,也许是不愿,也许是不敢。大家仿佛都有一种怕处有鬼的心理,生怕议论别人之后,那些倒霉的事情会自己找上门来。

浩钧最近一次去六厅也是为了公事。在门口登记的时候,发现传达室一个人的背影很熟悉,浩钧便小声问门卫:“那个同志,是五处的张亚明吗?”

门卫头也不回地说:“是张亚明,不过不在五处了,现在是传达室的,归办公室管。”

门卫的声音很大,甚至可能是故意大声说,好让亚明难堪。浩钧忽地很恨这个门卫,生怕亚明会听见。但亚明分明已经听见了,下意识地转过头来,两人都是一个情不自禁的冷战。

亚明明显的老气横秋。原先只是在两鬓有的白发,现在头顶后脑也都有了,使他看上去要老不止十岁。浩钧勉强笑道:“亚明,好久不见了,最近还好吧?”说完了,连他自己都觉得很凄凉,亚明现在这副潦倒的样子,无论如何也和“好”联系不到一起的。他这么问反倒显得用心不良了。

亚明扶着桌子站起来,向门卫介绍说:“小李,这是我的大学同学,报社的编辑。”

门卫听浩钧是报社的,笑容就浓了许多。浩钧看看表,说:“亚明,我先上去拿个材料,待会儿下来咱们再聊。”亚明未置可否地点点头,又摇摇头,嘴里嘟囔着什么。门卫笑道:“编辑同志,宣传处在九楼912,胡处长在呢。”浩钧深深地吸了口气,上楼去了。公事公办,自然很顺利,胡处要留浩钧吃饭,浩钧再三推辞掉了。他急着去见亚明。

传达室外,门卫还坐着,笑道:“编辑同志,事情办完了?”

浩钧说:“是。亚明呢?”

门卫朝两边看看,说:“刚请假出去,说是去卫生室拿药。”

浩钧就说:“那我等等他。”

门卫说:“编辑同志,我看你还是该忙什么就忙什么去吧。你要在这儿,他是不会回来的。”

浩钧心里一动,问他:“亚明究竟怎么了,怎么会在传达室?”

门卫打量了浩钧一下,笑道:“是不是报社的人都爱打听事儿啊!好,我给你说,不过你可别说是我讲的。”浩钧点头。门卫把他让进传达室,一边注意着外边,一边大致讲了讲。

原来日子虽然久了,亚明在五处的人际关系却越来越糟糕,竟成了人人避之不及的异类,亚明的心情也更加的焦躁和不安。可巧档案室又出了一次工作事故,这次却不怪他,完全是一个老同志的责任。但亚明好像惟恐别人会把事故责任加在他头上,恨不得逢人就解释,不厌其烦地为自己辩护。这样一来不但那个同事,就连领导都被亚明搞烦了,在会上不点名地批评了一下,又让亚明更加恍惚和担心,工作几乎完全停滞下来了,领导只得安排他来传达室。门卫还说,就是在传达室,亚明也是老样子,几个门卫都能把他给自己辩护的话倒背如流了,他还是无休止地唠叨。后来门卫们都不听他说了,他就忍不住对来厅里办事的人说,幸好还没闹出什么乱子。门卫说:“好在厅里领导都很不错,看在他是个大学生,又是从农村出来的,不忍心开除。要是我们这些门卫这个样子,饭碗早砸了!咳,大学生就是好啊。我也是农村来的,只不过没有上大学,就没有这个福气。”说着羡慕地看着浩钧。浩钧从传达室出来,不敢回头看六厅那栋高高的楼。他不知道亚明是不是就躲在上面的某个窗户下,两眼空洞无神,正朝他这里看着,带着曾经的农村身份刻在他心里的烙印。

晚上,浩钧心事沉重,家都没回就直接去找若桢。若桢最近给一个要出国的女孩教口语,要做到晚上九点半。浩钧担心时间太晚了，不愿她做，但她实在不想放弃那份收入，犹豫再三还是接了下来。若桢解释说："虽然时间晚了些，但一晚上挣的钱也够我们吃两天的了。早些把钱攒够了一次性还给银行，省得每个月提心吊胆的，生怕还不上。"浩钧拗不过她，只好每天晚上去接。若桢今天领到了工资，高高兴兴地走到浩钧身边，见他闷闷不乐，就笑道："老公怎么了？别不开心嘛。你还没吃饭吧，我请你吃大餐好不好。"浩钧以往再怎么发愁，听到若桢喊他"老公"，总会又害羞又高兴，心头盘旋的乌云也就散了。可今天浩钧却只是勉强笑了笑，没有说话。若桢知道他有心事，就没有多问，挽住他的胳膊默默地走。

若桢说的"大餐"其实不过是街头饭馆的两碗牛肉面而已。结婚以来他们在生活上一直很仔细，不肯在吃穿上多花钱，就把牛肉面戏称为大餐，也别有一番情趣。那个小店是他们常去的，和服务员也都熟了，不等他们说就笑道："两大碗面？"

若桢笑着点头。服务员便大声对厨房嚷道："两大碗面，一碗不要香菜，多放些胡椒！"

若桢一笑，看来的确是这里的熟客了，服务员连他们喜欢的口味都记得很清楚。结婚前若桢说什么也吃不了一大碗牛肉面的，婚后饭量却一天比一天大，如今竟和浩钧一样，一次要吃一大碗。浩钧开玩笑说照这么发展下去，到金婚的时候，说不定她一顿饭就要吃掉一头牛。

两人在靠窗的桌子边坐下，不一会儿面端了上来，若桢给浩钧掰开筷子，递到他手里。浩钧还在出神，没有反应，若桢就笑道："老公，架子越来越大嘛，下一步是不是要我喂你？"浩钧明白过来也笑了。若桢便问他："你今天怎么了，一副魂不守舍的样子。"浩钧简单地把亚明的事讲了一下。若桢吃惊地张大了嘴，说："你没有见到他？"浩钧说："我等不到他，也可能是他故意躲着不见我。"说到这里，两人一起沉默了。大学四年，他们两个虽然和亚明没有什么过深的交往，但在省城举目四望，亚明却是仅有的几个熟知的旧相识了。何况同系毕业，同城做事，同为在异乡奋斗的农家子弟，难免会由人及己，缘己推人，徒生出一层愈来愈浓的悲意。

当晚浩钧和若桢都没睡好。很晚的时候，若桢还能听到浩钧沉重的呼吸，仿佛一头拉着犁铧艰难行进的牛，在精疲力竭的时候发出的悲鸣。若桢悄悄地流泪。躺在她身边的这个男人一心要她好，要她开心，不许她有丝毫的不快乐。两年来他们的确没有过得很奢侈，但也决不寒酸，而且他们有一套自己的房子，每每想到这个，若桢就觉得一切苦都算不了什么了——虽然房子很小，但对他们而言就像贫穷家庭里的小孩子，偶尔捡到一个破烂的小玩具，便当做了天下最好的宝贝，恨不得见个人就拿出来炫耀。若桢可怜巴巴地想，既然上帝已经把这点聊以自慰的幸福给了他们，就不至于哪一天再夺走吧？她有时甚至祈祷上帝，不要改变他们现在的生活，她倒不奢望能过得更好，却也不愿意过得再差。趋利避害，无非是一个人的本能而已。她和浩钧一起生活这两年来，似乎连这本能的一部分也逐渐淡漠了，只希望上帝能让他们这种平淡的生活持续下去，直到世界的尽头，直到他们生命的终结。若桢想着想着，慢慢地睡着了。浩钧的思绪却一直凌乱到很晚很晚，才在疲惫到顶点的那一瞬间酣然入眠。

第二天到单位，浩钧抽了个时间给惠民打电话，说了说亚明的事情。惠民那边一阵缄默，大概也在体会着兔死狐悲的怆然。临了，惠民说他下半年准备去南方一趟，和璇璇做最后的摊牌。璇璇明年研究生毕业，两个人的事还没有个定论。惠民也快三十的人了，按照乡下的风俗，小孩子都能上街打醋了，家里人一直催他结婚。浩钧劝他说如果璇璇不愿回来也不要勉强，更不要一时冲动做傻事，在省城熬的这几年不易，把那么好的青春岁月都搭进去了，就这么放弃实在不值得。惠民叹气，笑道："你以为谁都像你，小日子过得红红火火的。就说陈雪吧，听说也是傍了一个大款才有的今天，要不她一个女孩子哪儿来的那么多钱？兄弟，还是好好过日子吧。我是不说了，你和若桢一定得好好珍惜，让若桢早早生个孩子，就更完美了。”浩钧笑了起来。陈雪的事他也多少听说过一些，或许是这两年见到的诸如此类的事情太多了，也就没有觉得太惊讶。仿佛第一次在报社门口见到来告状的人，觉得心神激越，内心充满了梁山好汉似的不平和关切。后来见得多了，也就是一欠身绕了过去，即使心中有些波澜，也不大不小地很快就消弭了。他需要做的太多了，家庭，房子，若桢，哪一件事对他而言不是顶顶重要的？他觉得自己倒是没有变得圆滑起来，但是身上原来的那些棱角，却是一处处在减少了。

说起单位里一成不变的人，恐怕只有向林。这两年他和以前没什么区别，比谁都更刻苦地工作，发稿量却一直上不去，屡屡落在末位淘汰的警告区。他们那一批记者有的转行了，有的升职了，可他仍在老地方一动不动，仿佛一群出来觅食的蚂蚁，有的满载而归，有的另寻出路，只有一只焦灼地在原地打转。

浩钧最近一次遇到向林是在路上。那天傍晚，浩钧在路边等公交车，忽地听见一声急促的刹车，一辆面包车把一个骑自行车的撞倒了。骑车的人趴在地上呻吟，面包车上下来两个年轻人，慌张得手足无措，一再向人解释：“没有违章，我们真的没有违章。”浩钧本能地想，这大概是省城最平常的一个事故，不过人员都没有大碍，所以也算不上个新闻。想到这儿，浩钧自失地一笑，真是搞新闻的职业病，似乎总盼着出事似的，而且事越大越好。围过来的人多了起来，骑车的人慢慢翻了翻身子，鼻口都是血。这时有人说：“记者，记者来了！”一个瘦小的人钻进人群，捧着照相机一顿狂拍，竟是向林。浩钧差点叫了出来。那司机见向林不停地拍，拍完了受害者又拍肇事的面包车，于是灰白的脸一下子血红，不知哪里来了一股子义无反顾的劲头，冲上去揪住向林说：“哪儿来的小子，你拍什么拍！警察还没来呢！”说着，狠狠地一拳打去，正中向林的鼻子,顿时有鲜血汪汪地流下来,洒在衣襟上。

浩钧大吃一惊,奋力往人堆里面挤。围观的人见打架了,还流了血,越发围得紧,竟像个层层叠叠的蚕茧,密不透风。浩钧费了九牛二虎之力竟无法挤进去。那司机疯子般打,拳拳都打在向林的脸上、头上。向林毫无还手之力,无助地蹲在地上,双手捂着脸,鲜血从指头缝里汩汩地往外流,像是一个坏掉的水龙头,怎么堵也堵不住。围观的看客不约而同地沉默,看着这个平时被他们称作"无冕之王"的人,看着这个平时受人尊敬的人,被打得血流如注,倒地不起。浩钧这时终于挤到了向林身边,衣衫早已凌乱不堪,皮鞋上脏乎乎的全是脚印。

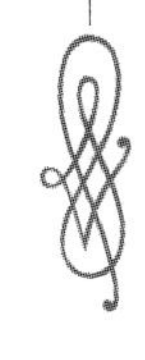

浩钧扶着向林,朝周围大声问:"他是记者!有没有医生?这里有没有医生?"

周围的人静静地看着他们。街头仿佛是个巨大的水族馆,浩钧和向林在玻璃墙后表演,外边全是些毫无表情的观众。浩钧摸了摸口袋,不知何时钱包已经不翼而飞,想用钱来求救的希望居然也成了泡影。向林脸上淌的血滴在了浩钧身上,使得他能感觉到一个人的生命力正在一分一秒地消散,仿佛一个被扎破了的气球,迅速地干瘪下来。浩钧甚至听到了那嗤嗤的气流声响。他脑子一下子轰鸣起来,脑髓筋骨都剧烈地震荡着。

忽然,一个男孩的声音叫起来:"爸爸!"

浩钧回头看去,一个小孩子从大人的腿中间连走带爬地挤了进来,扑住向林的胳膊说:"爸爸,你怎么了?你怎么了?"那孩子手里还拿着串冰糖葫芦,早已被弄得稀烂,却紧张得忘了扔掉。脆硬的冰糖外壳迸裂了,软软的山楂果肉翻着,像是流血的伤口。向林哆嗦着想说话,一张嘴却是一股血沫子,浩钧赶紧给他擦拭。一个女人跌跌撞撞地冲进人群,愣愣地看了看向林,突然伏在他身上放声大哭,边哭边说:"好好地在散步,你偏要抓什么新闻,要不然怎么会挨打?我们不干了,老老实实生活,不干记者了。"浩钧想,今天是周末,大概他们也是一家三口出来散心的,正巧碰上这个,向林不愿放过任何一个可能成为新闻的事件,便跑过来拍照,把妻儿留在一旁。那时向林想的大概是一个 B + 或者是 A - 的分数吧。不料几分钟之后,他竟会满脸鲜血,幸好有浩钧,不然的话,一个家庭的支柱无助地瘫软在地上,对这个本来就拮据而窘顿的家而言,会是多么惨烈的一个打击。

救护车和警车的蜂鸣由远而近。向林竭力挣扎着要坐起来。他显然不愿被人抬上救护车,任何一个父亲在儿子面前,或者任何一个丈夫在妻子面前,都不愿表现得如此脆弱和不堪一击,除非他不是个男人。浩钧托着向林的腰,像是托着一个沉甸甸的石碑,向林两脚软软地垂在地上,丝毫使不出力气来。浩钧低头看着向林。两个男人默默地对视,彼此的心都如刀扎般凄楚。向林脸上接近凝固的血渍慢慢地化开了,出现了两条淡淡的痕迹,仿佛黄土地被雨水冲出来浅浅的沟壑,原来他流泪了,是泪水不断地涌出,化开了脸上的血。浩钧的眼泪也刷刷地流下来。

从医院回到家已是深夜。若桢焦急得坐立不安,一开门看到他浑身是血的模样,竟吓得一句话也说不出来。她颤抖着摸浩钧的脸,摸他的手和脚,直到确定他四肢健全,这才放心地哭出了声。浩钧换了衣服,把下午的事讲给她听。若桢默然地叹息,不停地说:“怎么会这样,怎么会这样。”浩钧心里想,是啊,怎么会这样。简简单单的一句话,就是一个人、一个家庭的幸与不幸。向林虽然只是部聘记者,甚至有时会遭人白眼受人冷遇,但在家里人眼里他就是天,一旦天都塌下来了,这个家不就毫无希望了吗?浩钧突然想,如果他和若桢的这片天也会塌下来,他情愿把若桢远远地推开,推到一个晴朗的天空下,所有的艰难都让他一个人承受好了。除此之外,他还能做什么呢?谁叫他是这样的爱她。

向林抓拍的那几张相片,因为正好赶上本省有一个重要的外事活动,作为负面报道给内部消化掉了,并没有见报。作为某种意义的补偿,报社领导一致决定,破例把这篇没有发出来的稿子计算到工作量里,而且打了很高的分数。向林对结果也很满意,他那么不顾一切地拍照,不就是为了最后的发稿和分数,如今这一切他都得到了,似乎并没有什么遗憾。浩钧再见到向林的时候,远远地打招呼,走近,再一笑而过。两人都不想再提起那个下午。无论谁提起来,都是无法排遣的沉郁。

十二

日子一天一天地过着,仿佛比盛夏时分的树叶还要稠密。某天下午,浩钧接到老陈的电话。原来系里准备办的一个系列讲座就要结束,学生们反响还是不错的,马上是最后一讲,老陈问能不能给见一下报,为学校扬扬名。报社里十之四五的编辑记者都是本系出来的,办这件事自然没有什么阻力。到了讲座那天,浩钧和记者小彭一起回到了学校。做讲座的是系里德高望重的教授毛老。他演讲的风采是浩钧和小彭都领教过的,又听了一次,仍是意犹未尽。小彭怅然地开玩笑说如今是书没工夫看,文章没功夫写,整天搞一些百十字的小新闻,真是对不起上了四年的大学和这些老师们。浩钧笑了笑,没有搭话。因为他发现上台给毛老的茶杯续水的是一个熟悉的人,虽然好几年不见,但那神态背影是屡屡在脑海里挥之不散的。等讲座完了,他趁着大家散场时的混乱走过去,微笑说:“文燕,什么时候来的?”

文燕显然早看见了他,含笑说:“我来读研究生,今年刚考上的。”

浩钧笑道:“是吗,这么好的事情怎么没跟同学们打个招呼?”

文燕扶了扶眼镜,说:“没什么的,本来准备大四的时候就考,但家里有些事情没考成,于是先回家工作了一段时间,这才考的。”

文燕父母去世得早，她哥哥为了供文燕念书，一直没有结婚，她回家工作这两三年，实际上是给哥哥攒了笔结婚的开销。浩钧想，她现在来读研究生，大概她哥哥已经娶过媳妇了，她回家的使命也差不多结束了吧，出身农家，连读书都由不得自己。两人出了学术报告厅，夜晚的校园宁静而空旷，浩钧仿佛霎时间回到了大学时代，一时百感交集，脚步不自觉地放慢了。

沉默了一会儿，浩钧问她：“家里都还好吧？”

文燕笑道：“都还好，我哥哥已经结过婚了。你呢？”文燕说话的时候，眉毛难得地挑了两下，带着一丝欣慰，也仿佛有点凄然。

浩钧说：“我还是在报社。”

文燕说：“听说你和若桢结婚了，我那时还在乡下，没有来当面祝贺，真对不起。”

浩钧说：“那都是两年前的事了，说它干什么。”

文燕低下头笑了，说：“本来我想一到省城就跟你联系的，但是我听说你结婚了，还是惠民告诉我的。说来真好笑，我来省城之前专门去过你家里，杜老师一点都没有提起来，害得我差一点就出洋相。”

浩钧的心怦怦地跳着，勉强笑道：“别说笑话了，你能出什么洋相？”

文燕没有说话，两人默默地对望。文燕淡淡地笑道：“我差点到报社里去找你，告诉你我又回省城了，看你高兴不高兴。”

“这还用问吗，我当然会高兴的。”

“你自然无所谓的，你都结婚了。”文燕忽地打住话头，一股愤怒和哀怨的泪水刹那间涌到了眼眶。她哽咽起来，说：“你已经结婚了，我再想有什么用呢？我真傻，你是我第一个爱上的人，我一直都是爱你的，除了你我再没有爱过别人，可这有什么用？你已经结婚了，我说这些有什么用？”

文燕语无伦次地说着,哭了,浩钧心里非常难过。他不知道怎么会这样,他从来不知道这个世界上除了若桢,还会有另一个女孩子爱他,等他。他看着文燕,手足无措,仿佛一个半边身子陷在沼泽里的旅行者,无助地等待同伴,或者等待死神。

文燕拭着泪,可以看出来她在努力地使自己平静,但她现在的心情仿佛一壶烧开的水,火还在烧着,那水便不可能在一瞬间冷却下来。文燕呜咽道:"既然这样,当初你何必要给我回那样的信?你何必要告诉我你无心恋爱?何必讲你想先奋斗几年再说?你都已经结婚了,我还蒙在鼓里,还在想我们该怎么开始,怎么生活。你说,我是不是很傻?你明明喜欢的是若桢不是我,为什么不明明白白地告诉我,让我早死了这份心?"文燕看着浩钧,看得他无地自容。文燕觉得脑子里空荡荡的,三年来的委屈和不平宛如一块慢慢溶解在水里的糖,渐渐看不到了,那水却越来越苦涩,完全没有一丝甜的味道。

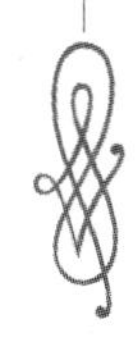

浩钧终于说:"我想,我真抱歉。我不知道事情会是这样。谢谢你对我说的这些话,但我这个人实在不值得你如此伤感。你冷静一下。其实人都是这样子的,得不到的东西往往会更喜欢,也更难过,所以它就一直在心里钉着,拔不出来。"他说话的声音很小,仿佛吐出来的一团烟,马上就消散开了。

文燕摇摇头,说:"你这样子讲话,可见还是不了解我。我没有怨你的意思,也不是因为没有得到你就恨你。我只想对我的感情忠诚,我不愿被人拒绝后还要默默无闻,我不能当做什么事情都没有发生一样。我是爱你的,三年前是这样,现在也是这样。可惜现在的你已经不是三年前的你了。那时你告诉我,你无心恋爱,你要追求事业,我还可以远远地躲在一旁看着你,等着你来爱我。可你现在已经结婚了,我只有躲得更远,让你和若桢都看不到我,就好了。"文燕说完抱着书走了,把浩钧四顾茫然地留在那里,留给他无边无际的黑夜。

今晚若桢没有家教,早早地休息了。浩钧到家的时候,若桢靠着床头已经睡下,手里还压着一本杂志。大概她是想看着杂志提神,好等浩钧回来的,不料还是睡着了。浩钧把杂志从她松松的手里抽出来,放到桌子上面。他尽可能地动作轻微,一方面他不忍心惊醒若桢,一方面他心里实在惭愧,无论是对文燕还是对若桢,但他这惭愧是无论如何也没有办法对若桢讲的。但若桢还是醒了,她揉着惺忪的眼睛,一边脱着衣服一边慵懒地说:"怎么这么晚,路上堵车吗?"

浩钧的双手颤动得厉害,如果若桢再问他,他几乎会把今天晚上的事一五一十地讲给若桢听。可他等了片刻,却不见若桢说话。再转过头看时,她已经钻进了被窝,沉沉地睡着了。蓬乱的发丝遮着她的脸,红红的脸。她睡得如此香甜,如此毫无心计。浩钧满心的话突然变得空空如也。他想,反正他是绝对不会再去爱文燕的,他爱的人的的确确是若桢。既然这样,又何必把这件事讲出来,平添他和若桢之间的不快呢?仿佛两个一起远行的游伴,其中一个人的鞋带松了,赶紧弯腰系好就是,只要不耽误两个人继续走下去。想到这里,浩钧的心终于松快了一些,随之而来的是决堤般的空乏,浩钧很快地脱衣上床,让自己逃避到无意识、无悲欢的睡眠里。

若桢还是知道了文燕到省城读研的事。不过在她心里,文燕仅仅是浩钧的老同学,彼此非常熟悉而已,他们之间实在难以发生什么故事,要发生的话早发生了,何必等到现在?何况浩钧和文燕的事只有惠民知道,而惠民最近正为他和璇璇的将来坐卧不宁,哪里有心来点破这层关系呢?浩钧给惠民打电话时,他已经在去南方的火车上了。浩钧便没有多说,只是嘱咐他不要冲动,一切顺其自然。浩钧惆怅地放下电话,他还在为文燕的事情怅惘不已。没有拥有若桢的时候,他以为天底下的女孩子都不喜欢他,所以他也不去为感情的事犯难,可这种事情不是一方单纯的回避就能躲开的，仿佛一只小鸟，拼命地东躲西藏，可还是不断有人来捉它。大概世界上的事情，全是这么难以捉摸的吧。虽然还有两个小时才下班，他却无比希望能尽快地见到若桢，看着她的一颦一笑，然后醉倒在她脸颊上浅浅的酒窝里。

现在已经是秋天了。夕阳落下的时候，竟好像比中午还亮堂一些。若桢上了公交车，顺手把墨镜戴上，她不想别人看到她在公交车上假寐，尽管这几乎已经成了她的必修课。从单位到家里要坐一个小时的车，抓紧时间的话，颇能小憩一阵儿的。若桢闭上眼睛，想起来昨天剩下的烧豆腐放在冰箱里了，晚上回去热一热就好，只是馒头没有了，待会儿下车的时候要记得买，不然睡觉时浩钧又要嚷着没有吃饱，非要她再给做点什么。再过两个礼拜就是若桢的生日，浩钧唠叨好几天了，说一定要好好给她过。其实她并不是很愿意浩钧时时刻刻把她的生日挂在嘴边，毕竟她比他大两岁。这仿佛是一件顶好的衣服上破了个小口子，刻意去遮掩还来不及，又有谁愿意被人屡屡提起。若桢再过生日，就三十二岁了，她自己想起来都要吃一惊的。好像女人一过三十岁，宛如一杯美酒喝掉了一半，一部好电影看过了一半，不知不觉地有了点畏惧的心理，害怕酒杯终于要见底，惟恐电影的结局不尽如人意。

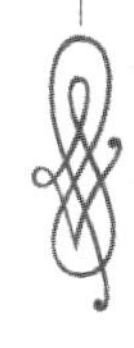

今天车上的人不多，若桢坐在最后一排，头歪在车窗上，随着车子的颠簸而晃动。她想起来小的时候，母亲除了做裁缝活，还给街坊四邻带小孩子，换回来一些微薄的收入。若桢那时还小，不过已经知道坐在小板凳上，瞪着眼睛看母亲一边嘎嘎地踩着缝纫机，一边唱着古老的催眠曲，让旁边摇篮里的小孩子睡觉。她不知道母亲有没有给她唱过这支曲子，好像唱过，也好像没有。童年的记忆仿佛一部老式的收音机，时而听得清楚，时而变得模糊起来。以往伴着这波浪似的颠簸，她很快就会平静下去，继而进入一种半睡半醒的状态。可今天她却怎么也无法平静，每次到了将要入定的时候，就好像有人故意来捣乱，让她匆匆地惊醒。若桢透过墨镜看着外边，虽然天还明朗，街两旁的霓虹灯已经亮了，远处的站牌便沐浴在这不安的红光中。车又抖了两抖，停下来，司机说："大家安静一下，车子有点故障，我马上处理。"车厢里顿时一片抱怨声，仿佛午后的蛙鸣。若桢偷偷地笑了，她巴不得在车里多呆一会儿，反正饭菜都是现成的，而且离浩钧下班还早。

若桢觉得眼前一晃，下意识地睁开眼。前边不知什么时候坐了个女孩子，正拿着小镜子补妆，刚才大概是镜子反射的光吧。若桢懒懒地朝外面看。那边站牌边，远远的一个人跑过来。车窗上反光得厉害，也看得不很清楚，但若桢还是吃了一惊。也许是那人走路的姿势太熟悉了。不过她和孝桐已经整整三年没有见面，听说他早出国读书去了，难道已经回来了？司机把发动机的大盖子盖上，重新打火，公交车终于开动了。这时那人也跑近了，借着两旁店面的光，他的脸在一瞬间无比的清晰而具体，真的是孝桐。他也在朝着这个方向看，他们的目光分明交接在了一起。若桢觉得整个身子都颤抖了起来，急忙扭过头，看着马路的另一边。孝桐追上了车，急急地拍打着车门。他那一下下拍打仿佛都拍在了若桢的心脏上面，让她觉得五脏六腑都要被震动得混乱了。司机恼怒地骂了一句很难听的话，又说："在这里上人？给警察看见，至少罚三百，嗤！"便没有理睬他，加大了油门把车开走了。若桢慌乱地朝后看，只见孝桐呆呆地站在那里，忽地像是明白了什么，发疯了一般地追在公交车的后边，路两旁的人都诧异地看着他。若桢的心里简直乱极了，仿佛一锅煮得过头的面条，全烂在了里面，看着还是根根分明的，却连捞都捞不起来。前边不远又是一个站牌，若桢真想站起来下去，但身子钉在座位上一动不动，如同被人使了定身法。她好像听到了孝桐咚咚的脚步声和喘息，那样的声音她曾经是多么的熟悉而习惯，曾经多少次让她心旌动荡难以自持，可是，那已经是三年前的事了，整整三年前的事情了。她以为早已把他忘得光光的，但人心中总是有一些记忆是无法忘却的，即使打上

了死亡的标签，却还是在一瞬间全部地复苏了过来，甚至比以前还要鲜明而完整。车终于停下来。若桢绝望地把身子蜷缩成一团，竖起来衣领，遮住了大半个脸。她绝不要孝桐看清她的脸。因为她已经忍不住掉了眼泪。

车子又要缓缓地启动了，孝桐终于赶了上来，跳上公交车，一边摸硬币，一边朝车厢后边看。若桢躲在墨镜后边看着他。孝桐的确是胖了一些，个头似乎也高了，以前疏于打理的胡楂也精心地修饰过，眉毛也浓了。现在他满头大汗，头发都贴在了前额上，这却和以前他打过篮球，满脸笑容地朝她走过来是别无二致的。两人的目光分明地交会在了一起。若桢觉得浑身软绵绵的，连抬手或者是微笑的力量都没有了，只有呆呆地坐在那里，看着孝桐笑着走过来。他越走越近，在离她只有一步之遥的时候停下来，他庞大的身影像是个巨大的蝙蝠，毫不费力地把若桢整个的罩在了翅膀下面。

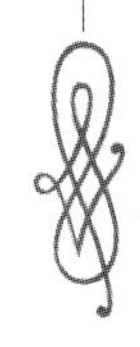

孝桐笑道："怎么，还生我的气？"

若桢愣愣地听着，真不知道如何回答。她和孝桐整整三年，不，三年多没有见面了。从那个悲惨的除夕之夜后，他就似乎再也没有在她的视线里出现过。可是这么长时间了，他怎么还要这么说，难道他还在为那晚的事道歉吗？若桢努力地笑了笑，想说："那都是过去的事情了，我们不必再计较那些。"她还想说："我已经结婚了，是和杜浩钧，你们见过的。"或许这话说了之后，孝桐就会明白一切，不会再来纠缠她吧。孝桐的纠缠仿佛粘人的蜘蛛网，她曾经那么深地陷入进去，以至于她现在也不敢肯定究竟会不会完全不被他缠住。可这话她还没有来得及说，已经有人在答话了，说话的却是她前面的那个女孩子。若桢分明听见了她在说：

"死皮赖脸的，你还追我干什么！"

孝桐无所谓地笑了，一屁股坐在那女孩子的身边，很随意地揽着她的肩膀，朝她的脖子啄了一下，说："我追你又有什么，你难道希望我追别的女孩子？”

若桢感觉到浑身冰冷，像是整个身体都被浸泡在一个冰水混合的容器里，一瞬间周身寒彻。孝桐完全没有注意到她，仿佛她和一个再普通不过的路人没有丝毫的区别。

若桢蜷在座位上，一动不动。孝桐叫那个女孩子宝宝，一口一口地叫着，正如他以前亲昵地叫她若若。若桢并不奇怪孝桐有了新的女朋友，也不奇怪他会在公交车上肆无忌惮地和女孩子亲热。她奇怪的是他一点点都没有留意到她。一个曾经和他那么惨烈地爱过、恨过、争吵过，有过那样私密关系的女孩子，在他面前出现了，他竟会完全没有察觉，真的没有察觉。若桢以为至少会有一点点心灵的悸动吧，毕竟是曾经的爱人。可是，真的连一点点的感应都没有。那段往事在若桢心里，仿佛一只认识路的野兽，每隔一段时间就会跑来在她的窗下凄厉地叫，让她心惊肉跳，赶走了之后还会再来，永远没有尽头。但孝桐好像完全忘记了，不但忘记了她这个人，连她曾经给过他的快乐、哀愁、激情甚至销魂都统统忘掉了，忘得一干二净，如同一个失忆症患者，如同那段日子里和若桢在一起的是完完全全另外的一个人，跟他毫无干系。

车上人少了，孝桐跟那女孩子的谈话越来越没有顾忌。孝桐甚至问她晚上到谁家去，女孩笑道当然去你家，今晚我男朋友在，不太方便的。孝桐就说那得找个药店啊，我那边东西都用完了。女孩子就吃吃地笑着说你怎么这么流氓啊你，一直笑得把头歪在孝桐的肩膀上，两个人仿佛用胶水粘在了一起。若桢难过到了顶点。仿佛一辆沉重的货车艰难地爬上了坡，还未来得及喘息便顺势滑下去，若桢的心也随之沉到了谷底。公交车停停走走，乘客上上下下，若桢的头脑里已经没有了意识，没有了概念，一切都只是难以言表的愤怒和忏悔。在她的心目中，从来都以为孝桐是被迫和她分手的，她甚至曾经认真地想过，如果真的和孝桐在一起了会是什么样子。但是现在看来，这所有的幻想都是一个透明精致的谎言,仿佛一块纯粹的玻璃,太容易破碎了。若桢觉得她所有属于少女时代的那些梦想,都已经碎裂成一小块一小块晶莹的玻璃碴子,看上去明明昧昧,摸起来会割破手掌,甚至连扫都未必可以扫在一起。

不知过了多久,车停下来,司机回头惊讶地看着若桢,说:"同志还不下,到终点站了。"

若桢一惊,下意识地站起来,走到门边,又似乎想起来什么,说:"这车,还往回开吗?"

司机整理着座位,不耐烦道:"不往回开了,自己打车吧。"

若桢木然地下了车。偌大的停车场里,密密麻麻都是长方形的公交车,仿佛一个个巨大的砖块,一起把若桢紧紧地垒在了中间,好像一个庞大严密的墓穴,连空气都是如此的阴森湿重。若桢朝远远的街口走去,走着走着,凄然地哭起来,她扶着电线杆,泪水如同涌泉似的奔流。刚才的一幕幕过电影般闪回在她的脑海里,每一个画面都是一次新鲜的刺激和挑拨,使得她更加难以平静。天色已晚,街上的出租车也少了,想要找到车必须要再走一段不算短的距离。好在路灯明亮,亮得让人不敢抬头去看。若桢慢慢地往前走,看着脚下狭长的影子一会儿跑在她的前边,一会儿又躲在她的后边去了,宛如一个调皮的小孩。若桢傻傻地想,她今年已经三十二岁了。如果她的初恋是幸福的,她的小孩子恐怕要七八岁了,如果她的第一次婚姻是幸福的,她的小孩子恐怕也该学会走路了——不管怎样,她自己的孩子都可以绕在她身边笨拙地跑,笨拙地跌倒,撒娇地哭喊,等着妈妈来抱。但是现在,她真的是什么都没有,她只能看着她自己的影子来回地跳跃,只能默默地为往事掬一把痛悔的泪。

文燕的话让浩钧烦恼了很久,好几次想对若桢讲,又觉得实在无法启齿。一个平凡的晚上,浩钧和若桢准备休息的时候,门外骤

然响起急促的敲门声，门开了，居然是很长时间没有联系的惠民。惠民憔悴的模样让他们俩都吓了一跳，惠民拉着浩钧的手，说："兄弟，弄点吃的，饿死了。"

两碗面下了肚，惠民多少恢复了一点往日的神态，浩钧心乱如麻地看着他，问："是不是因为璇璇？"

"不是她还有谁？不瞒你说，我在七厅的工作，丢了。"

"什么？工作丢了？"

"丢了。"

"为什么？"

"前些天我去南方找她，发现她在跟一个男的同居，那男的才上大一！我当时忍不住，动手打了他们，把那个小淫妇脸打花了，就为这，在公安局里呆了一个礼拜。"

"你被拘留的事，厅里知道了？"

"厅里让我写了份辞职报告，算是辞职了，还不是她爸爸捣的鬼。"

惠民手里的烟头一闪一闪，仿佛一只疲惫而通红的眼睛。浩钧突然说："惠民，你喝酒不喝？"惠民一愣，笑道："兄弟，哥敢作敢当，用不着喝酒壮胆。你还记不记得我那块匾，仰天大笑出门去，我辈岂是蓬蒿人，哈哈，兄弟，咱们可不是普通人哪。"说着，惠民哈哈大笑起来，竟笑出了眼泪。悲喜的转换如同翻过一页书，此面的笑声遽然变成了彼面的悲怆。惠民伏案而泣，发出了老牛一样哞哞的声音，在厨房的若桢也不禁动容落泪。

惠民说："有时候我恨我爸我妈，为什么不把我生在省城？咱们农家子弟多难哪，别人早就起跑了，咱们在哪里？操场外边晃悠呢。好容易弄个工作，这才几年，副科级还没影子，就给人轰出来了！我最对不起的，就是我爸，我妈，我妹妹，他们容易吗？我这是造孽啊！丢了工作，我还怎么在省城混？我早想好了，到南方去，到沿海去，找个没人认识的地方，一切重新开始。兄弟，你说我还能重新开始吗？我这辈子是不是就这么给废了……”惠民时哭时笑，声音低沉，遥远而浓重，穿越了一切时间和空间的隧道，跨过了大学、高考和所有的岁月，一直回到了他初到人世的那个瞬间，与他襁褓中的第一声啼泣完美地交合在一起。

惠民在浩钧家住了三天，每天一早出去找工作，晚上回来时筋疲力尽。第四天晚上，浩钧接若桢回家，见门上的钥匙和一纸留言放在桌上，惠民和他的行李已经不知去向了。惠民在留言上说他找到了份工作，住的地方也解决了，等工作有了眉目再和浩钧联系。浩钧把留言递给若桢，突然说：“你告诉我，是不是你说了什么，惠民才这么急着走的？”

若桢毫无防备地看着浩钧，竟发现浩钧脸颊发红，胸口急促地起伏，没想到他居然会如此动怒。若桢把留言看完，放在桌上，说：“你说这话，可见是要把惠民的走赖在我身上了。但这和我有什么关系。你倒说说看，这几天我招待的还不够好吗？”

浩钧还在生气，说：“如果没有原因，惠民断然不会这么着就走的，他一定会跟我们说一声。”

若桢想了想，试图缓和一下气氛，说：“也许是他找到了工作呢，明天和他联系一下。”

浩钧抢白说：“联系什么！哪里去联系？人家工作都丢了，借宿在咱们家几天你都不乐意！”

若桢瞪大眼睛说：“什么乐意不乐意的？惠民也是我同学啊！我还特意把我们结婚时的被褥拿出来给他盖，家里地方小，惠民他只能住阳台，总不能我们三个挤一张床吧——这难道也是我的错？”

浩钧摇头发狠说：“你就是觉得我做丈夫的没本事，家里地方小，不方便，才想要惠民走的，是不是？”

若桢惊讶地看着浩钧，这么冷冰冰的话还是第一次从他嘴里听到，若桢凄楚地冷笑一声道：“我就知道，你自己的兄弟比我都重要。好，我现在就去把惠民找回来，你跟他过日子去吧！”若桢说着，把刚脱下来的外套又披在身上，直接往门外走。其实若桢也明白，她去哪里找惠民呢？惠民这么不声不响地走，就是为了不让他们知道他的下落。但如果她不这么说，仿佛证明不了自己的清白和坦荡，好比任何人吵架的时候都要提高声音，嗓门大的人，似乎真理也的确站在他的那一边。

浩钧显然没有想到她会负气出走，顿时愣住了。若桢走到门口，一只手已经搭在了把手上，略一停顿。她分明是给浩钧机会，让他好冲过来抱着她，拉她回去。以往发生不快的时候，她也都是这么做的。可今天浩钧只是傻傻地看着她，动也没动。若桢气急，摔门出去了，屋子里到处是嗡嗡的回响。浩钧呆呆地站在门口，不由得又焦急又气愤。他实在不明白若桢为什么会发这么大的火，他以为他们两个在一起，永远都不会有这么激烈的争执。而一方摔门而去，更是结婚以来的第一次。

浩钧呆呆地站在门口，仍不相信若桢走了。他觉得他们之间没有什么事能导致分手，他对若桢说过，这个世界上只会有两件事把他们分开。第一件事是他们中间有一个人死了，这是没有办法的。另一件事是若桢不再爱他，不想和他在一起了，他便只有离开。可现在他和若桢都还活着，若桢也没有说不爱他，事情为什么会变成这个样子？这一切都是真的吗？她真的去找惠民了？她真的不回来了？浩钧如梦方醒，焦急地四下看去的时候，若桢真的已经走了。

浩钧急匆匆地下了楼。小区里几栋大楼黑压压地站着，家家灯火通明，只有他们家里黑黢黢的。传达室门外，一个门卫正在朝他这边看着，像是在笑，也像是在嘲讽。浩钧本想过去问问他，却实在羞于启齿。浩钧走进存车棚子里看看，若桢那辆蓝色的自行车还在，看来并没有远去。浩钧站在车棚里，昏黄的灯泡几乎垂到了他眼前，让所有的东西都变得朦胧而不真实。浩钧走在小区里，思索着若桢每一个可能会去的地方,尔后急不可待地跑去,然而收获的却都是失望。各种各样不幸的后果,小说上的,电影上的,电视上的,报纸上的,甚至别人口里描述过的,都一一出现在浩钧的脑海里,而那里边惨遭不幸的女主角无一例外竟都是若桢。浩钧恐惧到了极点,只有在原地方打转,仿佛一个陀螺,拿鞭子的人不知在哪里,但那一下下的抽打使得他只有不停地旋转、旋转,一刻都停不下来。

不知多久,浩钧终于迈开了脚步。但是去哪儿呢?他也不知道,既无方向也没有目的,仿佛一根风中忽高忽低的羽毛,不知要飞到何处,在哪里才能落脚。浩钧沿着楼后的小径缓缓地走,忽然想起来了有个地方他是没有去过的,当下里转过身疾步走,到了最后甚至是跑了起来。他想,如果若桢不在那里,他就会不顾一切地大喊起来,直到人人都把他当成一个疯子,大概那时若桢就会忍不住跑过来吧。

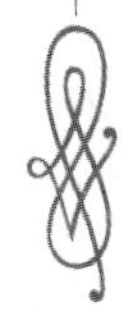

那是个很黑的地方。浩钧他们小区的楼房都有地下室,而且露出地面一个窗户,再上面就是一楼的阳台。在阳台底部和地面之间,有个半人高的空间,恰好可以容纳一个人弯腰进去,然后蹲在那里,外边的人如果不注意,是绝对看不到的。浩钧以前和若桢在楼下散步的时候,若桢就开玩笑说如果哪一天他们生气吵架了,她就躲在那里,不让浩钧找到。浩钧当时还说你真傻,把这里都告诉我了,还叫捉迷藏吗?若桢就低下头,好半天才说她是害怕浩钧太笨,会找不到她。浩钧记得他还装出来一副不满的表情。现在想起来,他可不就是最愚蠢的笨蛋,会连这个地方都没有想到!

果然,他看见黑漆漆的阴影下边有一双紧紧并在一起的脚,在湿黑的地上仿佛并排长出来的两粒小蘑菇。若桢就在那里坐着,早哭成了泪人,肩膀还在一抖一抖的。浩钧坐在她身边,试探地拉了拉她。若桢激动地把他的手打到一边去。浩钧安抚她说:“快回家吧,回家我再给你认错,好不好?”

若桢不说话。浩钧就拉拉她的衣角,这次她倒没有剧烈地反抗,稍稍抵挡了一下,就跟着浩钧站起来。浩钧问她:“你怎么会躲在那里?”

若桢呜咽着说:“我早给你说过的,一吵架我就来这里,可你根本就忘掉了。”

浩钧觉得好笑,又觉得愧疚,便说:“好吧,我错了,我不该对你发火。”

若桢不说话。浩钧捉着她的手,陪着她在小区里走,不时有人来来往往,看见他们这个样子,都觉得诧异。浩钧说:“太冷了,还是回去吧。”若桢没有点头,也没有反对,只是朝前走。

快到他们的单元了,若桢忽然说:“惠民的事,我也很难过,但他走的确和我没有关系,我怎么会赶他走呢?”浩钧说不出话,只好一再地点头认错。若桢又说:“你这么说我,可见你是把我完完全全地当外人了,你的好朋友,我什么时候没有好好接待过?惠民丢了饭碗,抱着铺盖和他那块破匾到咱们家,我说什么了吗?我还不是热心地招待,你却说我赶他走,我冤枉不冤枉?”

浩钧扑哧一笑,说:“好了好了,再说就真见外了。”说着推她上楼去,边推边说:“呜呜呜,开火车,一开开到家里去,家在哪儿?住高楼。楼多高?有七层……”像是幼儿园的小孩子做游戏,连哄带骗地把若桢推到楼上,推进了家。

第二天浩钧到了单位,给惠民以前的宿舍打电话,管事的说李惠民搬走后就再没来过。浩钧虽然有所预料,但还是不由自主地惆怅。惠民会到哪儿去呢?茫茫人海,他仿佛一粒融化在湖水里的盐,可能永远也找不到了。想到这里,浩钧不由得打了个冷战。

这段时间报社里出了点不大不小的事。向林和老曹合写了一篇稿子,弄错了一个小数点,让相关的九局领导颇为不满,电话直接打给了报社领导。一层层查下来,错误正好出在向林身上。谁都想不到,像向林那样一贯谨小慎微的人,怎么会出现这么低水平的失误呢？幸亏老曹门路多，托人给九局领导说了说，请当事人吃了顿饭。又在报纸上给人发了勘误的启事，人家也就没有再追究。反过来让办公室回请了老曹他们一次，说是不打不相识，以后联系起来就是熟人了。老曹虚惊了一场，居然化险为夷，觉得做了一件很有面子的事。毕竟那边是一个厅局级的单位。

其实说实话，九局也不愿就这么和报社闹得生分，这年头谁会因为一个小数点得罪媒体，无非想借此建立个长期的联系，以后碰到关于九局的采访时多关照一下。危机化解了，老曹和往常一样四处“酒精考验”，而向林却惶惶不可终日，总以为九局的人不会放过他，甚至人家请他吃饭都推辞不去。老曹面子上挂不住，亲自来找向林，他赤白着脸一推再推。当时组里许多人都在场。起初还以为是向林生性内敛，再加上刚出了事，所以不愿见人。向林越推辞，老曹就越坚持，讲到最后，向林竟脱口而出说：“我说什么也不会去的，我怕他们在酒菜里下毒！”老曹一下子蒙了，说：“你，向林你说什么？”向林的脸色灰黑，眼仁通红，急促地重复道：“饭里有毒，他们会下毒的。”老曹气得浑身打战，一拍大腿说：“好，我不怕死，我自己去中毒去！”说着一甩袖子走了。大家面面相觑，谁都料不到向林会如此说话，也都料不到事情竟是这么个结局。老曹在报社多年，是资深的高级记者，领导都让他三分的，却蓦地在个部聘记者面前碰了钉子。这事立刻传开了，正式记者们觉得向林太逾规越制，部聘记者们惟恐引火烧身，就都敬而远之，向林在报社的日子便越发微妙了起来。

这些事浩钧都是知道的。不过他也只能抱定了旁观的态度，在圈子外边看，没有什么牢骚和感慨。向林以前还肯对浩钧说些什么，讲点郁积在心里的话，可那次被打之后，他们反倒疏远起来，似乎他一见到浩钧就不自在，恨不能变成个透明人不让浩钧看到。想到这里，浩钧不禁一声叹息，家庭、事业、生存，向林肩负的责任太多了。而在如此巨大的压力之外，他究竟能享受到、能体验到多少生活的乐趣，他究竟曾看到过多少生活的希望呢？答案恐怕只有他自己清楚。浩钧收拾了一下思绪，眼前的事太多了，不容他过多地为旁人浪费心神，何况，明天就是若桢的生日。

十三

若桢已经三十二岁了。一想到这个数字，若桢的心情就会黯淡下来。浩钧却全然没有注意过若桢对年龄的恐惧。生日那天，他显得比若桢还要兴奋，而若桢却总提不起精神，默默地随着他走。这时一个小花童从他们身后跑过来，举着一束硕大的百合花，说："叔叔，给阿姨买一个吧。"

阿姨？

若桢怅惘地一笑，都有人叫她阿姨了，于是更觉得苍老，没好气地说："不要。"

浩钧奇怪说："为什么不要？多少钱？"

"八十，您要的话，六十。"

若桢见浩钧已经把钱包掏了出来，立刻推着他边走边说："你傻啊，那么一点花就要六十，干脆抢劫算了。"

"咱们又不是天天买，今天是你三十二岁大寿啊。"

若桢更加不开心了，黑着脸一句话也不说。浩钧意识到说错了话，只好讪讪地赔笑。不一会儿，那个小孩子又跑过来，喊着："阿姨！阿姨！"

若桢真的有点气急败坏了，冲着小孩说："我说过了，不要！"

小孩吓了一跳，怯生生说："那边一个叔叔说，他送给你的。"若桢朝那边看过去，一个高个的男人正朝她挥手笑，竟是孝桐。

若桢的脸一下子雪白。她对小孩说："我不要，你把花还给他。"

“可人家给了钱了!”

若桢颤着手掏出钱,塞给小孩,拉着浩钧就走。小孩莫名其妙,大声喊:“阿姨,你的花!”浩钧懵懂地说:“若桢,你没事吧。我怎么看着那人,像是林孝桐?”若桢突然大声说:“我不认识什么林孝桐,我们回家!”说着,一串泪珠噗噜噜地掉下来,转过身便走。浩钧随着她走出去很远,情不自禁地回头看时,孝桐在那边似乎也在愣愣地朝这边看着,他手里那一大束百合花仿佛一个巨大的白炽灯,照得他的身心和四周的一切无比苍然的雪白。孝桐知道,他真的是彻底在若桢面前失败了。

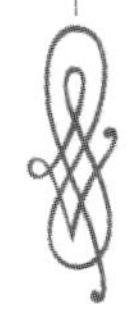

孝桐在原地踯躅,悲哀地看着若桢走远。他忽而想起来第一次见到若桢的情形。那是在她大二的时候吧,想想看,已经是八年前的事情了。八年的时光啊,一个人的青春就这么过去了。

回到家里,两人默默地做饭、洗漱,早早地休息。不知多长时间过去了,浩钧忽然叫道:“若桢!”若桢扭头,她的脸上全是泪水。

“你怎么了,为什么总不说话?”

“不知怎么的,一见到林孝桐,我就忍不住地懊悔。”

浩钧傻傻地紧张道:“你懊悔什么?”

若桢低低地说:“我自然是懊悔曾经和他在一起,做了那么多的傻事。”

“可林孝桐那么有钱,他买得起一大束的百合,我就没有。”

“他的花是买来的,他自己没有。可你看看我们家阳台上,那么多的花,都是我们自己养活的,它们比什么都要好。”若桢这句话是实实在在地说给浩钧和她自己听的,既得安慰浩钧,也要说服自己。

浩钧轻轻地叹气说:“我就恨我没有能力让你生活得更好。你是我最亲近的人了,你跟我在一起,如果还不能让你幸福,那我活着还有什么意思?我倒情愿你离开我,生活得更好一些。”若桢静静地流着泪,把脸埋进浩钧的肩头,说:“我知道,我都知道。”浩钧感觉着肩头上濡染的那层哀怨由浓变淡,继而变成了淡淡的欢欣。仿佛一团凝固的油墨渐渐化解,直到再也看不出来,可这需要多么巨大的容器去承载那些稀释悲痛的幸福。以前浩钧总是想,只要有爱就有幸福,这就足够了,别的都不太重要。但现在,他越来越觉得爱只是那个容器的底,虽然可以无限的大,但平平的一块并不能储积更多的快乐。他还需要钱,还需要地位,还需要许多许多别的东西来把爱包围起来,这样才可以不让聚集起来的幸福四散流走,化作一场空梦。

结婚几年来,每到失眠的时候,浩钧就侧过身去看着若桢的脸,觉得一切都像是做梦。他时常问自己还能不能让她活得再开心一些,再幸福一些,让她的烦恼少一些,笑容多一些,满足浓一些,失意淡一些。每次想到这里,浩钧便陷入一个又一个从喜悦到焦虑的轮回之中。若桢对生活从来没有抱怨,她在浩钧面前的欢乐多过于苦恼,可浩钧本能地感觉到,她并没有找到理想中的美好,他们在一起的生活过于平静和操劳。若桢越是对生活毫无所求,浩钧就越觉得对不起她。他明白只有两种人才会对生活无所欲无所求,一种是什么都得到的人,一种是什么都没有的人,若桢自然不会是前者。也许正因为她渴望得到的一切都那么虚幻而遥远,她也就放弃了去想,不再去追求了。浩钧总害怕所有的幸福都是短暂的,他们这一刻的喜悦会在一瞬间变成凄苦,幸福仿佛蜡烛的火苗在熄灭前的奋力一跳,不过是暂时的回光返照所带来的一丝明亮和眩晕。

黑暗里,似乎所有的东西都在单调而缓慢地响着。闹钟、水管、窗外的雨、人的呼吸和心跳。到了最后,连世界都静寂在这一片缓慢之中了。

第二天,仍然是周而复始的上班、下班,仿佛从一个镜子里出来,又钻到另一个镜子里面去,走出走进都是陌生而熟悉的自己,一点没有改变，匆忙而永无休止。许久之后的一个傍晚，浩钧在公交车上打盹，一个熟悉的声音响起来："先生，这种洗发水您要不要试一下？"浩钧悚然地睁开眼睛，惠民坐在他身边，拿着瓶洗发水，一脸坏笑地看着他。

惠民新近找了这个活儿。照他的话说，这已经是他干的第八个工作了。离开浩钧家后，他先是在一家速递公司找了个速递员的活，干了几天觉得不能适应，立刻辞职走人。后来做文案，漂亮的女经理跳槽后换了个秃顶胖子，对一个小女子青睐有加，处处挑惠民毛病，惹得他大闹一场后也离开了。再后来他卖过保险，干过咨询，送过报纸，甚至当过"胡喷"——替办假证件的人往墙上喷电话号码，差点被警察逮住拘留起来。最近一个比较正规的职业是一个广告公司的策划，月薪八百块，还有业务提成。至于做这个洗发水完全是"废物利用"，惠民说反正坐在车上也是闲着，找人侃几句大山，胡乱填个表就能换来钱，何乐而不为，说不定还能认识个刚进城的美貌村姑，结下来一段姻缘呢。

浩钧非要他去家里坐坐，惠民笑道就此打住，他是没脸见老部下若桢了，想当年他是主席她是部长，现在整个世道都变了，小兵倒比领导还风光些，唉，仰天大笑出门去，我辈岂是蓬蒿人。临分手的时候惠民给他留了地址，浩钧问他最近缺钱不缺，惠民吐了口烟，是本地产的廉价货，呛得浩钧连连咳嗽。惠民说钱这东西没个够，一月三千多也能不够花，一月三百块却也饿不死，咱们都是穷哥们，就不说钱了，后会有期吧。等惠民下了车，浩钧才想起来手里填好的表格，应该能给惠民带来几角钱的收入。浩钧急忙朝车窗外看，惠民正和一个女孩子攀谈，讲着手里的洗发水，滔滔不绝的样子像是当年竞选主席时宣读施政纲领。浩钧大声喊着惠民的名字，挥着手里的表格。惠民急忙跑过来，车却开动了，浩钧手一松，表格飞了起来，惠民扑了个空。浩钧透过后窗户看去，惠民扬着头追赶着飘扬的表格，忽而向南，忽而向北。他仿佛是个刚刚学会走路的小孩捕捉蝴蝶,跌跌撞撞地跑来跑去追逐。

不久就是圣诞节。若桢和浩钧说好再去那个面馆吃顿“大餐”,也算是洋节中过。浩钧下了班赶到面馆的时候,若桢已经在那里等了,正细细地擦座位,抬头看见他,禁不住一脸的笑。两人的牛肉面刚端上来,门口就进来了一个人,土黄色的鸭绒袄,戴着淡绿色的毛线帽子和围巾,眼镜上一团的雾气,忙不迭地拿出纸巾来擦拭。若桢立刻高兴地叫起来:

“文燕!文燕!”

浩钧背对着门,没有看到文燕,却明白地感觉到她的目光打在了脊背上,顿时感到焦灼难忍。文燕似乎踌躇了一下,在若桢身边坐下来,笑意殷殷地说:“小两口下馆子呢,怎么不在家做?”

若桢笑道:“圣诞节嘛,咱们这是西洋节日,民族过法。你怎么在这儿?”

文燕说:“我就在附近做家教,今天晚了,到学校恐怕赶不上食堂,就来随便吃一点。”

浩钧终于找到了插话的由头,笑着道:“真巧,想不到能在这里见面。”

文燕也笑道:“是啊,可不是真巧。”

若桢说:“文燕你吃什么?今晚我们请你。”

文燕听她说“我们”,眼角蓦地耷拉了一下,说:“我一碗面就可以了,要小碗的。”

若桢笑道:“你的饭量不大啊,我都要吃一大碗呢,跟浩钧一模一样。”三个人各怀心事地笑起来,牵连得笑容也迥乎相异,好像一个花盆里长出来三种不同颜色的花。

若桢和文燕一句一句地拉着家常,问她有男朋友没有,研究生的功课忙不忙。文燕一直在笑,好像她除了笑再找不到更好的事情可以做。若桢对文燕说:“说实话,我可真羡慕你,不用工作得这么辛苦，还能安心读书。”

文燕轻轻笑道：“读书算什么，没听说女孩子书读得越多，越嫁不出去。”

若桢便笑起来：“嗳，浩钧，你听听，咱们的才女想嫁人了。”

浩钧觉得非常难堪，只好勉强地笑着点头，却一句话也说不出来。文燕拿筷子拨拉着面条，一颗心早碎了无数次，仿佛被撕裂成了一根根的破布条，杂乱地堆在一起，到处都是断了的头绪。席间若桢去了洗手间，气氛忽地静谧下来。浩钧和文燕两个人面对面坐着，仿佛中间隔着一湾浅浅的河水，似水年华就这么一点一点地流淌过去了，连一朵浪花一点水声都没有。浩钧问她：“一切都好吧。”

“是的，都还好。”

“出来做家教，回学校的路上要小心些，毕竟快过年了，别出什么意外就好。”

“我知道。”说着，文燕便低下头去，再也不说话了。过了一会儿，她抬起头来说：“我看到你和若桢能这么好，我真的很高兴，真的。”说完自失地一笑，说，“看我都说些什么呀，好像我原本并不希望你们好似的。”浩钧也酸酸地笑了。那笑容沉重得仿佛一块脱落的岩石，铿然地砸在桌面上，让他们两个人都悚然地一凛。

出门的时候，外边下着大雨。文燕没有带伞，望着外边厚厚的一层雨幕，神情一片茫然。若桢就对浩钧说：“我带的有伞，你去送文燕回学校吧，我自己回家就可以了。”

浩钧看着她，说：“你真的有伞吗？”

若桢笑道：“你这话真奇怪，好像只有你听天气预报似的。”

浩钧是带着伞的，他摩挲着伞把，看着窗外的雨，手足无措。两个和他的生命有关的女人就站在他的身边，仿佛船上的两只桨，他简直不知道该去划动哪一只，所以他这只小船一直在水面上打着转。

文燕说:“真的不必了,我可以打车回去。”

若桢执着地说:“雨这么大,何况出租车也不让进学校的,还是让浩钧送你回去好些。”

文燕怔怔地看着外边,不知是看窗外的雨幕,还是借着窗户的反光看着浩钧。窗户早被雨丝打湿了,累积的雨水正一滴一滴地流下来,画出来一条条的水纹。玻璃上映着的三个人脸倒像是都在流着泪。文燕无声地笑了,她倒没有流泪,或许她的泪,都化成了窗外的雨,洒遍了整个城市。

文燕看见浩钧握着伞,另一只手却和若桢紧紧地握在一起。文燕绝望地回头,这情形倒比外边的大雨更容易把她仅有的温暖驱赶走。文燕便把围巾紧了紧,朝浩钧一笑道:“你们真的不用麻烦了,今晚是平安夜呀,应该是你们两个爱人守在一起的。”

若桢也是一愣,还没来得及再挽留,文燕已经冲进了雨里面,厚厚的雨幕顿时把她紧紧地围了起来。她的身上一定全湿透了。正好一辆出租车停下来,文燕进去,转眼间融化进那铺天盖地的雨里。

浩钧怅然地看着外边,所有的喜怒哀乐在这扑面而来的雨里都变得模糊起来,一切恍如隔世。若桢推推他,说:

“咱们走吧。”

浩钧茫然地打开伞,罩住了他们两个,一起迈步走进无穷无尽的雨中。

到处都是水。仿佛所有的一切都被雨水浸泡着,只有伞下这么一小块晴朗的天空。两人肩并肩在伞下慢慢走着,雨滴扑打在伞上,又顺着伞的龙骨流下来,把浩钧的肩头打得潮乎乎的。两人走了一段沉默的路,这路是如此的看不到尽头。浩钧终于忍不住说:

“其实,我有一件事瞒着你。”

若桢笑道:“你不说我也知道。”

浩钧骇异地看着她。若桢说:“你是不是要对我说,文燕喜欢你?”

浩钧倒踌躇了,他本来下定了决心要把一切都告诉给若桢的,但她这么平静地讲了出来,却让他不得不斟酌起来,不要让她误会才好。若桢低着头,挽住了浩钧的胳臂,说:“其实大学的时候我就知道了。文燕不是给你写过一封信吗?这件事我听说过的。”

浩钧只觉得这是他感情生活上惟一的一个秘密,也是他一直以来企图保守的一个秘密,居然在好多年前已是尽人皆知了,原来所有的人都知道了,惟独他蒙在鼓里。浩钧惭愧而不甘地问:

“你是怎么知道的?”

若桢笑道:“上大学的时候,每个人都很难逃脱别人的眼睛。尤其是恋爱中的女孩子,根本用不着别人去揣测,她脸上都写着呢!”

浩钧忍不住说:“你们女孩子全是间谍,真可怕!”

若桢说:“可怕什么,再说我也不是女孩子,都三十多岁的人了。”说着,轻轻叹了一声。

浩钧抬头看着远处的路灯。灯光蒙着水雾,变成了一个柔柔的椭圆形的小月亮,不高不低地悬着。浩钧说:“我对你可是一心一意的。”

若桢笑道:“我知道的。其实,我也瞒了你一件事。”

浩钧惶惑地问她是什么。若桢把头靠在他身上,轻轻地说:“傻瓜,我们早上一起出门的,你难道不记得了吗?我根本没有带伞。”

浩钧这才明白,刚才他面对着多么狡猾的一个测验,如果他信了她的话,真的送文燕回学校了——浩钧不敢再想下去,只有紧紧地抱着若桢的肩膀。也许受到伤害只有文燕,浩钧哀哀地想,真对不起她了。可是又有什么办法,大概人都是自私的吧。他恨不能用最歹劣的词来诅咒自己,借此将心中的块垒一点点地消融。他也只能企求上帝，让这个消融的过程不要那么长久。

若桢和浩钧去年春节就说回老家看看浩钧父亲，因为有事没有成行，今年一早就开始准备，买了很多杜老先生喜欢的东西，笔墨，宣纸，茶叶，还给街坊亲戚备下了礼品。春节回家前，浩钧甚至开始发愁如何带着这么多东西赶火车了，但左思右想砍去哪一件都不甘心，只好向若桢求救。若桢连连笑他自讨苦吃。不料到了腊月二十八这天，小两口还没动身，杜老先生却到了。

杜老先生不是一个人来的。与他一起来的还有学校的校长和教导主任。他是几个月前累倒在讲台上的。送到县里的医院诊断后，大夫只说病情很严重，还是到省城的大医院去确诊一下。校长就劝他到省城看病，他不想麻烦儿子和儿媳，便推辞不去。苦挨了两个月后，他又一次昏倒在讲台上，这次却是谁也不敢再耽误了，不再征求他的意见，直接送到了省城。

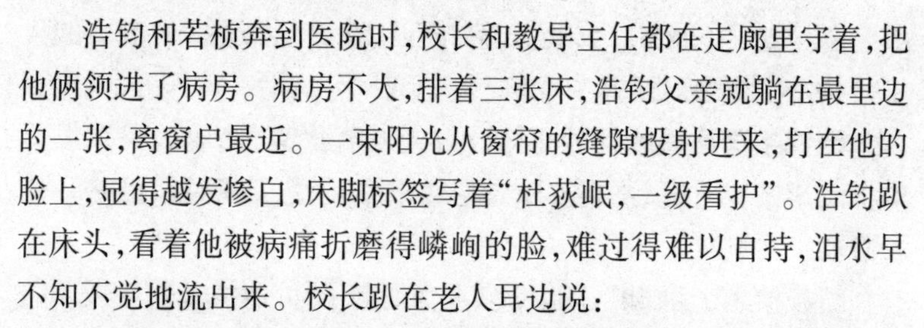

浩钧和若桢奔到医院时，校长和教导主任都在走廊里守着，把他俩领进了病房。病房不大，排着三张床，浩钧父亲就躺在最里边的一张，离窗户最近。一束阳光从窗帘的缝隙投射进来，打在他的脸上，显得越发惨白，床脚标签写着“杜荻岷，一级看护”。浩钧趴在床头，看着他被病痛折磨得嶙峋的脸，难过得难以自持，泪水早不知不觉地流出来。校长趴在老人耳边说：

“老杜，你儿子，浩钧，还有你儿媳妇都来看你了。”

荻岷睁开了眼，幽邃地看着浩钧和若桢，说出来的却是一连串的咳嗽，仿佛一根绳子牵着他的肺，每次抽动绳子，都会拉起来让人心脏收缩的咳嗽声。静默了一阵，校长说：“咱们先出去吧，等这瓶药输完了，再来看他。”几个人来到走廊，校长从怀里摸出来一个信封，对浩钧说：“学校里还有一摊子的事，我和展主任得赶紧回去。这是五千块钱，有学校出的钱，也有老师和家长凑的一些。学校也很困难，过年的工资都发不全。你们先用着吧，不够我们回去再想办法。”浩钧木然地接过钱，又把钱递给若桢，要她收好。若桢还要请他们吃饭，校长摆手说：“两个孩子的心我领了，你们还是省下钱给老杜做手术吧，我们赶紧走。”

浩钧交了住院费用，五千块钱眨眼间便花去了一多半。大概在医院里花的钱，都跟卫生间里的手纸一样不起眼。回家的时候，浩钧看着满屋子花花绿绿快乐的年货，整整齐齐地堆着，拥挤地等待上路。浩钧触物伤怀，忽然失声哭了起来。若桢揽他入怀，陪着他一起掉眼泪。两人便在凄冷的屋子里绝望地相拥而泣，一直到泪水流干。

医院的诊断结果很快出来了，确诊是肺癌的晚期。医生把浩钧叫到一边，对他说手术与否，对病人的意义其实都不是很大了，但手术还是能带来一线希望的。在深圳打工的姐姐连夜赶到了省城，他们一起商量后，觉得无论如何还是要手术，那是他们的父亲啊。他们已经没有母亲了，绝不能眼睁睁地失去父亲，不去做一丝的挽留。

准备手术的日子是暗无天日的。若桢拿出来所有的存款，加上姐姐打工攒下来的，不到三万块钱，而手术费还有好几万块钱的缺口。消息传出去后，在省城的同学都默默地送来了钱，虽然是杯水车薪。文燕来了，看着昏睡在病床上的老师，她泪流满面，走的时候给若桢一个信封，里面装着一千块钱，那是她全部的积蓄了。就连惠民也送来了五百块钱，并且主动要求来看护。惠民来的时候骑的是人力三轮车，原来他上班的那个广告公司一夜之间倒闭了，连当月的工资都没有发。他现在的工作是给燃气公司送煤气罐，同时还给一家熟肉店打工，早上用三轮车拉生猪，白天操刀卖肉。浩钧疲惫地震惊，拉着惠民的手，一句话也说不出来。两个年轻的男人各有各的难处，仿佛囚牢里隔门相望的旧相识，又凄凉又惊惧。浩钧非要将钱还给他，惠民坚决不要，他说他没有多少钱，有的只是力气，然而这年头力气是最不值钱的，说的时候神情凄凄。最后，惠民蹁腿上了三轮车，不由分说地走了。浩钧握着那五百块钱，久久地伤感。

浩钧整日奔波在单位、医院和别人家里，向每一个认识的人借钱。甚至向林、徐老师、小彭小高他们，都沉默地拿出来或多或少的钱给他。浩钧觉得他与街头乞讨的人没有什么差别，只不过他穿的更体面一些，索求的也更多而已。手术费终于勉强凑起来了，但也积累下了厚厚的一沓借据，像是一块方砖，死死地压着他的心。交完所有费用的那天，浩钧回到了家，呆呆地坐在床边，累得不想说一句话。姐姐在做饭，若桢要去帮忙，却被赶了出来，姐姐说："你是要到写字楼里面上班的白领，这些家务事还是我来做。"若桢拗不过她，只得出来，坐在浩钧身旁。浩钧看着她，皴裂的嘴唇翕动道：

"让你受委屈了。"

若桢的眼泪一下子流出来，摇头说："我没什么，真的没什么。"

浩钧显然不愿姐姐见他掉泪，拼命地去忍着眼里的泪水，但还是掉下来一滴，溅在桌面上，成了一个不规则的圆，中央还有一个浅浅的凹陷。

"为了这件事，我们又得回到刚毕业时一无所有的日子了。而且，还有那么多的债。"

若桢用手指慢慢地抿着那个圆，看着它变薄，直到再也看不到了，才说："那怎么会？我们现在有房子，有家，有爱的人，毕业的时候我们有什么？"

浩钧看着若桢黑漆漆的瞳仁，真想说："我算个什么男人，连一个最普通的生活都不能给你，还要让你回到从前。"这若干年来的苦，看来都白费掉了。而且未来的苦，竟是怎么也看不到尽头。他看着若桢，若桢也看着他，不知道他心里的话若桢究竟有没有听到，会不会明白。

姐姐、浩钧和若桢三个人轮流到医院去陪荻岷。所有陪伴病人的亲人都刻意地装出来无所谓的样子,企图做出一个病情同样无所谓的假象。但在病人眼里,这实在像是个小孩子的谎言,一眼就可以看破,却不忍心去戳穿。荻岷在病床上静静地等待手术。他不能不让孩子们这么做,他们是在用自己的执着来表示对父亲的爱,而他是在以承受更多的病痛来成全自己的一生。

每天的化疗让荻岷越发的瘦削,到了最后的日子,连姐姐亲手做的手擀面也吃不下了,只是喝了几口汤便推开了碗。手术的那天,三个人在手术室外,看着荻岷被医生推进去,尔后那盏红灯亮了起来。浩钧把脸贴在冰凉的墙壁上,滚烫的脸颊和墙壁相碰,似乎能听见水火拥抱的嗤嗤的声响。若桢过来,轻轻地把他拉回座位。他们三个人各自盯着一个地方,谁都不说一句话。其实他们都知道手术的结果会是什么,只是这事情来得太突然,太可怕,他们还来不及去想以后的事情。虽然一切都已经不可避免。

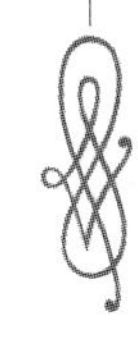

很快的,红灯灭了。

荻岷被推出来的时候,脸上蒙着一层白色的床单。

浩钧发疯似的扑上去,把脸和他的额头挨在一起,那里已经是冰凉冰凉的了。浩钧抓着他的手、他的腿和脚,把他的脚放在自己的怀里暖着。家乡的老人们都说,人死的时候身子要变凉的,而且是从脚开始变凉的。浩钧就拼命地去温暖揉搓他的脚,希望能让他重新温热起来,一边暖着一边喊着他,希望他走得不远,还能听到儿子的呼喊。所有的人都看着浩钧,听着儿子失去父亲时才会有的撕心裂肺的哭声。最后姐姐对若桢说:“咱们把他拉开吧,和活人在一起,阎王爷是不收的,人死不能复生,我们别耽搁了父亲上路。”若桢和姐姐一起扶着浩钧,把他和荻岷分开。浩钧看着那双冰冷而没有血色的脚渐渐离开,知道父亲已经不可挽回地远去了,终于眼前黑黑的一道闪电,整个人软绵绵地倒在地上。

丧事办完了,浩钧变得沉默起来。和若桢在一起的日子,他常常一句话都不说,只是呆呆地坐着,仿佛坐在那里的只是个泥制的雕塑,并没有语言的功能。若桢陪在他身边,从内心的最底部萌生出来一丝冰凉,慢慢地扩散到全身。夜晚,姐姐躺在阳台的简易床上,疲惫地睡了。浩钧和若桢并排坐着,翻着那沓厚厚的账目,床头的台灯亮着昏黄的光。浩钧念一个名字,若桢就记下来,把欠款的数目写上。浩钧从来不知道他居然认识这么多的人,有的甚至是第二次见面,却已经成了他的债主。若桢一笔一笔地写着,觉得身心都在急速地坠入深渊,只听得到耳边呼呼的风声,却看不见任何的东西,只有头上那一片光亮越来越小,最后变成了一个小小的亮点。这坠落的过程是那么的漫长而具体,一开始的惊惧变得淡漠,接着是木然,最后甚至急切地盼望与地面的撞击快点到来,渴求那一瞬间粉身碎骨的解脱。

他们都明白,在今后一望无际的岁月里,终日的苦难如影随形。

浩钧闭上眼睛,说:"你走吧。"

若桢不语,把账册合上,压在了枕头下边。

浩钧又说:"若桢,你走吧。"

若桢心里激烈地冲撞着,她从浩钧的眼里读到了哀伤和绝望。她和往常一样脱下衣服,躺下,竭力使自己平静地说:"这是我的家,你是我的丈夫,我往哪里走?"

浩钧摇摇头,听不清楚他咕哝了一句什么。灯灭了。屋子里的一切都被黑暗包围,若桢觉得她的心也阴冷起来。不就是几万块钱吗?这不算什么,真的不算什么,总会有还清的那一天,迟早而已,又不是永恒的苦难。若桢这样安慰着自己,像是一个对着残破的玩具哭累了,又幻想它能够被修好的小孩,多么的可怜而真挚。

姐姐要回深圳了。那边一起打工的姐妹打电话来,说如果再不回去,老板就会把她开除的。姐姐的工作是他们还清债务的一个重要经济来源，断然不能有任何闪失，所以她必须走了。临走的前一晚，姐姐做了一桌算是丰盛的饭菜，还破例买了酒。喝着喝着，姐姐就醉了。她拉着若桢的手说："若桢，真苦了你了，姐姐对不起你，这债绝不会要你们还的，只要有姐姐在，这么多的债就不会落在你和浩钧的头上。姐这辈子注定是要还债的。还了母亲的债，又要还弟弟的债，还了弟弟的债，又要还父亲的债。我什么都不说了，我只想求你和浩钧好下去，不要嫌弃他这个没爹没妈的人，姐也不能干什么，只能给你跪下，磕头了。"说着，姐姐扶着桌子，竟真的要给若桢跪下。若桢慌张地架着她，不让她的膝盖碰到地面，语无伦次地说："姐，不要这样，不要这样。"浩钧想起来为了找工作宴请薛老师后，在那个雪夜里和姐姐相拥而泣的场面。一切的记忆，不管是美好的，还是痛苦的，都像落叶般飘零在地下，都像炊烟般消散在风中，惟有流过的泪，在岁月里慢慢冰冻起来。有的变成了浊酒，又一次地麻醉自己；有的变成顽石，顽固地拒绝着新鲜的伤悲；也有的渐渐融化，回归于岁月的潮水。姐姐软软地躺下，脸上挂着傻气和泪珠，终于睡着了。她明天就要踏上南行的列车，这次一别，真的不知道何时才会再见面。

第二天早晨，姐姐很早就起床，动静很小地洗漱，整理包裹，惟恐惊动了他俩。浩钧和若桢一夜未睡，默默地起来帮她整理行李。姐姐执意把屋子打扫了一遍，烧开了一壶水。浩钧和若桢要陪姐姐去车站，姐姐却无论如何也不肯，说："今天是礼拜六，你们难得休息一天，好好歇歇吧。这段日子把你们累坏了，我一个打工妹，早习惯早起了。"

浩钧知道再说也拗不过她，只好说："那我们在窗户边看着你，记住要坐 802 路车。"

姐姐笑笑道："知道，你上大学的时候找你要坐 208 路车，工作了以后要坐 802 路车，对不对？"

浩钧点点头，努力地笑了一下。而若桢却忍不住呜咽，躲进卫生间压抑地哭了起来。姐姐站在门口,长久地叹息无语。

姐姐走了。浩钧站在窗户边,凝视着外边的街道,突然说:

“姐姐出来了。”

若桢快步走到浩钧身边,偎在他的肩上。姐姐背着大包裹,仿佛一只蜗牛拖着沉重的壳,努力地回身看,在密密匝匝的玻璃窗后边寻找着他们。她自然是看不到的,但他们却看得一清二楚,平添了一层无序的悲凉,仿佛被人打乱的一幅拼图,一地五颜六色的碎片。

802路车要停在马路对面,姐姐必须走远处的一个天桥。可是此刻对面,一辆802路车远远地开了过来,姐姐略一思忖,就横穿过马路,姐姐的举动好像往湍急的河流里丢了一块石头,立刻激起来一片水花。几辆汽车在姐姐身后急刹停住,司机从车窗里伸出来头,好像是骂了句什么。姐姐丝毫不理会,攀着半人高的隔离栏杆,艰难地翻过去,站好,转过身来笑着,还挥了挥手。浩钧分明看见了姐姐脸上的微笑,那种只属于弱势的小人物才有的,既狡黠又得意,又充满了凄楚的微笑。浩钧的眼睛里滑滑的,仿佛隔了一层毛玻璃,看什么东西都不再清晰。若桢突然抓紧了浩钧手臂,惊叫道:

“浩钧!”

浩钧眯着眼睛看去。只见姐姐还保持着半举的手和微倾的身子,直直地飞了起来,甚至在半空中还带着刚才的微笑,那么地清晰和自然。她飞起来的过程无比漫长,像是一个从高处掷出的纸飞机,慢悠悠地盘旋,慢悠悠地落下。不过姐姐一定听不到随之响起来的刹车的尖叫,那刺耳的声音一直刺进了浩钧的心里。凄厉的声音停下来,世界陷入了永恒的宁静。

紧张的手术抢救后,医生疲惫地告诉浩钧,姐姐的脊椎和小脑都受到了严重的损伤,虽然命保住了,但她却永远地睡着了,这一觉不知要睡多长时间,或许是一晚,也或许是一辈子。再没有亲眼看见最亲近的人遭遇不幸更能让一个人神志轰毁。短短的时间里亲人接二连三地离去，浩钧虽然不会再哀伤到晕厥，但变得更加的沉默。不知道的人谁也不能明白，他那样一个年轻的男人为什么要可怜巴巴地坐在那里，目光呆滞地盯着一个地方，许久不曾移开。

几天后，姐姐住进了康复医院。送她入院的那天，浩钧和若桢都去了。病房是长长的一排青砖平房，周围种着高高的树，还有一个简单的花坛。浩钧看着他们把姐姐推进了一个房间，门牌号是1035。隔着玻璃窗，浩钧见姐姐刚躺在床上，护士就把针头扎进了她的血管。是啊，姐姐要睡了，这瓶子里的药水，就是她生命的源头了。姐姐的护士姓陈，虽然年纪不大，但看起来非常干练，说话的节奏也很快，仿佛别人说话是边想边说，而她说话却是想都不想，有时说出的话自己都要再回味一下。浩钧带着崇拜的口气问她都得注意些什么，多长时间可以来看姐姐一次。陈小姐脆生生地说，如果没有什么事的话，家人不必常来，只要按月把康复费寄来就可以了。浩钧愣了一下，说请放心，无论多难康复费也一定会按月寄来的，病人就拜托给医院了。陈小姐大概也为刚才带着咝咝冷气的话感到不安，说照顾病人是我们的本分，这你们家属用不着担心，顿了顿，又说，即使一时交不上，医院也会给一个缓和期的，不会立刻就拔管子。浩钧深深地点头，又说了几句感谢的话，和若桢一起离开了。

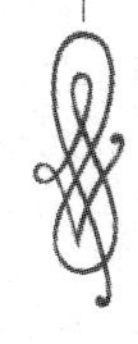

若桢一直站在浩钧的背后。她到现在还不能相信这一切都是真的。一个幸福家庭的破碎，原来竟是这样的容易。仿佛打碎一个广口的玻璃瓶子，里面装满的幸运星便洒落了一地，和满地的碎玻璃碴子掺杂在一起，再也无法聚拢起来了。在回家的车上，若桢和浩钧并排地坐着，两人没有靠在一起，像一根树干上生出来的两根枝桠，各有各的姿态和方向。浩钧第二天就要回老家去了。反正父亲和姐姐都不会再回去,旧居和里面的一些家具变卖之后,也是一笔收入。这天晚上,若桢斜靠在床头,看着浩钧把两件换洗的衣服塞进提包,动作僵硬而苍老,如同一个生锈的闹钟,齿轮艰涩地纠缠运转。

浩钧上一次回家还是在三年前,记得差不多也是这么个时候。那时他是带着要和若桢结婚的讯息,回乡给父亲报喜的。这一次回去,却是要把在故乡所有的东西都清理干净,换成或多或少的一沓钞票,再换成大大小小的药,来维持姐姐的生命。人还是三年前的人,但其他的一切都已经幡然巨变,不复有那时的快乐和期待。若桢感觉到两个人正一点点地疏远,这又使得她心肝俱碎。若桢下了床,默默地把他行李包里杂乱的衣服取出来,细细地理好,又放回去。浩钧停下来,看着若桢一件件地理着衣服。行李包中的物品很快井井有条了,而浩钧的心里异乎寻常地紊乱。若桢把东西整好,慢慢地把拉链合上。一个个小齿啮合的声音,像极了若桢远在思茅的母亲裁剪布料时发出的声响,刺啦——刺啦。她想,命运真的很可笑,看来母亲这辈子经历的悲剧,竟注定要在她的身上重演了,这是多么可怕而不可抗拒的一个轮回啊。即便是一枚小小的硬币都会有正反两面的不同,而她和母亲的生命,却是如此默契地相似,而且是如此地难以改变。

第二天一早,浩钧便要走了。他起来的时候其实若桢已经醒了,只是背对着他,幽幽地睁着眼睛,不让他注意到。浩钧轻轻地穿衣下床,简单地洗漱,提着门口的行李包,开门出去。打开门的那一瞬间他一定迟疑了一下,或许回头看了若桢一眼,因为门轴的吱扭声短暂地停下来,仿佛放电影的时候突然一片空白,稍顷,又接上了前边的段落。若桢一动不动地躺着,听着门轻微地合上,不禁慢慢地流下泪来。浩钧走了,但天还没有亮,正是一天里最黑暗的时刻。

浩钧走了。

在黑暗的浸润里，若桢想，浩钧永远不会放弃他的姐姐的，除非他先于姐姐离开这个世界。她一个人躺在床上，这段时间遭受了太多突如其来的打击，她的心早已倦怠以至于麻木了。浩钧多少次地对若桢说，他从小没有母亲，是姐姐照顾他长大的。他上高中的那一年，姐姐开始去深圳打工，从那年开始，他每年的学费和生活费全是姐姐挣来的，整整八年。姐姐一辈子里最好的八年，义无反顾地都给了浩钧。她直到现在也没有结婚，甚至连恋爱都未曾谈过。她为了弟弟和家，把自己变成了一个没有性别没有爱情的机器，只知道努力地工作，从一块块电路板里积攒对生活和未来的希望，而这些支撑她活下去的希望却没有一个属于她自己，对于一个人而言，这是多么可悲的事情。如今姐姐躺下了，浩钧怎么可能不去管她呢？她为他牺牲了那么多，吃了那么多的苦。

可是——

若桢真的不愿这么想，但是根本做不到，人的思维仿佛并不受理智的制约，越是不愿去想，却越是想得真切——可是，姐姐的牺牲，姐姐吃的苦，真的是与她无关啊。姐姐开始在深圳打工、给浩钧寄来学费的时候，她还在昆明上学，三个人足有数千公里的距离，而且从未谋面，那时候她完全不知道世界上有一个叫杜浩钧的人，更不会知道有一个善良伟大的姐姐在做着巨大的牺牲。可她的下半生，就要与这个长眠的女人所带来的沉重的负担和苦难，不可分割地联系在一起了，尽管这是她第一次见到姐姐。她必须这么做，因为姐姐曾经为一个叫杜浩钧的人做出了牺牲，而这个叫杜浩钧的人，是她的丈夫。多么奇怪而可怕的逻辑，但它又是这么顺理成章。好像苹果熟了会掉在地上，扉页翻过去后是正文，一切都那么自然，好像这层不幸本就是她人生书本上面的一页，命运早给她安排好了，只是她以前不知道而现在翻到了这一页而已。

若桢想，可是我爱浩钧啊，真的爱他。或许爱他就要承担他身上的一切，甚至他身边的一切吧。若桢不由自主地想起了思茅，在那座群山环绕之间的小城里，母亲默默地承受了几十年的苦难，不都是因为一个爱字吗？原来爱不但能使人快乐，还会使人如此痛苦，而且一痛苦便是许多年，甚至会是一辈子。若桢在床上紧紧地蜷缩成一团，仿佛流浪在寒夜街头的小猫。她从到昆明上学的那一天开始，就告诉她自己，再也不要过母亲那样的生活。十几年了，她一直在这么做着，处处小心，时时在意，刻意回避着一切可能到来的痛苦和危险。可她还是没想到，就在青春快要结束的时候，她的人生轨迹居然会遭遇如许的巨变。一时间生命中的一切美好都遽然逝去，突兀出来的全是让人心惊肉跳的不愉快。仿佛碧蓝的海水退却，留在光秃秃的沙滩上面的，却是些垃圾和砾石。若桢不愿去想，难道爱情真的要退却了吗？

以前若桢看过一本杂志，里面有文章说现在的年轻人大多是能够同享安逸，未必可以一起面对困苦。那时若桢还不以为然，以为只要有爱，没有什么能动摇她的。可是现在真的经历了这样的命运解体，她才悲哀地发现，连她自己也无法逃脱趋利避害这个人的本能，即便是有爱在。现在的一些女大学生为了少奋斗十年，几十岁的年龄差距都不放在眼里，又有谁责怪过她们——现在的人比以前宽容多了。她想起来在思茅上小学的时候，小城里每逢赶集，就会有一个流浪艺人来，弹着琴，唱几支暗哑的歌。每到这个目光忧郁的异乡男人来小城的时候，母亲总会带着她去，听着男人悲伤地唱着“夫妻本是同林鸟，大难临头各自飞”，若桢便看着母亲的眼泪刷刷地流下来，周围也是一片唏嘘慨叹。每次听完他唱歌回家，若桢总是以为母亲要离开她和父亲了，但第二天起床的时候，还是能看见母亲在小小的天井里，嘎嘎地踩着那个旧式的缝纫机。而宿醉的父亲，还在另一间房里酣眠，地板上一片狼藉。现在想想，母亲这一夜里要经历多少次反复来回的折磨，然而她最终还是留下来了。或许母亲在想，无论如何已经过了这么多年，姑且再忍一忍吧，说不定就会有命运的转机。是的，母亲在这条遍布着荆棘砾石的路上，已经赤脚走了那么久，已经磨出来厚厚的茧，再也觉察不出刺破脚掌的痛楚了。而若桢却是第一次面对着这条路，她细腻的脚心，能忍受住锐利切割柔软的那个瞬间吗？她在这条路的入口良久地徘徊，不知道是该勇敢地走下去，还是转身就跑开。

若桢迅速地憔悴下来，一如上一次浩钧回家的时候。在单位里的时候，同事们或多或少都知道一些她家的不幸，便好心地来安慰、劝解。这些热心的话仿佛黏合剂，短暂地愈合了若桢破碎的心绪。可一旦回到家里，看到那一片黑漆漆的屋子，没有浩钧，没有爱意，没有温暖，只有那本日历一样的账册，或者以后还有康复医院按月寄来的病情通报书，刚刚黏合的地方瞬间冰冻，变成了脆硬的一块，尔后铿然破裂了。若桢手里的包滑落于地，她怅然无序地坐在冰冷的床沿，缓缓地躺倒。

浩钧不在的时候，一切都是冷冰冰的，毫无生机。但浩钧一旦回来了，也会把长远的苦难带来，把她拉到母亲那样的生命里，不知何时是个尽头。若桢像是走在一个迷宫里，处处碰壁，又好像处处都有走出去的希望。若桢终于在迷宫一样的思绪里安静了下来，缓缓地睡着了。她仿佛又来到了那个白色的、很高很高的大厦的顶层。天空依然澄静而透明，四周还是亮得炫目，但看不到太阳。这次没有人来推她，而是她慢慢地朝前走，自由地看着两边的景致，随时都可以停顿下来。若桢最后还是站在了大厦顶层的边缘上，宁静的天空触手可及，一切都带着些眩晕。她突然听到有人喊“若桢”，那分明是浩钧的声音啊。她低下头，浩钧就在大厦的下面，抬头看着她，脸上带着两行泪水，伸开了两臂等她下来。若桢情不自禁地摇头，她很害怕，这大厦真的太高了，虽然有浩钧在下面。他又在喊她。若桢迟疑地站在原地，一动不动。良久，她忽地转身朝后边走去。这时不知哪里吹来了一阵风，把她树叶般地吹走，慢慢地飘着，慢慢地坠落。若桢就闭上了眼睛等着，一直到站在地上的时候，她再睁开眼，却是另外一个空间了。她回头望望来时的路，那里已然是苍茫不复可见，浩钧大概还在等吧，等着她从那个高高的大厦顶层跳下来，扑在他的怀里。

若桢从梦中醒来，梦境里的一切历历在目，如此鲜活而具体，仿佛真的发生过一样。若桢苦笑着想，假如世界上真的有那么一阵风，把她吹到一个完全未曾去过也未曾听说过的所在，那该是多么美好的事情。但是那只会出现在梦里。一梦过去，破碎了所有的虚空，真实的只有枕下那本厚厚的账册，在硬硬地坚挺着，无论是在梦境还是现实里，都从来不曾离去。

浩钧从老家回来了，变卖旧居得来的钱只够支付姐姐的手术费。以前的欠债依然如许，今后每月还要寄走姐姐的康复费。而浩钧每月的工资有相当多一部分偿还贷款，两人的收入这样左减右除地算下来，真的是所剩无几了。把第一个月的康复费送到康复医院后，两人都没有立即离开。浩钧在医院走廊的长椅上颓然地坐下，一遍一遍地摸着头发，那里已经一片花白。不知何时，岁月已经在这个年轻男人的头上涂抹了一层淡淡的白，然而在别人看来，这淡淡的白色却是如此的触目惊心。

若桢在外边的花园里面来回地走，她不知道在想什么，只是走来走去，走去走来，反复度量着从爱到痛的那段距离。她时不时地看一眼浩钧，透过花格子的窗棂，看得见他孤独而无助地坐在那里，一遍遍地摸着头发，仿佛教室里古老的黑板，每擦拭一遍，就有一片新的白线条出现，飘下来一阵雪样的粉笔灰。若桢慢慢地踱步，看着脚下暗红和蜡白两色拼接成的碎花砖块，有的是朵花，有的是个大大的字母，有的干脆是个毫无规则的几何图形。若桢看着这些图案，眼睛渐渐模糊，她的心绪又一次飞回了思茅。现在是下午，母亲应该把一堆缝纫好的衣服收拾在小推车上，吱吱呀呀地在石板路上走着，给顾客们送到家里。而父亲，或许虚弱地拄着拐杖跟在母亲后边，或许躺在长长的竹椅上思索那些她永远无法明白的往事。长长而狭窄的石板路上，阴湿幽绿地长着苔藓，母亲的小推车时走时停，细细的轮毂在石板上轻跳，直到把所有的衣服都送到顾客手里。母亲接过来几张毛票，再缓缓地转个身，顺着来时的路回去。家里，还等着母亲生火烧饭，尔后沏上一壶自产的茶，和瘦削的父亲幽幽地对面而坐。父亲精神好的时候，可能会把那把油亮的二胡拿出来，轻拉一曲，母亲便会醉在这雾锁河塘般的琴声里。酽酽的一壶茶喝完了，两人便默不作声地熄灯睡去，等待下一个黎明的到来。一切周而复始，一如人世间一个又一个平静的轮回。这就是母亲苦难一生后的所得。若桢仿佛已经站在了她家的窗外，看到那一盏小灯迟疑地熄灭，不禁良久地驻足，良久地叹息。

她从未这么清楚地意识到，这不是她想要的生活。

忽然之间，若桢觉得自己的双腿已经不听她的使唤了，她机械地走着，停不下来脚步。一阵恍惚过后，若桢惊讶地发现，她已经走到了浩钧的跟前，看着他花白的头发从指缝里滑进滑出，像是一片片雪花穿过树的枝桠，最后落在地面，她正一步步地踏在这不断累积的雪上，发出咯吱咯吱的声响。若桢忽然觉得非常的恐怖，她怎么会像一个幽灵，不声不响地来到浩钧身边呢？更加可怕的是，若桢清晰地听见自己对浩钧说：

"我走了。"

浩钧抬起来头。他的眼神是善良的，是疲倦的，是毫无防备的。

"也好，你先回家，好好休息一下。"

"我的意思是，我走了，就是从你的身边走了，再也不回来了。"

浩钧长久地看着若桢。他的眼神仿佛 X 光灯，照射得她只剩下一具空空的骨架。浩钧呆滞地看着她，看着这个可以如此冷酷的人，如此不愿一同患难的人。若桢被他灼热的视线看得体无完肤,简直燃烧起来,烧化成一堆白色的灰。

“好的。我一点也不会怪你,你的确没有必要陪我吃苦。”

若桢深深地吸了一口气,说:

“我的东西,我会搬走的。”

“不必了,我正要对你说,报社有个记者站缺人,待遇高一些,我已经报名了,很快就走。”他停了停,又说,“房子还是你的房子,你尽管住吧。什么时候离婚,也由你来定。”

若桢不知道再说什么,空荡荡的心里一片寂然。她转过身来,朝医院的大门走去,走着走着,她不自觉地跑了起来,仿佛身后有一只野兽在嘶嘶地叫着追赶。她竟然可以这么做,她竟然可以说出要和浩钧分手的话。那一句句话生冷得仿佛冰块,硬邦邦地砸在浩钧身上,生疼生疼的。而她,却这么决绝地跑开了,留下他一个人在那里品尝众叛亲离的悲怆。

若桢跑着,哭着,身边不时经过一两个白衣护士,吃惊地看着她。不知跑出去多远,若桢扶着电线杆停下来,浑身瘫软无力。她无比悲哀地发现,即使她能说出来这么绝情的话,即使她明白以后的日子具体而实在,即使她会有新的男朋友和丈夫,她的爱都已经在浩钧身上耗尽了,她再也不可能去爱另一个男人。若桢想,刚才说分手的时候,她的样子陌生而冷静,好像从来不曾爱过他,从来没有珍惜过他们的感情。或者她和浩钧的结合,本身就是一次失败的赌博,现在两个人都输得干干净净了,赌局也就到了尾声。

此后的一段日子沉默而抑郁。两人变得陌生起来,都没有再提离婚的事,虽然他们都知道离婚已经不可避免,仿佛水管里的水终究要流出来,或者是水流太慢,或者是水管太长,只是没有流到出口而已。不管浩钧是想痛心疾首地逃避,还是在默默地等若桢回心转意,他真的很快就要离开了。临近省城的K市记者站缺两个记者,报社理当派人填充。但K市是本省有名的穷市,生活条件差得很，虽然距省城不远，而且报社开出了很高的待遇，还是少有人愿意报名。谁愿意为了每月区区三四百块的补助费，就离开省城这片花花世界。浩钧便是这少数人中的一个。同行的报名者里，还有向林。

向林最近的境遇很不好。小数点事件过后不久，有人把他家的电话号码喷在了墙上，说是办理假证件，引来了很多无谓的电话，这使得向林一家不堪其苦。几天下来，向林脆弱的神经几乎崩溃了，和妻子散步的时候，他总觉得身后有人跟踪，对妻子说可能有黑社会的人在追杀他。妻子以为他在开玩笑，并没有太在意。这时正好报社需要人到 K 市去，他便报了名，希望能够在陌生的地方一切从头再来。这也许是向林最后的机会了。

然而事情就在这个时候发生了变化。本月的末位淘汰表上，向林的名字是最后一个，按照社里的规定，连续三个月排在倒数第一的记者，下个季度是要自动离岗的。末位排名表发到组里的那天，向林正在外边跑新闻，同事的心情都很沉重，他们明白这对于向林、对一个家庭而言意味着什么。表格被大家心照不宣地藏了起来，谁都不想再提。第二天同事们陆续上班，而向林像往常一样，早早来到办公室，打扫，整理，向每一个同事问好。他一脸谦恭的笑意让每个人都心酸起来。可是这就是生活，媒体竞争得这么激烈，报社也要生存，也要遵循优胜劣汰的法则。哪里都有自己的难处和游戏规则，谁都没有办法。

人事处送来了新的聘书。大家默默地接过来自己的一份。其实有人离开并不是新闻，但向林显得与众不同，他的年龄实在是太尴尬了。四十岁不到，既不像事业有成的老记者，可以安享年轻时奋斗的成果，也不比年轻人，有说走就走的资本。他本来就面临着事业黯淡的中年危机，如今却连这最后的一点底牌也不复存在了。向林痴痴地望着门口，眼见人事处的小姑娘踩着高跟鞋，笃笃地进门，又笃笃地出去，这才慌了神。他手足无措地翻着，一页页设计

好的选题和大纲滑落在地板上,又碰倒了茶杯,流了一桌一地的水。他慌乱地站起来,走到一个同事面前,颤着声音问他:

“我的聘书呢?”

同事深深地低下头,不敢看他。向林不甘心地又问道:

“小李,你见我的聘书了吗?”

小李把头扭到一边,眼睛和嘴唇都紧紧地闭着。向林一连问了好几个同事,无人回答。

向林自言自语说:“是人事处忘了,肯定是他们忘了,上个月我发了两个大稿呢,是不是他们算错了,怎么会这样? 我都和人家约好了,今天要出去采访的。”

向林说着,习惯性地背上采访包,踉踉跄跄地走出去。大家眼睁睁地看着他走开,谁都不知道他要去哪里。

发生这件事的时候,浩钧就在单位。他这几天一直在抢着值夜班,很少回家。若桢那天的话好像一把刀,生生地把他的心砍出来一个豁口,他不知道究竟还有没有复合的可能。浩钧现在是一个亲人都没有了。父亲不在了,姐姐长眠不起,若桢也要离他而去,仿佛茫茫太平洋里的一个孤岛,四面望去,都是深不可测的悲凉。一个人惨痛到了极点,反而记不得那许多悲哀的事了,他想,去到K市好好工作,每个月把房子的贷款和姐姐的康复费挣出来,多少还有点节余。再省下来一点慢慢地还债,总有还清的一天,无非是日子过得艰难一些而已。而让他心神不定的,却是若桢迟迟未提离婚的事。她和以前一样回家,做饭,休息,没有什么不同,而且晚上两人还是睡在一张床上,只是手不再攥在一起。浩钧几次想问她,但又不知道如何开口。终于有一次,两人灭了灯,钻进各自的被窝,若桢问他:

“去K市的事情定了没有?”

浩钧呆呆地说:“定了,下个礼拜就走。”

浩钧想,或许她该说离婚的事了吧,这一去不知要几年,早些了断也好。黑暗之中他感觉到了若桢的身子在颤抖,霎时间另一种想法呼啦啦地萌生出来,难道她真的会回心转意?也许是这几年来的欣悦和平静,会多少给她一点留下不走的理由和勇气吧。

若桢开口说:“非要去那么远吗?”

浩钧没料到她会这么说,随口道:“不远,骑车快一点的话,五六个小时也就到了。”

若桢淡淡地一笑,说:“难道你要骑车去?”她摇摇头,继续说,“我们的事……”

浩钧失望地想了想,说:“你来定日子吧,我配合就是了。”

若桢深深地出了口气,说:“几年的感情,你就这么放手吗?”

浩钧多想对她说,他是这么地爱她,而至爱是永远无法释手的,他怎么会舍得离开她,他只是不想让她陪着他吃苦。浩钧苦笑说:“夫妻本是同林鸟,大难临头各自飞,感情大概已经是过去时了,未来还远着呢,你还年轻,的确没有必要为我牺牲。”

若桢的眼里一下子充满了泪水,她怔怔地看着浩钧,明白那天的话伤害他太深,现在他是彻底地瞧不起她,宁肯独自走下去也不愿再和她牵手了。“夫妻本是同林鸟,大难临头各自飞”,那个流浪艺人口中的唱词,她是从小就听过的。以前她总以为母亲会离开父亲,但直到现在他们还在一起。她也曾固执地以为她永远不会离开浩钧,可是现在竟走到了分手的边缘。命运真是一个奇怪的、难以抗拒的轮回。而且到了现在,倒不像是她在离开浩钧去躲避责任,而像是浩钧把她扔到了一边,一个人去承担起沉重的生活,相形之下,她是如此的渺小和卑劣。一种被抛弃的感觉充斥在若桢的心间,一个就是去吃苦都不想跟她同路的人,对她该会有多么深的成见和怨恨,而这一切,统统是她造成的。

浩钧马上就要走了,手头的一个选题还没有完成,这些天他都在加班加点地赶工。向林没有接到聘书的那天晚上,准确地说已经是第二天凌晨的时候,浩钧接到了若桢的电话,她的声音焦急而迷惑:“浩钧,刚才向林家里打电话找你,你快去看是不是出事了。”若桢多少知道一些向林的事,算是个听来的熟人,挂电话前她说:“我也要去,看能不能帮上忙。”

等他们赶到的时候,向林已经静静地躺在水泥地上,颈下一滩殷红的血迹凝固了,空气里到处都散发着腥甜的味道。楼下聚集了好几个同事,都是接到电话赶来的,默默地站在一旁,看着向林的妻子坐在尸体旁悲泣。

大约在凌晨一点多,向林从六楼的天台跳下,倒在这片冰冷坚硬的水泥地面上。谁也不知道他在天台徘徊了多久,他的心里经历了怎样的挣扎。他突然失去了自己的位置,尽管他还是个丈夫,还是个父亲。向林本来就是一个过着卑微的生活的人,他本来就十分的软弱。

若桢紧紧地靠在浩钧的身边,惊恐地看着地面上霎时间丧失生命的肉体。警察很快就来了,用一个黄色的带子把活人和死人隔开,法医上前简单地例行检查,闪光灯不停地闪烁。向林生前一定采访过跳楼事件,只是他一定没有想过,有一天他也会成为这种新闻的主角。警察拿了一些报纸把尸体覆盖住了。报纸上很快浸透了血污。浩钧看得很清楚,那是他们的报纸,说不定在某个版面上还有向林的稿子。而那些报纸此刻除了隔离阴阳两界之外,再没有其他的用途。浩钧明白,这份报纸正是向林曾经倾注了心血的,曾经引以为荣的,而从此以后,它上面永远不会再出现向林的名字。

向林死了。

回家的路上,若桢和浩钧坐在车里,下意识地保持着距离。他们仿佛两块磁铁,以前总是不顾一切地互相吸引,现在已然改变了方向,拼命地排斥和拒绝。若桢心里乱极了。她多想冲动地握住浩钧的手,告诉他她还爱着他,哀求他不要远离。但事实上她一直在沉默着,她已经被自己的冷酷控制了,温热的希望一点点地冷却

下来,直至变成一沱难以消融的冰凌。出租车在家门口停下,浩钧给若桢打开车门,说:

"你上去休息吧,单位里还有点事。"

若桢顺从地下车,看着他回到车里,消失在苍茫之中。

夜色狰狞。苍黑的天空距离她这样的近。若桢孤身一人站在凌晨的寂静里,不复知道身为何人,所在何处。

十四

离开省城之前,浩钧去看了惠民一次。惠民住的地方在一个都市村庄,那天正好有警察排查,见到衣冠不甚鲜明的人就拦下来,三证不全的一律送到收容站去。每到年底年初公安局和城管部门都会有这样的行动,浩钧还采访过他们,也就不以为意了。环顾四周,这样的地方浩钧是熟悉的,刚毕业的时候,他也在这种地方呆过。后来结婚、贷款买了房子就再也没有回来。如今他就要离开了,再次回到这里,心情实在是有种殊途同归的黯淡和落寞。

浩钧找到了80号院,门口有个女警察坐着和房东聊天,见浩钧过去就问房东:"这个是你的房客吗?"房东摇摇头说不认识。浩钧说明了来意,房东呵呵笑起来。女警察问她笑什么,房东好一阵的咳嗽,却对着浩钧说:"那个李惠民,是你的同学?"

浩钧莫名其妙地点点头。房东又问:"你们,都是大学生?"

浩钧越发不解,说:"是啊,都毕业好几年了。"

房东拍着大腿笑道:"你的同学现在恐怕在艳芳肉食店呢,就在这条路走到头,左拐的那个。"

艳芳肉食店的门面并不大,里外两个小单间,外边临街,里面住人。浩钧进门的时候,惠民正和一个毛巾包头的女人合力抬着半拉子生猪,吭哧地叫着号子。一个小男孩大声说:"要什么肉?"

浩钧愣了一下，说："惠，惠民？"

惠民昂起头来，惊讶地看着浩钧。两个男人的眼神交织在一起，陌生人一样地互相打量着，震惊而心酸。

惠民瘦了，但气色很红润，说话和以前一样洪亮而快。浩钧的脸色却是苍白的，仿佛剔净了肉的白骨。惠民让浩钧坐下，招呼那个毛巾包头的女人说："艳芳，这是我的兄弟，杜浩钧，我跟你说过好多次的。"艳芳早把毛巾去了，匆匆地梳拢着散乱的头发，说："是浩钧啊，你坐，你坐。"小男孩从里间探出头来，吐着半个舌头。艳芳一口当地土话，呵斥道："毛子！少捣乱！"浩钧谨慎地坐着，屋子里弥漫着生猪肉浓重的腥味。艳芳倒水，说："惠民，我去那边买点菜，晚上留浩钧家里吃饭。"惠民说："好，记着买酒，要白的。"浩钧想要拦她，艳芳已经疾步出门了。

惠民把杯子推到浩钧身边，说："先喝点水。你怎么找到这儿的？"

浩钧看见水面飘着一层淡淡的油花，仿佛轻轻一挑就能揭起来一个完整的圆，于是轻轻摇摇头说："你上次给我的地址，我一路找过来的。"

惠民端起杯子一饮而尽，抹了抹嘴角，说："艳芳这人很实在，我准备最近结婚呢。"

浩钧虽然猜到了几分，但还是震惊地咦了一声。惠民点了一枝烟，慢悠悠吸着，说："你咦什么？艳芳是个寡妇，守寡五年了，她今年三十六，比我大三岁，孩子也快六岁，该上小学了。"

浩钧不知道说什么，深深地点头说："好，好。"

"你跟若桢，过得怎么样？"

"不怎么样，比你差远了。"

惠民诧异地说："是吗？遇到什么问题了？"

浩钧继续摇着头，说："说不好，真的说不好。"

听了浩钧断断续续的讲述，惠民沉默了许久，说："我还以为若桢也是农家子弟,吃得了苦,现在看来还是我错了。其实你们结婚前我就该劝你的,咱们几个都是农村出来的,在省城混,一没根基,二没地位,赤手空拳想打天下,容易吗?贫贱夫妻百事哀,兄弟你也不要太放在心上。谁叫咱们爹妈都是农民呢?忍一忍,别想不开,日子将就着过吧。你看我,以前跟璇璇好,现在呢,跟艳芳好。不瞒兄弟你说,我还从来没有感觉过这么自在,这么舒服,这么痛快!以前我在学校混,在七厅混,把人格,把尊严都丢了。现在好了,靠一把子力气,靠起早贪黑,我不也在省城活得高高兴兴的?"浩钧不停地点头,说"好,好"。惠民说到兴奋的时候,腾地站起来指着墙,说:"浩钧,你看那是什么?"

浩钧顺着他指的地方看去。那块匾方方正正地挂着,大概有艳芳经常擦拭,几个金字熠熠生辉。惠民大声说着:"仰天大笑出门去,我辈岂是蓬蒿人!浩钧,你说我现在还是蓬蒿人不是?我想通了,蓬蒿人也好,西装人也好,只要想笑的时候能大笑起来,那就是高人!你说是不是兄弟?是不是兄弟?"

这时艳芳已经回来了,掂着几个装凉菜的塑料袋,还有几瓶啤酒。惠民皱眉头说:"怎么买啤酒?"艳芳抿嘴笑道:"我看浩钧是个读书人,哪像你是个卖肉的?还是啤酒好,都能喝一点。"惠民嘟囔了一阵儿,也就依了她。浩钧啜了一口茶,发现带着油花的水也并非无法下咽。艳芳下厨去了,很快端上来好几个菜,给两个男人倒啤酒。菜很丰盛,不乏红烧肉猪头肉之类,艳芳挑了几块放在浩钧碗里。浩钧照例是吃不惯的,筷子踌躇起来,惠民说:"浩钧不吃这些,我吃。"说着把浩钧碗里的肉又挑到自己碗里。艳芳嗔怪地打了惠民一下。浩钧笑道:"艳芳姐,你别怪惠民,他最了解我的,我的确吃不惯这个。"艳芳的脸绯红了起来,浩钧这才发现,艳芳居然是一个皮肤很细很白的女人,大概是因为幸福的缘故,她的脸上时常挂着微笑,更增加了她的妩媚。

浩钧端起来酒杯,说:"我马上就要去 K 市记者站了,可能赶不上你们的婚礼。我提前祝福你们,白头偕老,万事如意。”

惠民咧着嘴笑,重重地碰了一杯,一饮而尽了。艳芳激动得满脸通红,轻轻碰了碰浩钧的酒杯,说:“我是哪一辈子修来的福气,我是个寡妇,还有这么好的男人来照顾我,还有这么好的兄弟,我就是死也知足了。”说着把满满一杯酒一口气喝完,脸颊红得更加厉害,连连咳嗽。惠民哈哈大笑起来,浩钧看着艳芳和毛子,终于也笑了,他是真心地替惠民感到高兴。明天就要去 K 市了,能在省城度过这样愉快的一个临行前夜,不知道是一种幸福还是一种怅惘。快乐是有的,但这快乐都是别人的,仿佛大年夜流落在街角的乞丐,看着广场上人们放起来的一束束焰火,知道哪怕是这短暂的明亮和快乐都与自己毫无干系。

一转眼,浩钧到 K 市已经一个多月了。这里比省城落后了很多,工作轻闲而生活清苦。其间浩钧和若桢联系了一次,告诉了她地址和电话,若桢那边的口气还是淡淡的,没有提离婚的事。浩钧想,或许她已经在准备新的生活了,在她的身边,应该已经有了新的男朋友吧。她就是这么一个有心思的人。浩钧悲哀地想,那就这样吧,还是一切顺其自然好了。

那些日子一首歌正在流行,浩钧从来不在意这些东西,但是那首歌的歌词一下子打动了他。

我宁愿你冷酷到底
让我死心塌地忘记
我宁愿你绝情到底
让我彻底地放弃
我宁愿只伤心一次
也不愿日日夜夜都伤心
我宁愿你冷酷到底

请别再说，我爱你

浩钧一遍遍地听着，直到咸咸的泪流到嘴角。他何尝不是这样想。明知若桢的感情已然无可挽回，她为什么不再冷酷一些，直截了当地把一切都结束呢？对绝望的死刑犯而言，最痛苦的事不是子弹射入后脑勺的瞬间，而是等待行刑的过程，真的太过漫长。

记者站总共就两个人，另一个是站长老曹，他也在闹离婚，老婆跑到单位大闹了好几次，直闹得满天星斗。老曹不堪其苦，索性就来K市韬光养晦。K市虽然落后，但环境不错，空气也要比省城清新得多。记者站是长租了一家招待所的房间，招待所不在市中心，临近郊区，靠近一个天然的小游园，空气更是格外的好。老曹喜欢打太极拳，每天早上都要拉着浩钧一起出去跑步，打拳。浩钧来到K市一个多月，天天跟着老曹锻炼身体，精神气色都好了起来，早先灰白的脸色也日渐红润了。除去例行的采访，他们俩就整天呆在记者站里，天南海北地聊天，老曹喊浩钧老弟，浩钧开始还叫曹老师，后来也就老曹老曹地叫开了。日子一长，连浩钧这样的人也变得健谈起来。

老曹年轻的时候走南闯北，经历过很多事，也在基层呆过，讲起什么来都是一套一套的。浩钧本来还以为要天天采访，老曹就指教他不用这么拼命，少不了你的新闻。果然，几乎每天都有通讯员送稿件过来，而且都是老通讯员了，稿件一般用不着大动，署上“记者杜浩钧，通讯员某某某”后直接发回报社就是。浩钧颇不好意思，总以为是掠人之美，后来渐渐习惯了，反倒觉得侥幸，至少在这里要比省城轻松很多，连夜班也不用值了，还有补助费可拿。只是日子过得清苦，尤其是到了晚上更显得冷清，不像省城歌舞升平。那里的夜晚好像满汉全席，而这里则仿佛一大锅清水煮萝卜，清淡而无味，而且怎么也吃不完。

晚上两人都睡不着，就开着电视闲谈，往往一直聊到夜深。浩钧的事老曹也知道了,一再地感叹。在老曹眼里早没有了纯粹的爱情,什么单纯,什么付出,全是狗臭屁,无非是各取所需罢了。一旦发现缘分已尽,说走就走,用不着去找什么理由和征兆。老曹举例说他和老婆青梅竹马二十年,一天早上骑车上班的时候,突然觉得爱情没有了,就毅然提出来离婚,管她去不去单位里闹,反正他也没有对别的女人动过心思。老曹认为人生苦短,孩子也大了,趁着还能动弹多享受一下人生才对,何必总要一个家庭来束缚自己。不过听了浩钧的事情后,老曹先是惊讶,尔后又沉默了许久,缓缓地笑道:"看来,我是得改变一下自己的看法了。想不到这世界上还真他妈有动感情的人,还这么年轻。"

浩钧苦笑了一下,说:"动感情有什么用,还不是迟早要分手。我的未来太苦了,将心比心吧,若桢她这么想,其实也没什么不对。"

老曹嗤地一笑,说:"离婚?你老婆也想得太简单了。这债是你们夫妻关系存续期间欠下的,她离了婚也逃不掉。不过这样的女人你还是不要再招惹,一句话,她配不上你。你想想,你一个大学生,堂堂省城报社的编辑记者,她呢?除了你,还至少跟两个男人睡过,就算你觉得她还纯洁,至少她自己心里得有愧疚吧?家里出了这么多事,她一个女人不琢磨着怎么过日子,倒想拍拍屁股走人,你要是跟她离婚,真是便宜她了。你这个小伙子不错,我要是有个闺女,一定让她嫁给你。"

浩钧笑起来,说:"那你可要小心了,我可是欠了好几万的债,而且每月只有三四百块钱的生活费。"

老曹不以为然地说:"那算什么,你年轻啊,发展的空间大着呢,这就是无价之宝。有的是好日子在前边,还害怕挣不来钱,要不来女人?"两人便一起笑了。老曹笑得随意,浩钧笑得茫然。

跟老曹这么推心置腹地谈过之后,浩钧觉得一切都看开了。其实他就像一只冬眠的田鼠,窝在污浊的洞穴里久了,猛地被揪到雪地里，才发现外边的世界是如此清凉和新鲜。过了几天，站里有个材料要送到报社，老曹怕碰见老婆，就要浩钧去省城跑一趟。浩钧收拾了一下就出发了。

从K市坐大巴到省城，不过一个多小时。浩钧办完事才不到十点。部里只有徐老师一个人值班，见了他就说："你回来的正好，人事处那边要一份你学位证书、毕业证书的复印件，你正好给他们送去。"浩钧笑道："真不巧，我这一套东西都在K市呢，等回头再复印了拿来吧。"他心里总惦记着家，却又下不了决心究竟要不要回去，所以反应很迟钝，显得心不在焉。徐老师问他回过家没有。他就说还没来得及回去。徐老师说那还不赶紧回去看看，你离开这么久，不想老婆啊？浩钧看着她揶揄的笑意，慢慢地红了脸。报社的人还都不知道他和若桢分手的事，大概还都以为他们是同甘共苦的一对吧。

若桢不在家。

一切还是老样子，屋角堆满了换洗的衣服和方便面袋，看来她过得并不是很愉快。浩钧收拾着屋子。对他而言，这里的一切熟稔而苍老。他一直在劝自己要放手，让若桢走开，可这样的决心往往持续不了多久。当他又一次站在家里的时候，他无比强烈地感受到他对若桢的感情并没有变，而若桢也不见得已经完全不爱他了，他为什么要这么消极，一遇见事情就悄悄走开呢？他冥冥之中觉得结婚那夜的红线，已经把他和若桢的生命捆绑在一起了，无论谁想离开，不管走得再远，那根红线还是不会断的，因为他们曾经那样的爱过。

门开了，若桢站在那里，穿的还是那件白色风衣，脸色如衣般雪白。若桢提着一盒西红柿，一小把葱，呆呆地站着。

浩钧说："星期六还上班？"

若桢清醒了一些，说："没有，在家也没什么事，出去买点吃的。"若桢看着屋子里整洁一新，笑道："还是你会理家，瞧我，把屋子弄成什么样子了。”

浩钧的心霍霍地痛着，说：“我马上就要走，老曹那里还有事。”

若桢若有所思地哦了一声，不知她是释然，还是遗憾。

午饭很简单。吃完了，两人争着洗碗，客气得宛如两个陌生人。浩钧无意间碰到若桢的胳臂，她竟低低地叫了一声。浩钧诧异地看着她，问道：“你怎么了？”若桢把脸别向了一边，一句话也不说，泪珠却滚了出来。浩钧不由分说地捉住她的手，把袖子捋上去，一个惊人的淤青在雪白的小臂上，仿佛用毛笔画上去的。

浩钧叫道：“谁干的？”

若桢抽回了胳臂，说：“是我自己不小心摔的，早没事了。”

浩钧明明知道她在说谎，却无力再争执，只是说：“那，你以后小心点。”

若桢笑着点头说：“我知道，你在K市也保重。”他们两个像是偶遇的旅伴，在车上的时候无间地攀谈，下车的时候互道珍重，从此人海茫茫再不会相见。浩钧想，也许他们两个的列车真的已经到站了。

下午浩钧就要回K市了。若桢送他下楼。两人一直沉默着，谁都没有说话。到了街口，若桢忽地停下来，说：“对了，我去超市给你买点水果，可以带到路上吃。”不待他有反应就径自走开。浩钧站在原地，简单的行李放在脚下。若桢仍和以前一样，每次他出差前都要送他下楼，给他买路上吃的水果。可谁又知道这是不是最后一次呢。

一辆汽车停在浩钧身边，下来了一个矮胖的男人，头发很短，露着里面白色的头皮，两条眉毛黑而短促。男人本来已经擦肩过去，又折回来打量他一下，闷声道：

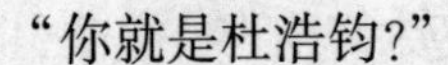

“你就是杜浩钧？”

浩钧点点头，微笑说："我是报社的杜浩钧，请问您有什么事？"

男人冷笑，冷不防扑上来，狠狠地撞在浩钧胸口。浩钧只听见闷闷的一声响，胸口一阵剧痛，站也站不稳。好容易扶着电线杆直起来，男人追上，一拳打飞了眼镜。浩钧顿时眼前模糊，鼻孔里流出腥甜的血，一直流到嘴里。

男人恶狠狠说："告诉你，赶紧跟裴若桢离婚！"

浩钧只觉得脑子里木木的，一切意识都不复存在，空白得仿佛呕吐后的胃。这时围过来一群人，男人激动地讲着："这小子，勾引我前妻跟我闹离婚！如今他又有新相好，不要我前妻了，还赖着不肯离，诸位给评评理，我打他应该不应该！"围观的人一阵惊讶的唏嘘。

浩钧也不知道哪里来的力量，疯了一样地冲向男人，跟他一起倒在地上。浩钧毕竟正年轻，和男人打了个平手，翻滚在地上厮打。人群围着他两个移动，时刻把他们围在中心，仿佛一个锅中滚动的汤圆，四周都是嗤嗤的水汽。直到一个声音响起来："住手！"浩钧和男人迟疑了一下，紧紧纠缠的手都没有松开。若桢脚下，鲜艳的橘子滚落了一地，好像满地跳动的舌头。

若桢已经泪流满面，拼命地拉浩钧。男人不依不饶地卡着浩钧的脖子，嘴里呜呀地叫。浩钧先松了手，男人趁他不备，冷不丁飞起来一脚。若桢不顾一切地挡在浩钧前边，那一脚正好踢在她的腰上，若桢叫也没叫一声便瘫软在浩钧怀里。男人冷笑道："小子，我告诉你，再缠着我老婆，我还来找你！"浩钧顾不上男人，急急地看着怀里的若桢，摸着她的额头和脸颊。若桢嘴唇毫无血色，慢慢抬起来手，有气无力地指着男人说："早就离婚了，是你来纠缠我的！"

男人说："离婚怎么了，离了婚也是我的女人！你跟他一天不离，我打你一次，两天不离，我打你两次，一直打到你离婚为止！"

浩钧明白了。可怜的若桢，在他离开的这一个月里，到底受了多少的侮辱和欺凌，而他却远远地躲在K市过着悠闲的日子。浩钧猛地抬头，说："你说，你到底想怎么样才肯放过她？"

男人嗤嗤地冷笑说："我要的简单得很。要么你跟她离婚，让她跟我过；要么你拿把刀来，老老实实让我砍十刀，要是你死不了，我就放过她，让她跟你！"

"你说话算数？"

"老子是爷们。"

"好，你等着。"

浩钧已经听见了自己血液沸腾的声音。他那一瞬间什么都记不得了，只想找到一把刀。他觉得这样解决问题真是太简单方便了，他现在还有什么牵挂，他怎么会怕死呢？他现在最不害怕的大概就是死了。他用力分开人群，冲回家里拿出把菜刀，扭头又回到人群中。离得很远就听见男人大声说："我什么没见过，就他一个小白脸，就为这个女人，给他十个胆子他也不敢！"若桢一味地叫着："你走，你走，我再也不想见到你。"还夹杂着哭声。浩钧提着刀朝人群里挤。他的样子一定很可怕，因为所有围观的人都惊叫了起来，惊悚地闪到一边。

浩钧把菜刀递过去，噌噌地脱掉了上衣，说："来吧。"他拍拍胸脯，又拍拍胳臂，像是在替男人挑选下刀的部位。

若桢死死地拦在浩钧前边，拼命地朝后推着他。浩钧一动不动地站着。他跑上跑下出了一身的汗，现在又是初冬，他浑身上下冒着白气，像是刚出锅的滚烫的馒头。

男人愣了一下，掂掂手里沉沉的菜刀，说："小子，想跟我玩这个？"

浩钧催促说："快点砍吧。"

男人慢腾腾地举着菜刀，额头冒出了汗珠。浩钧盯着那亮白色的刀锋，眯缝了一下眼睛。男人的手僵直着不动，迟迟没有落下。四周在一瞬间万籁俱寂,只有若桢大声的哭泣和喘息。浩钧告诉自己,他要让若桢明白,无论在什么时候,无论在什么地方,他都准备为她牺牲一切,哪怕是去死。

浩钧满脸的血红,把菜刀抢回来说:“你不砍,好,我欠你10刀,我自己砍。”说着照左臂砍下去。刀锋很快,收刀的时候血还没有涌出来,粉色的肌肉和血管都绽开了,仿佛切开了一块软软的豆腐。浩钧不等若桢惊叫,已经砍下了第二刀。这时血一点点涌着,几秒钟后一下子喷射出来,散成一片血雾。浩钧觉得眼前一阵眩晕,仿佛桌子被砍去了一条腿,站也站不稳了,所有的东西看上去都蒙了一层红色的轻纱。他的动作吃力起来,缓缓地抬起手,还要砍第三刀下去。若桢哭着扑过来,死死地拽住了他的手。男人脸上也溅了血珠,看着浩钧变成了一个半身血红的人,下意识地往后退。这时远处警车响了。浩钧挣扎地向前了一步,拦住男人说:“你记住啊,这是第三刀!”说着朝自己的肩头砍下去。男人哆嗦了一下,刚才气势汹汹的样子荡然无存,一边退着,一边指着浩钧说:“你自己砍的,不关我的事,不关我的事!”浩钧已经站不住了,身上三处伤口嘟嘟地冒着鲜血。他扶着若桢,慢慢地跪倒在地上,通红的眼睛盯着男人,说:

“你记着,我还欠你七刀,我一定当着你的面,一刀一刀地砍完。不过,你要是说话不算数,我砍的,就不是我自己了。”

男人的脸色苍白,一句话也说不出。若桢身上、脸上也都沾满了浩钧的血,白色的风衣片片血红。她的长发散乱着,美丽的眼睛里充满了泪水。她忽地疾步来到男人跟前,抬手啪啪地打着男人耳光。男人没有躲闪,脸颊很快红肿了起来,嘴角也泛着血沫。若桢一只手打累了,掌根变得青紫,便换另一只手来打。警察来到人群里,一人打电话叫救护车,另一个拉开了疯子一样的若桢。男人呆呆地站着。若桢声嘶力竭地冲他喊:“你滚!你滚!”男人的情绪在如此剧烈的冲击之下忽然崩溃了。他扶着车子蹲了下去,咧开了嘴，出人意料地大哭了起来，一边哭，一边拼命地捶打着自己的头。

浩钧住院的时候，惠民和文燕都来了。从表情看得出，他们也都知道了浩钧和若桢要分手的事，不过谁都没有提及。惠民正在筹备婚事。他和艳芳新近买了一辆二手的面包车，每天拉货、送货，俨然是个事业欣欣向荣的小业主。文燕还是老样子，眼镜上一尘不染，有着大学女生特有的那种健康的微胖。相比之下，若桢就憔悴多了，简直可以用形销骨立来形容。她坐在病床边，脸上苍白而毫无血色，黑黑的眼圈里是空洞的两只眼，仿佛一张白纸，用惨淡的黑笔画了两个触目惊心的圆圈。

惠民说出院的时候他开车拉浩钧回家。惠民开玩笑说别小看了他的破面包车，原先几趟才能拉完的货，现在一趟就成了，说着又打了自己一嘴巴，说我真是臭嘴，那时拉的是猪，现在拉的是人，没有可比性嘛。惠民一本正经地讲着笑话，几个年轻人却感觉到了一种凄然。这才毕业几年，每个人的命运就变得迥乎不同。有出人头地的，比如陈雪。有丢了饭碗的，比如惠民。有继续深造的，比如文燕。也有如同行尸走肉的，比如亚明——惠民找过亚明一次，六厅传达室的人说亚明悄悄地回老家了，再也没有回过省城，算是自动离职。至于若桢和浩钧，本来是所有人都看好的一对，以为他们一定可以走到底的，如今却也遍体鳞伤地坐在医院里，惶惶然面临着即将分手的结局。生活好像就是如此，你所欲所求的偏偏不来成全，而避之不及的却又接踵而至。求不得而达不易，大概这就是他们的宿命吧。

出院的时候医生说，浩钧起码要在家静养好几天才能上班，看来 K 市眼下是回不去了。若桢看了看浩钧，两人默默地点点头。医生不知道他们要分手了，还把他俩当做年轻的一对。这又让他们觉得凄凉。出了医院大门，惠民的那辆破面包车候在外边。回家的路上，惠民一直捣鼓着说话，浩钧和若桢却都没有兴致。直到进了家门，浩钧重新躺到了床上，惠民也告辞走了，若桢才问他：

“还疼吗？”

浩钧心里的痛楚远远大于伤口的牵连。他摇摇头说：“不疼了。”浩钧的身上整整齐齐的三处刀伤，缝好了之后像是三条趴在皮肤上的大蜈蚣，既扎眼又骇人。若桢帮浩钧脱了上衣，用热毛巾细细地擦着没有伤口的肌肤。浩钧费力地阻止，不料碰翻了盆子，淌了一地一床的水。屋子里立刻热气腾腾。若桢一笑：“你怎么还是这样倔。大夫说了，用热水擦一擦，促进血液循环，对伤口愈合有好处。”若桢的笑意惨淡而无力，仿佛一片不知何处飞来的羽毛撞在了窗玻璃上，改变了个方向，又继续随风漂泊下去了。

一切都是毫无预兆的，若桢突然停下来动作，说：“那个男人叫陈志强，和我结婚又离婚的那个，就是他。”其实这个用不着她讲，经历了那样的变故，浩钧岂会猜测不到。若桢也想到了这些，歉然地一笑，又说：“我和你结婚这么久，好几次想跟你说这件事，但是……”

若桢欲言又止，想解释什么，其实如果浩钧介怀的话，这种事再解释也没有用，可是浩钧并不介意也不好奇，倒显得若桢心里有愧。若桢停顿下来，看着浩钧。浩钧也在看着她。两人这么默默地对视。浩钧觉得周围忽而万籁俱寂，忽而夏蝉齐鸣，仿佛坐在一辆急速行驶的汽车里，车窗外一棵棵树、一片片田野飞快地朝后退去。每一棵树、每一片田野都像是他和若桢生活的一个个片断，片断与片断之间，是一块块空白。

若桢还是讲了下去。她和陈志强认识几个月后结的婚，婚后不久就离婚了。这段婚姻仿佛高高的烟囱里吐出的浓烟，倏尔散开，倏尔变淡，倏尔飘忽不见。而若桢和他结婚的目的很简单，“就是为了留在省城，不用被送回家乡去”。临近毕业的时候，像她这样为工作夜不能寐的女大学生实在是太多了，可供志强选择的余地很大，容不得她犹豫。有一次若桢甚至想，与其流落在社会上被那些大款老板包养起来做二奶，倒还不如名正言顺地嫁给志强，好歹是明媒正娶，好歹有盖着国家钢印的结婚证。两害并至选其轻，这或许也是人的一种本能。若桢讲到这里，擦了擦眼泪，说："所以，我和陈志强结婚了，那天是6月28号，我们离校的第二天。离婚之后我发现我怀了他的孩子，就去医院做了人工流产，你记得吗？那是毕业之后，我们第一次见面。"

浩钧怅惘地看着天花板。他想，若桢和志强的婚姻一定是不幸福的，否则不会那么快就离婚。但他们的生活究竟会有多么的不幸福，浩钧实在不愿去想，也不忍去听。他摇了摇头，说："若桢，那些伤心的事就不要再提了，何苦呢？都已经过去那么久了。何况，我看他也不会再来纠缠。多讲一遍，反倒会让我们两个都难过。"

若桢呆了。她本来有那么多的话想要和浩钧讲，但他似乎并不想听，再没有比这更让她尴尬的事情了。若桢蓦地感觉到丝丝的寒意，沉默了起来。

晚上，若桢抱了一床被子，蜷缩在客厅的沙发里。浩钧躺在床上。他们家很小，客厅和卧室其实只隔了一层薄薄的布帘，夜深人静了，甚至可以听到彼此的呼吸。浩钧从来没有像今天这么清晰而明白地感觉到他对若桢的爱一刻都不曾停下来。在康复医院的走廊里，若桢那么冷酷地对他说要走，再也不回来的时候；在艳芳肉食店，听惠民慷慨陈词的时候；在K市记者站的斗室里，老曹和他促膝长谈，戏论人生爱情命运的时候；他坐在开往省城的车里，思绪上下颠簸的时候；他挥刀砍着自己的躯体，任血肉与刀锋交错的时候，他都没有停止过对若桢的爱和想念。即使是他昏倒在地，失去知觉的时刻，他还是在爱着、在思念着若桢。就是他自己认为他已经彻底忘记了若桢，痛恨若桢的绝决和逃避的时候，若桢也还是站在那里，在一切思绪和悲哀的背后。

浩钧忽然有了一种冲动，他为什么不可以现在就站起来，一步步走到若桢身边,告诉她他的感觉呢?他不敢肯定若桢会答应一切重新开始,但至少她可以不再认为他已经不爱她,他们的感情真的已经无可挽回了。

若桢就在不远的地方,她的呼吸轻幽而浮浅,像一只停在荷叶上的蜻蜓。

初冬的夜风,在这个北方的城市里显得格外凛冽。风在窗外呜呜地打着旋,门和门框轻微地撞击,发出极度缓慢的,铿然的声响,“砰——砰——砰——砰”。

若桢掀开了被子,走到门口,推了一下门。砰砰的声音小了一些。可没等若桢躺好,砰砰的声音又响了起来,似乎比刚才还要更加厉害些。

“你还没有睡着?”

“这门,晃得真叫人心烦。”

“是啊,好像以前不响的。”

“你忘了,每到冬天一刮风的时候,这门总要响的。今年也真奇怪了,好像每个晚上都刮风。”

“你撕一张报纸,折一下,塞到门缝里,可能会好一些。”

若桢笑道:“是啊,我怎么没想到,这是个办法。”说着说着,若桢竟无声地流出泪来,被风吹后干结在脸上,皮肤一阵紧巴巴的难受。塞了报纸之后响声果然小了很多,窗外呜呜的风声却好像更加凄厉,仿佛因为钻不进房子而发着脾气。浩钧说:“每天拿报纸塞也不是办法,将来我买两根橡胶条,拿 502 胶水粘在门框上,估计就不会有事了。”这次若桢却没有搭话。屋子里随之而来的,是一片宁静的淡然。

浩钧失望地翻了个身,伤口一阵火火的感觉。浩钧忍痛没有出声。客厅那边鸦雀无声,好像连若桢呼吸的声音都听不到了。浩钧翕张着嘴唇,想要说的话终于没有能够说出口。他有点恨自己,为什么要提将来呢?他或许只能给若桢买来两根橡胶条,解决一下夜晚门响的问题而已，将来那么多黏稠的日子，他除了几万块钱的债和窘迫的生活，什么都不可能给她。这也难怪若桢一听到将来就默不作声了。

浩钧知道，若桢是从遥远的南疆的那个小村子里走出来的，她是个单纯的农家女孩。她所有的目的，都只不过想要自己的生活过得好一些，这又有什么错呢？她跟孝桐在一起，跟志强在一起，跟他在一起，都是为了让她的生活美好起来，不用再去重复一个农村女子的宿命。至于生活不尽如人意，只能是这三个先后跟她生活在一起的男人没用而已，若桢并没有错，所以她现在的沉默不语也不难理解。

浩钧想，明天就走吧，回 K 市去，若桢迟早要有新的生活的，他现在惟一能够做的，也只有安静地走开，不去做一块绊脚石。对于他这样一个两手空空，除了债务和负担之外一无所有的农家子弟而言，爱情真的是一种奢侈的消费，没有钱，就连爱情也维系不了多久。浩钧这么想着，慢慢地闭上了眼睛。

一层软软的布帘后面，若桢静静地站着。她透过两块布帘交错的间隙，看着床上的这个男人，这个曾经填充了她极度空虚的心灵，又将她的心再度掏空的男人。布帘轻轻地随风摆动，时而遮住，时而显露出浩钧的脸。他已经闭上了眼睛。

这个男人曾经用他自己胸膛的温度把她心里的坚冰融化了，但他一走，那块坚冰重新冻结起来，竟仿佛此生此世再也不会消融。若桢一次又一次地自问，到底还爱不爱浩钧。她忽然觉得爱这个字眼对她而言已经是一种奢谈。她今年不过 32 岁，而在她的生命里已经有过三个男人，有过三段迥乎不同的爱情故事。她似乎已经把毕生的情感和爱意，都付出在这三段感情之中了，仿佛一个空空的火柴盒，再也不会有瞬间迸发的光热。其实在离开浩钧的日子里，若桢也渐渐地想明白了。她并不是不愿去爱浩钧，而是不敢去爱。在她离开他的时候，他竟然不去做丝毫的挽留，任她从他的身边走开。她觉得浩钧对她失望透顶,因为她的自私、狭隘和冷酷。一个宁愿自己承担起所有沉重的负担,宁愿在她面前自寻死路,也不愿和她一起走、一起面对这些困难的男人,该会多么恨她,多么瞧不起她。

回想起和浩钧一起生活的这几年,他惦记最多的就是她有没有吃苦,有没有受委屈,一旦发现因为贫穷带来了些许的不快,他立刻懊恼不已,深深地自责。她离开他,对他而言是极不公平的,但是——如果她不顾贫穷和窘迫同他一路走到底,对她而言就是公平的吗?

爱,无比浓烈的爱,在随爱而来的痛苦里稀释成了平淡的水,慢慢地不再浓烈了。取而代之的,竟是化不开的苦涩。若桢哀哀地想,浩钧一定认为她是一个不会陪伴他度过生命中最长的一个寒冬的女人,与其说是她抛弃了浩钧,倒不如说是浩钧抛弃了她。她离开浩钧未必会得到幸福,所以这么做只会证明她的渺小和低下,而浩钧离开她却一定会遍尝生活的艰难,这反倒成全了他的人格和意志。若桢站在那层软软的布帘后边,羞愧难当。一阵窗缝里溜进来的轻风都可以把这层藩篱高高地吹起来,但对她而言它却又是如此坚固,如此不可逾越。它静静地垂着,静静地摇摆,静静地把若桢和浩钧分成了两个世界。

浩钧躺在床上,在爱与恨的反复折磨中强迫自己睡去,不要去干扰若桢对新生活的希冀。若桢则站在布帘后面,听着浩钧越来越平稳的呼吸,感觉到一波又一波汹涌的海水袭来,一直埋到了她的胸口,断绝了她最后一次试图挽回一切的努力。

很快就是黎明了。

快七点的时候,浩钧醒来。若桢已经在做早饭了。蒸鸡蛋的味道很浓,也很香,大概放了蚝油和肉松,这是他最喜欢的口味。若桢见浩钧下床了,忙说:“你忙什么,还早呢,你可以多休息一会儿。”

“你还是这么早就上班?”

若桢把蒸鸡蛋从锅里取出来,放在小餐桌上,笑道:“是啊,今天还要再早些呢,上午还有个会议,我得把会议室打扫打扫,好像纯净水也没有了,也得叫人送。”

“那你赶快去吧,我一个人就好。”

若桢犹豫着说:“那,我中午带点东西回来,你想吃什么?”

浩钧努力想了想,脑子里竟是一片空白,什么也想不起来了,就说:“你看吧,我这几天嘴里没感觉,吃什么都一样。”若桢看看闹钟,真的要走了,只好点点头。等她整理好了衣服,走到门口的时候,浩钧突然说:

“若桢!”

若桢愕然地转过身。十年来若桢在浩钧脑海中的所有印记潮水般涌上他的脑海,温暖,欣然,痛苦,悲哀——这些往事,若桢还都记着吗?

浩钧平静地说:“我抱抱你,好不好?”

若桢似乎在犹豫,也似乎在吃惊。她站在那里,一动不动。

浩钧有些蹒跚地走过去,站在若桢面前,说:“那,我,抱了?”

若桢还是垂着眼,没有说话。

浩钧吃力地抬起两只胳臂。有伤口的那条胳臂沉得厉害,仿佛一根细细的杠杆,一头轻飘飘的,另一头却挂着无比沉重的心绪。若桢闭上眼,感受着他的两条胳臂慢慢地在她背后交错在一起。一股医院来苏水的味道传过来,让若桢的喉咙又痛又痒。浩钧的身体并没有和若桢接触,只是做了一个大大的圆圈,把她娇小的躯体圈在里面,好像西式糕点上围着红樱桃的一圈奶油。浩钧忍着伤口抽搐时一波一波的疼痛,把脸凑近了若桢的耳边,轻轻地说:

“若桢,我在那边会好好挣钱,那些债早晚会还上的,你不要担心。”

若桢身子一震。浩钧用力地抱了抱若桢,松开了胳臂。

到了办公室，若桢的脸仍是滚烫得发红。好容易熬到了下班，若桢特意去了以前常去的面馆，要了两大份的牛肉面。面馆已经换了一茬服务员，新的服务员自然不认识她，还得把口味、要求一一再讲述一遍。若桢提着饭盒走出面馆，清楚地听见那个新来的小服务员跟人议论说："不就两碗面，几块钱的东西还这么啰嗦，嗤。"若桢发呆，最后惨淡地笑了一下，走了。以前那段日子，真的是一去不复返了。物是人非固然让人伤感，物人皆非就有些绝望了。若桢的心一下子好像是地震过后的城市废墟，到处是再也无法复原的瓦砾和残骸。

回到家里，若桢一边换鞋一边说："浩钧，我买的牛肉面，多放了胡椒呢。快来吃吧。"

屋里空空荡荡，浩钧并不在这里。

若桢惊讶地四处寻找。小小的房间里，根本找不到他的影子。床上倒是留着一封信，用一个小猪存钱罐压着。小猪的嘴巴夸张地张着，以前开心的日子都以为它是在开怀大笑，现在再想想，它未必不是在流泪。然而若桢已经来不及想这些了，她急匆匆地撕开了信封，抽出来信纸，果然是浩钧的笔迹。

若桢：

我走了。我想来想去，还是先回K市好一些。

现在是上午，家里只有我一个人。小区里大人都上班，小孩儿都上学去了，这里安静极了。只有窗口挂的风铃一直在响。昨天晚上我就奇怪，那么大的风，可风铃为什么没有响呢？今天我打开窗户看了看，原来是风铃的线缠搅在一起了，我把它们分开，真的，分开了就好了。你好像没有吃早饭吧？早上我头昏脑涨，连这个都没有注意，真该死。午饭就不能凑合了，我下去买了一盒番茄，给你做了盘番茄炒鸡蛋，大概你下班的时候会凉，稍微热一下就可以。你穿的衣服太薄了，那件白风衣倒还暖和，只是那天弄脏了，怕是洗不干净了。以后天气越来越冷，你一定要注意身体。说起来我也觉得自己很讨厌，明明你比我更懂得这些，却还忍不住再三地唠叨，真是讨厌极了，你说是不是？

这次回K市，可能有段时间不会再回来了。我上午跟惠民联系过，你有事就打他的电话，他一定会来帮忙。我们结婚的时候，你拿出来过一根红线。今天上午我找了找，找到了。没有经过你的同意，我就把它剪断了，半根压在你的枕头下面，另外的一半我带到K市去了。你是个聪明的人，你的未来绝对不应该是现在这个样子。在这个世界上一定有一个人，而且只有这么一个人，会和你走完一辈子的，以前我总想这个人就是我，但是现在看来，大概真的是我错了。

我们都是农家子弟，一无所有地来到了这个城市。这个身份让我们的奋斗比别人要艰难十倍，而且在付出了那么多的艰难后，得到的东西还未必一定会永远属于自己。我曾经希望我们两个可以一起闯出来一片天，但现在看来几成笑谈了，难道这就是多数农家子弟的归宿吗？我好像经历了一个从地下到天上，再从天上回到地面的轮回，结局是我必须一切从头开始。若桢，我不敢奢求你会等我，我只想在你有了新的家庭和爱人的时候，当你真正地脱离了农村带给你的一切烙印、融入了这个城市的时候，不要忘了这个世界上还有一个叫杜浩钧的农家子弟，虽然两手空空，但他曾经那样爱过你，现在远远地在一旁看着你，再不敢言爱，只是一种注视罢了。希望这样的目光不至于影响你新的生活，不至于让你讨厌和拒绝。

祝好！

浩钧　字

若桢看到信的最后几句，就好像浩钧正坐在她面前说话似的。然而浩钧已经走了。他留下来的这封信，好像一个薄薄的封条，封住了十年悠悠的岁月，封住了所有的爱、思绪，以及绵长的记忆。若桢慢慢放下信，坐在床上。若桢喃喃地说："浩钧，浩钧。"说着，不由得泪随声下。抬头看看窗外，一轮白日暗淡，不偏不倚地悬在窗户边上，工整而冷清，仿佛元宵夜没有点上蜡烛的白灯笼。

十五

浩钧到 K 市的时候已经是晚上了。一进招待所，服务员就递给了他一个纸条。纸条是老曹留的，原来他老婆又去报社大闹，社里领导不堪其苦，要他回去处理。算起来时间，老曹差不多和浩钧同时出发，同时到达。说不定在路上，两人的车还有交错的那一瞬间，只不过谁都没有心情去留意。

浩钧疲惫地放下了提包，感觉到手足无措。老曹此去省城，不知道何时才能回来，想不到回到 K 市以后，仍然是他一个人孤零零地面对一切。浩钧感到了从未有过的孤独和无助。他看着镜子里的自己，头发长而蓬乱，衣服也褶皱了，污迹斑斑，像一个长途跋涉的旅行者。难怪刚才进门的时候，前台小姐用异样的眼光看着他。一个多礼拜以前，他心怀忐忑地从这里出发去省城，一个礼拜后，他带着破碎的躯体和心又回到这个地方，而这几天里发生的事情，更像是一杯洒在伤口的烈酒，火辣辣地舔着裸露的皮肉。浩钧在房间里发了一会儿的呆，想起了徐老师说的事，就找出来学位证和毕业证，准备到外边打字社去复印一份，人事处已经催过一次了，明天还要特快专递送到报社去。临走时他摸出来那根剪断的红线，夹在了毕业证书里。爱情已经不复存在了，或许这里正是这段爱情残疾最好的归宿吧。

街上人比刚才少多了。浩钧把装着证书的档案袋夹在怀里，慢慢地在街边逡巡。这两个证书是他在这个社会上闯荡的基础和惟一的自信，简直比他的性命还要重要，想到这里，浩钧不由得又夹紧了些。出门之前他还感觉到饿，可一走在街上，饿的感觉就没有了，取而代之的是落寞和失意。冬天的味道越来越浓，或许现在已经是冬天了吧，可他还麻木着没有感觉。他忽然想起来好几年前，在他还没有毕业的时候，姐姐在省城请薛老师吃了海鲜，吃完之后，他们姐弟在黑黑的小树丛里相拥而泣。那时的姐姐坚忍而健康，现在，她只能蜷缩在床上，靠每天的药水来维持生命。来K市之前，他去过一次康复医院，没有见到姐姐，据医院说是在进行一种特殊的治疗，疗程结束之后才能见家人。算起来春节前疗程也就结束了，那时他再回省城一趟，一方面和姐姐一起过春节，一方面和若桢办好离婚手续。前几天在医院躺着的时候，他梦见爸爸、妈妈。他们穿着熟悉的衣服，站在云端上问他，孩子，咱们这个家散了吗？浩钧说，没有，没有散，我和我姐姐都好着呢。说完这句话，浩钧就醒了，脸上潸潸的都是泪水，怎么擦也擦不干净。他已经没有了爸爸、妈妈，眼下连若桢也要失去，如果再没有姐姐，他在这个世界上就是名副其实的孤家寡人了。他也曾经想过，实在熬不下去的话，就拔管子吧，让姐姐在睡眠中去和爸爸妈妈团聚。但他转念又想，如果躺在病床上的是他，姐姐会不会也这么想呢？他再清楚不过，姐姐是绝对不会这么做的。浩钧也明白，他无论如何都要让姐姐活下去，等到重新醒过来的那一天，哪怕因此要失去若桢——一想到若桢，浩钧的思绪就彻底凌乱了起来，仿佛清清亮亮的一杯水，一旦有几点墨汁滴进去，立刻就浑浊了。浩钧信步走着，路边彻夜不眠的路灯一盏盏地交换着他的身影，时而狭长，时而短得只有脚下黑黑的一团。走到一个路灯下，浩钧遽然清醒了过来，回头看看，招待所已经不知所在了。浩钧四下望了望，黑黢

黢的一片,不知道是在哪里。

一个声音响了起来:"站住!"

浩钧悚然地转过身。四五个黑影从黑暗中走了出来,都穿着制服,戴着大盖帽,但又不像是警察。浩钧略微松了口气,说:"你们是说我吗?"

为首的一个说:"就是说你! 暂住证你有吗?"

浩钧愣了一下,他是公派到K市来的,自然没有暂住证。浩钧想了想,说:"暂住证我没有,但是我有身份证,我是报社的记者,工作证还在招待所里,可以和你们回去取。"

为首的说:"那可对不住了,我不管什么记者不记者,没暂住证就是"三无",就得收容!"

浩钧吓了一跳,说:"我只是没有暂住证而已,怎么会是"三无"人员呢? 你们一定是搞错了。"

另一个人不耐烦道:"刘哥,看他穿得这么寒酸,头发乱得跟鸡窝似的,会是什么记者! 甭客气,先抓起来再说!"旁边的几个人附和着,已经动手上来了。黑暗中,几个人仿佛张牙舞爪的蝙蝠。浩钧被他们抓了起来,按住了胳臂,推进了一个白色的面包车里。

任何一个突遭变故的人都难免头脑空白。浩钧坐在面包车上,仍难以相信这一切都是真的。太离奇了,简直像是在做梦,而恐怕即便在梦中也不会有这样的情节。车内还有好几个人,大多是衣衫褴褛,脸色黯淡的,车厢里弥漫着一股衣物经年未洗的酸味。浩钧慢慢恢复了理智,他想,抓他的人一定是搞错了,他是大学毕业生,有正当的职业,还是省城报社来的记者,无论如何不应该被当做"三无"人员,待会儿一定要向他们领导讲明。浩钧这么想着,心里却紧张起来,身子不听话地颤抖。

面包车一直开到城郊,在一个大铁门前停下。深夜,星子黯淡,脚边的小草上正蓄着露水,浩钧一脚踩上去,差点滑倒,有人一脚踢过来，骂道："怎么，还想跑?"这一脚正踢到浩钧的腰间，踢得他踉踉跄跄地跑了几步。面包车里下来的人都停住脚步，默默地看着他。一个穿制服的走过来，叱骂道："都快点走！这个不听话的，"他指着脸色苍白的浩钧，"关到单间去，看他老实不老实!"两个人上来，一边一个卡住浩钧的胳臂。浩钧大声地说："我是记者！你们放开我，放开我!"领头的一愣，说："记者?"浩钧拼命地点头。领头的嘿嘿冷笑起来："就是天王老子来了，也得服服帖帖，带走!"

大约凌晨三点钟，紧锁的小铁门开了，一道刺眼的光线射了进来。浩钧下意识地夹紧了怀里的档案袋，一双眼睛熬得通红，胳臂和肩头的伤口刺刺地痛。一个男人站在门口，面无表情地说："该你了，快点。"

浩钧站了起来，拼命地揉着眼睛。他跟着男人沿着狭窄的走廊穿行，两旁的斗室里，响着长短不一的鼾声和哭泣，整个走廊像地狱一样幽邃而深不可测。走廊的尽头是一个大一点的屋子，里面灯火通明，一整夜的烟雾都聚集在天花板下，像是一片极低的厚云，把灯光都遮掩住了。桌子上摆着一个花名册，后边坐着三个人，其中一个是刀条脸，疲倦而凶恶地看着浩钧，刺得他不由自主地蜷缩着身子。

刀条脸长长地打了个呵欠，说："你准备怎么办吧。"

浩钧迷茫地看着刀条脸。

刀条脸盯着浩钧说："你是第一次进来的?"

浩钧点头说："是。"说完随即后悔，着急说，"我是记者，省城来的，我是大学生。"

他注意到桌子后边的几个人飞快地互相看了一下，似乎都很惊奇，仿佛上流社会的淑女看见苹果里爬出来的一条肥白的肉虫。浩钧看到了希望，把手伸进怀里，摩挲了一会儿，终于掏出那个鼓鼓囊囊的档案袋，从里面抽出来毕业证书。枣红色的毕业证书上烫着金字。浩钧轻轻地抚摸着证书的封皮。这是他,他的父亲,他的姐姐为之奋斗和付出了无数个日日夜夜才得到的,这就是他的生命啊。浩钧虔诚而尊敬地举着毕业证书,朝前边走了两步,把证书放在桌子上,仿佛旧式祠堂里的孝子贤孙在给祖宗上祭品。

浩钧说:“这是我的毕业证书。”

浩钧又从档案袋里掏出学位证书,同样轻轻地放在了桌子上,说:“这是我的学位证书。”

浩钧充满了期冀,看着桌子后边的刀条脸。他想,这是最能证明他身份的东西了,他是大学生,是学了四年本科毕业的学士,他并不是那些没有暂住证,流浪在城市角落的农民工和盲流乞丐。这些证书只是在求职的时候用过,想不到今天它们还会派上用场。

刀条脸撇拉着嘴,拿一根被烟熏得焦黄的手指拨拉着证书。浩钧心里一阵发紧。他实在太心疼证书了,他从来没有这么藐视、轻薄地对待过它们,甚至不小心碰到一点灰斑都要赶紧掸掉,何况是这么不爱惜地拨弄。浩钧情不自禁地上前想把证书要回来。刀条脸的手砸在证书上,说:

“你是大学生?”

浩钧只好说:“是啊,你没看见证书上写着的吗?”

刀条脸说:“你是农村来的吧?”

浩钧愣了一下,说:“是,我是从农村考上大学的。”

刀条脸得意地嘿嘿一笑,说:“哈哈,我说呢,搞了半天,原来他妈的还是个农民!”

这句话好像渔夫手里的鱼叉,一下子击中了浩钧这条慌不择路的小鱼。浩钧脸上一下子血红。刀条脸晃着两本证书,朝身边的人说:“大学生怎么了,学士怎么了?狗屁!小子我告诉你,甭说你这两本证书是真是假,就算是真的,你和隔壁关的那些农民,那些盲流,那些要饭的叫化子统统是一号货色!上过大学就了不起了,就不能是‘三无’人员了?你生在农村,一辈子都还是个农民!”

刀条脸把证书不屑地朝后边一扔,如同扔一个焦黑的烟蒂。两本证书像沉入黑夜的两只巨大的蝴蝶,扑啦啦飞到后边的墙上,又落在墙角里去了。刀条脸冷笑着把桌子上的电话朝浩钧一推,说:“赶紧打电话叫人来,三千块钱,有钱就放了你!”

浩钧静静地呆住了。须臾,他发疯一样地跳了起来,朝墙角冲过去。两个人上去拦住了他。浩钧拼命地叫着:“证书!我的证书!”刀条脸呵呵地笑了,俯身捡起来两本证书,在浩钧眼前晃荡。浩钧死死地往前冲,两个拦他的大汉竟然很吃力。浩钧叫着:“你们放开我,放开我,你们这是犯法的!”刀条脸诧异地笑了,说:“法?老子就是法,你信不信?”说着,他轻轻地朝证书上吐了一口烟,接着把灼红的烟头靠近证书,慢慢地转动。白色的证书内页很快变得焦黄,随即就有了一个黑黑的小洞,一股青色的烟袅袅升腾起来,伴随着一股油墨和胶质燃烧的气味。浩钧看呆了。就在这一愣神的工夫,证书上已经有了一个豁亮的小洞,红红的烟头黯淡了下来,灼穿了整个证书。

刀条脸哈哈地笑着,他周围的人也一样哈哈地赔着笑。浩钧突然挣开了两个大汉的手,一头撞在了刀条脸胸前。刀条脸沉闷地叫了一声,倒在桌子边。浩钧抢着落在地上的证书,心疼地抚摸着上面那个并不规则的圆洞,上面还有一丝余热和结痂的黑皮,那根细细的红线还好端端地夹在证书里。浩钧的眼泪霎时间滚了出来。他已经许久不曾为了一件东西而落泪了。或许这证书已经不再是一件物品,而是他身体的一部分,是他生命的一部分。他曾经把所有的期望,把全家人的幸福都捆绑在它身上,他以为这就是他一生幸福的所在,是他摆脱农村生活惟一的跳板,但在眼前这些人的眼里,这不过是薄薄的几页纸而已,丝毫没有特殊的地方,弃之,毁之,都可以率性而为,丝毫没有顾虑。豆大的眼泪滴在证书上,吧嗒吧嗒的响声在沉静的屋里非常的清晰,仿佛屋檐滴落的水滴,

用柔软的一次拥抱来消磨着坚硬的石板。刀条脸扶着桌子站起来,气急败坏地看着发呆的手下,几乎是吼着说:

“混蛋! 打,往死里打!”

屋子里顿时一片混乱。浩钧开始还能死死地把证书护在怀里,不知过了多久,他隐隐约约听见有人说:“算了牛哥,打死他不值得,还是要他赶紧找人找钱要紧。”这时他护着证书的手慢慢地松开了。谁会来救他呢? 妈妈死了,爸爸也死了,姐姐毫无知觉地躺在康复医院,就连以前发誓要不离不弃的爱人也要离他而去了。他还有谁? 浩钧在这个问题里面沉沉地轰然倒下,瘫软在地上。那两本被蹂躏得体无完肤的证书滑在地板上,像山体滑坡时跌落的石块。

浩钧在单间里昏迷了一天,醒来的时候又是深夜,小铁门紧锁着,狭小的窗户外边是很好的月亮。他试着活动一下手臂,有刀伤的那条胳臂沉沉地抬不动,另一条胳臂勉强可以举到下巴上,便再也举不起来了。背上、腿上、脖子上片片血液凝结般的疼痛,头发上也凝结着暗红色的血痂。浩钧挣扎着想坐起来,但身上一点力气都没有。浩钧跪下,把头拱在地上,一点点地朝墙壁那里爬、爬、爬,直到头碰到了墙壁,努力地转身靠上去。一阵伤口撕裂的剧痛传过来,眼前一阵金星闪耀。昨天发生的一切,他似乎都记不得了,究竟有没有给惠民打电话求救,也记不得了。

浩钧靠在墙壁上,浑身上下每一块肌肉都在疼痛,几乎难以自持。一股新鲜的血从头顶流下来,流过他的额头,在鼻梁的顶端滴了下来,滴到了嘴角,那里的肌肉本能地抽搐了一下。浩钧仰头看着上面那半张报纸大小的月光,剧烈地喘息。

不知过了多久,浩钧闻到了一股焦煳的味道。他下意识地循着味道看过去,只见门口有两个黑黑的小纸卷,旁边是一些灰烬的碎片,上面还有一个清晰的脚印。浩钧猛地想起了什么,摸了摸怀里,那个档案袋已经不翼而飞了。浩钧艰难地爬过去,头顶上滴下来的血在地上连成了一条血红的链子。浩钧爬到那两个小卷前，小心翼翼地翻开辨认。燃烧过后的东西变得脆而易碎，手到之处无不立时化成灰烬。浩钧更加小心地去端详另一个，果然在一个角上，看见了一个灼烧得面目全非的照片残骸。

浩钧一下子愣住了。

突然，他意识到发生了什么。他开始拼命地用手去聚拢那些灰烬和碎片。他幻想着它们不曾被烧掉，只是变了一个形态，变了一个模样罢了。它们还好好地在那里，在那个印着报社名字的档案袋里呢。浩钧的手上湿乎乎的，不知是滴下来的血还是眼泪。当他呆呆地看着那一小堆灰，看着那些黑色带着白边的灰烬时，他终于明白，它们再也回不来了，虽然毫无疑问它们的确属于他。就像妈妈、爸爸、姐姐，还有若桢。他们的脸庞从他的眼前浮现，变得清晰，又黯淡下去，渐渐远去了。他们一个个地出现，又离开。浩钧想，在他短短的这二十多年的生命里，多少人曾经来过，又走了，再不会见面。仿佛一辆行驶着的公共汽车，不过多久就停下来一次，上来一些人，下去一些人。下车的人还来不及走，新来的人已经占去了他们的座位，而原来的人只能在车窗上留下一个模糊的背影。所有的理想，所有的努力，忽然被炭化成了两截黑黑的物体。面对着刀条脸那样的人，知识、尊严和梦想等一切统统毫无价值。

浩钧把那一把把的灰烬塞进嘴里，焦苦的味道让他急促地咳嗽起来。他终于重新拥有了它们，再也不会失去了。这时浩钧的眼皮沉重了起来，他努力地睁大眼睛，朝前看去，越过那面黑黑的墙，外边是齐膝深的草地。若桢就在那里，坐在一个很有古典意味的椅子上边，她的脚垂在草丛上，穿的是粉红色缎子面的布鞋，一件水绿色的中式对襟短褂，绣着一朵不知名的干净的花，长头发扎到了脑后。惠民在一旁着急地对他说："你拿着话筒，蹲在人家前边……"不待他说完，浩钧已经慢慢地走过去，从惠民手里接过来话筒,蹲在若桢的膝盖前面,嗅着她身上幽幽的体香。那是十年前,他和若桢第一次见面的情形。一曲终结,若桢笑意盈盈地站起来,收了二胡。浩钧也站起身来,看着若桢悄无声息地走远了,体会着曲终人散的一刻。

夜黑如墨。浩钧靠在郊野的一个狭小的房间里,四顾空空,双目茫然。无数个生命在他的周围生长着,跳跃着,草长莺飞,一树苍然,四季无声流转。一些声音隐去了,一些声音响了起来。抽芽的声音,花开的声音,雪落的声音,树叶枯黄的声音,都震耳欲聋。远处汩汩地酝酿着一个雷,咕噜噜地走近,猛地一道闪电,那雷已经到了头顶,轰然地炸裂了。

浩钧突然像个猴子一样跳了起来。他抓着小铁门上的把手,剧烈地摇晃着,发出铿然的声响,在黑夜里非常地刺耳。不久,走廊的灯亮了,其他的房间里传出来含糊不清的叫骂声,一阵短促的脚步声响了起来,离浩钧越来越近,越来越近。就在小铁门刚打开的那一刹那,浩钧使尽了全身的力气,像农村里熟悉的大伯大叔训斥晚辈后生那样,用地地道道的家乡土话,对来人大声地骂道:

“妈拉个×!”

浩钧在一瞬间轻快了许多。他感觉到所有的毛孔都张开了,他幸福地闭上了眼睛。但是紧接着头部挨了重重的一脚,他顿时眼前一黑,什么也不知道了。那句粗鄙的骂人的脏话,好像是无意间包含了对生命的讽刺与感慨,不需要更多的语言、更多的诠释。

就在这一刻,在从省城通往 K 市的路上,一辆破旧的面包车正颠簸着飞奔。惠民的兜里放着救浩钧的钱,他的身边,若桢无助地看着车窗外,泪流满面。若桢曾经以为蓄意地远离就会让彼此生疏,但她现在才明白,对真正的爱人而言,距离就像是一个巨大的冰川,她和浩钧的感情其实只是被冰封在里面,不曾消散,也不曾离去。若桢想,她这一辈子再也不会遇见比浩钧对她更好、更真的人了。她发誓这一次再也不会让浩钧从她身边离开,就像浩钧说的那样,这个世界上只会有两件事把他们分开,第一件事是他们中间有一个人死了,这是没有办法的;另一件事是若桢不再爱他,不想和他在一起了,他就只有离开。想到这里,若桢忽然觉得异样地恐惧。她情不自禁地哆嗦了起来。车窗两侧,数不清的树木仓皇地朝后退去。若桢透过车窗,看见深邃的夜空里,挂着一轮漆黑的月亮。

十六

这是在半年之后了。这一天是惠民和艳芳结婚的日子,他们邀了若桢和文燕一起去游乐场玩。大家在游乐场门口见了面,彼此客客气气地打招呼,微笑。浩钧的死投在他们心头的阴影大概还没有完全地消散,即使是快乐也变得不那么纯粹了。只有艳芳的小孩子一路上蹦蹦跳跳,显得天真而快乐。几个人进了游乐场,毛子一眼就看见了过山车,吵闹着要坐。他们只好走到入口处。文燕和若桢都说害怕,不肯坐。惠民和艳芳倒兴致勃勃,领着毛子排队去了。

那天的阳光不错,但是风很大。若桢的头发留长了,被风吹得凌乱起来,一绺头发竟碰到了眼珠,若桢忙不迭地去揉,揉得泪光闪闪。她的腕上缠着一根细细的红线,红色的线和白皙的皮肤彼此映衬,相互交融,仿佛是一片树叶上清晰的叶脉。

文燕笑着替她理着头发,说:“怎么想起来留长发了?”

若桢把眼泪擦擦,说:“我们家乡的风俗,如果我不留头发,浩钧在地底下会不安宁的。”文燕的笑容凝固了,两人许久没有说话。耳畔是过山车在轨道上飞驰翻滚的巨大的轰鸣声。

过了一会儿,文燕说:“浩钧的骨灰,送回家乡了吗?”

若桢点点头，说："是的，已经送回去了，跟他爸爸妈妈埋在一起。"停顿了一下，若桢又说："他那些抚恤金，我用他姐姐的名字存上了，银行的利息用来支付康复费，手续也都办好了。"

文燕笑了笑，说："浩钧如果知道这些，一定会安宁的。"若桢也淡淡地笑了。

惠民领着毛子走过来。毛子的嘴巴撅到了天上，脸蛋上还挂着泪花。惠民有些沮丧地说："排了半天的队，谁知道小孩子不让坐！你们先看着他，我和艳芳去开开洋荤去，不能白等那么久。"若桢和文燕一起笑了起来。两人注视着惠民和艳芳走远，空气里弥漫着幸福的味道。

又一趟过山车开动了。长长的过山车慢慢地爬向高坡，铰链发出了啪啪的声响。毛子忽然跳起来，兴奋地指着上边："你们看，我爸！我妈！"

若桢和文燕眯缝着眼睛看去。头一排坐着的两个人，可不就是惠民和艳芳。他们的身子倾斜着，几乎和地面平行。过山车达到了最高点后陡然转下。第一排的人已经开始朝下冲了，后面的还在继续爬着坡。等整个车体全越过了顶点，过山车猛地加速，开始了轰鸣而奇幻的旅程。若桢站在空地上，看着过山车一会儿在上，一会儿在下，车里的人不时发出一阵阵的尖叫。在那么迅速的天与地的转换瞬间，若桢隐约看见了浩钧在阳光下的不远处看着他们，跟着他们一起忽而天上，忽而地下，这多么像浩钧二十多年短短的人生啊！他们俩一直在寻找，在奋斗着去融入这个社会，但如今其中一个已经不在人世，剩下她一个人孤零零地在这个世界里生存，以前的那些拼搏和用心也便随风而逝了。倒是惠民，谁又能想到，只有他才找到了体现生命价值的地方，找到了生命的平衡点，并在这个点上开始享受生活带给他的无穷的快乐呢？若桢虽然看不清楚惠民和艳芳，但她相信，他们俩的手一定握在一起。

过了一会儿，惠民跌跌撞撞地过来，脸色雪白。艳芳却抿着嘴笑。等他们走近了,若桢和文燕迎上去问:“惠民怎么了?”惠民一个劲儿地摇头,说不出来话,拼命朝地上干呕。艳芳一边捶着他的后背,一边笑着说:“上车的时候他还逞强呢。两个圈转下来,他就趴下了。”几个人都笑了。毛子眼巴巴地望着他们,说:“好玩吗?好玩吗?”艳芳说:“好玩,等你长大了,叫你爸带你玩。”毛子撅嘴说:“我不,我爸不敢坐,我要你带我玩。”惠民的脸还是白生生的,一头扎到艳芳怀里,说:“我不去,我不去,太坑人了。”若桢和文燕笑得前仰后合,仿佛心中的不快终于像蚕茧一样丝丝地被抽掉了,剩下的只有一片空明。惠民靠在艳芳怀里,像是生病的儿子依偎在母亲胸前,幸福而疲倦。

若桢怅惘地笑了。又一轮过山车开动。在隆隆的轰鸣声里,她全心全意地为他们祈祷幸福。

2005年6月12日星期日　　0:46